INK INK INK INK INK
INK INK INK INK INK INK
INK INK INK INK INK
INK INK INK INK INK INK
INK INK INK INK INK
INK INK INK INK INK INK
INK INK INK INK INK
INK INK INK INK INK INK
INK INK INK INK INK
INK INK INK INK INK INK
INK INK INK INK INK
INK INK INK INK INK INK
INK INK INK INK INK
INK INK INK INK INK INK
INK INK INK INK INK
INK INK INK INK INK INK
INK INK INK INK INK
INK INK INK INK INK INK
INK INK INK INK INK
INK INK INK INK INK INK
INK INK INK INK INK
INK INK INK INK INK INK
INK INK INK INK INK
INK INK INK INK INK INK

INK

文學叢書

021

小說家的13堂課

王安憶◎著

目次

第一堂課

小說是什麼？

小說不是現實，

它是個人的心靈世界，

這個世界有著另一種規律、原則、起源和歸宿。

但是築造心靈世界的材料卻是我們所賴以生存的現實世界。

小說的價值是開拓一個人類的神界。

我來復旦大學講課心裡也頗惶惑，我不知道我能否講好，但我會盡力。這十幾週課我想用來探討一個問題。這問題雖則簡單，卻也是許多人一直在探討的，這便是：「小說到底是什麼？」我的問題並非針對其在社會上的功能，並不是問它的社會位置是什麼，而是它工作的目的是什麼，是它本身的問題。

在進入正題之前，我想說一下我爲什麼要開這門課，而不願以一種講座的形式。有許多大學和文學社團常請我去開講座，我一般都拒絕。但我接受復旦的邀請，來此花很長時間開一門課程。動機何在？

我時常在想，我們這種人，也就是我們這種寫小說的人到底在幹什麼？在相當長的一段時間內，我們的位置非常奇異。當有政治運動，特別是一九四九年後政治運動頻繁的時期，我們常會成爲槍，或者靶子，批評的對象或批評的工具，總是這種作用，逃脫不了的作用。歷來的運動中，作家正是成爲一種意識形態的工具，無論是從正面，還是反面，很難擺脫，儘管我們花了很多時間，用了很多辦法去擺脫它。在文革之後，「四人幫」倒台的時候，我們成了民眾的喉舌或心聲，當民眾感覺到有話要說，我們便搶在前邊說了。那個時期現在有許多人將其定位爲中國文學的黃金時代，有那麼多人讀小說，而且幾乎每篇小說都會引起強烈的反響，許多話都靠文學說出來，比如話劇《於無聲處》，你們復旦的一位校友盧新華寫的小說《傷痕》，陳國凱的小說《我應該怎麼辦》，等等。翻開一九七八年的獲獎作品，全是那些說出了人民心裡想說但是不知道怎麼說，而且說不好又不敢說的作品。那時候的作品很過癮，很痛快，當之無愧地成爲民眾的喉舌。今天，我們小說家還被賦予一種心理醫生的功能，恐怕每一位作家都會受到讀者這樣的要求：希望你能解答一下我的問題，生活當中，人生道路上碰到的難題。在這種種情況下，作家的角色有點類似於社會學家，似乎作家有必要對這社會上的許多問題負責任、作回答。

這種情況下我經常會想：我們到底是誰？我們從事的工作是什麼？到了今天，改革開放形勢之下，各個領域裡，市場占了主導地位，市場怎麼說呢？它引起了知識分子和作家的深沉思考，他們有時痛恨這個市場化的社會，因市場的實用性貶低了思想的無形價值。但我個人以爲，市場化倒是把很多問題簡單化而且本質化了。市場概括了民眾中大多數人的需要，這種需要比較地貼近其個人自身的需要，日常化的需要，而不是意識形態的需要。不妨可以從市場角度看看，哪幾類文學作品、哪幾類小說的銷路比較好？也就是比較爲人們需要。看清市場的要求也許能使我們看清一些東西。在市場背景下，最走紅最受歡迎的是兩大類作品：一類爲紀實類作品，另外一類是言情、武俠、推理類作品。也就是說前者是完全眞實的，後者是完全虛假的。這兩類作品其實都是滿足了人的獵奇心理，前者因其是百分之百的眞實，我們對它的「奇」的要求相應地降低了，不會要求它有特別的、過分離奇的形態，一些平凡的事情，因我們知道它是眞實發生的，於是就變得奇特了。第二類作品，言情的，像瓊瑤的小說，武俠的如金庸，推理破案，科學幻想……就更好理解它滿足人作夢心理的功能了。生活如此乏味和枯燥，幾乎每一步都是按部就班，安排好了的，沒有意外之筆，此類作品就提供了夢幻。瓊瑤小說說到底就是灰姑娘的故事，出身貧苦的女孩子，最後找到她的白馬王子，同時擁有了財富。她的小說路數是符合大多數人的心理的。因爲我們大多數人都不是來自於特別的階層，但我們都有一種遭遇奇蹟的希望。而武俠小說中的人物就更爲離奇了，他們個個是超人、是異種，很滿足人的英雄心和探險心。推理小說亦很刺激，它使人體會到恐怖的快感、懸念的快感和最後謎底揭開的愉悅。也是對平凡生活的挑戰。

通過市場的需求，我反倒看見了文學的某一層眞實面目，開始接近於事物本身。市場使文學變成了一種享受的東西。我們可以批評市場的格調不高，可以說這種傾向不好，它迎合了小市民庸俗心理，可是在它將文學變成了一種享受的東西的時候，作家脫去了一件外衣，一件社會學者的外衣，我們成爲了製作人，製作小說。至於製作什麼樣的小說是另外一件事情，然而，事情一下子變得清楚和單純了，就是說它告訴我們：你們不是人生的良藥，亦非人民的喉舌，你們只是製作一樣東西的創造者。然後再是：當我們在製作文學的時候我們應當做些什麼，我們製作的是什麼樣的東西。事情變得比較清楚，而且出現了另一種情況，它告訴我們，文學是一種專門的職業，並不是一種特異的功能，要來談文學並不是特異功能者所作的一次帶功報告，表演和啓迪一下奇異的功能，不是這樣。文學是一種專門的職業，它有它的道理，有它特定的技巧和技術。我現在便很想談一下這其中的技術問題。我不怕別人對我的問題反感，我就要這麼直接地說，我今天在這兒來講的是一個技術問題。困難在於小說這樣東西，它的技術和材料同我們日常生活貼得非常非常近，這我會專門地開一堂課來講。我覺得它的困難在於它和我們日常生活貼得太近，小說使用的語言是我們日常的說話，我們怎麼區別這是我們平時所說的話而不是小說裡的話？我們小說裡需要故事，這是一定的，我覺得小說一定要有情節和故事。這些故事我們要賦予它人間的面目，因爲它絕對不是一個童話，不是一個民間傳說，它是小說，它要求一個寫實的面目，人間的面目，所以它非常容易和我們眞實的生活攪和在一起，非常難以分別其獨立性。我覺得這裡面有著非常大的困難，但是我們到復旦來所要做的，就是這個事情，我要把它理出個頭緒來。這就需要一個學期的課程，而不是一次啓迪心智的講座。

現在我就想言歸正傳。

我剛才已經說過，來此開這門課我的題目是「小說是什麼」。小說是什麼？我會舉出很多書作例子，我將分析這些例子。一般我都選擇名著，我將以我的方式分析這些名著，來證實小說的技術性。今天第一堂課我只是想用語言作一個描繪。我想先從否定的方面來描繪一下，就是說：什麼不是小說。然後再描繪什麼是小說。

我們回到這個話題。小說，我們一般對小說的要求，還有我們心理面常常以爲的小說是怎麼樣的呢？我們常常會以爲，實際上也變成了一個較爲長久的認識，覺得小說反映眞實，反映現實。那麼，我就在想，如果小說所做的是在反映眞實，反映現實的話，那麼我們爲什麼要有小說呢？已經有歷史學、政治學、社會學、心理學，已經有那麼多學科來直接描述現實了，爲什麼還要小說呢？我們常常評論一部小說，給它很高的評價，就說它是歷史的長卷，它反映出了我們幾十年的，甚至上百年的歷史，我們常常會用「史詩」這個名字，去給我們認為最好的小說命名。但為什麼小說不是歷史？再換一句話，是不是說，小說是以具體生動的面目反映歷史？如果是這樣的話，那麼我們如何裁定小說的價值？我們應當從哪一面來檢驗其價值？是在於生動的面具之下的深刻廣闊悠久的歷史意義，我們又為什麼不直接地研究歷史，而要用小說？如果價值在於其生動的面目，那麼這生動的面目，又是什麼內容？

這句話繞過來繞過去，又繞了回來，到底小說是什麼？我今天提出這個問題，也實在是被逼得沒路走了。為什麼說呢？因為長久以來，我們以為眞實，是我們的目的，尤其是在文學走過了一個相當長久的虛僞的道路以後，我們非常重視眞實，眞實是我們的理想。文學，好像其理想是眞實。我們花了許多力氣和代價去爭取到小說的眞實，可今天我感到非常困惑的是，眞實是否眞的是小說的理想。張藝謀的電影《秋菊打官司》，它眞是眞實，它用當地的群眾作演員，說了本土的地方方言，他讓大明星鞏俐拚命靠近生活。它已經把生動的面目這一層上的眞實做到家了。我們如果說小說是用生動的面目反映深刻的歷史的話，張藝謀，不管怎麼說在生動的面目這一層上眞實到家了，他不能再眞了，電影的材料要比小說具象和眞實得多，那我們還能做什麼呢？

接下來更進一步的，出了那麼多紀實的作品，我覺得這個打擊也是非常大，譬如說《毛毛告狀》。去年上海電視台「紀錄片編輯室」搞的這部紀錄片，我覺得它眞的是很眞實，而且我覺得它具有著眞實的價值，它的眞實把我們很多虛僞的東西，假的東西，錯誤判斷的東西，都推翻了。譬如說它跟蹤追拍的那個女人，毛毛的媽媽，到上海來做短工，和一個殘疾的男人有了這樣的關係，然後生了孩子，那個男的卻不肯認這個孩子，她就抱了孩子到上海來找，一定要孩子的父親認她。我一下子就想起了我們小說和電影中很多的這一類，我們所謂的農村小保姆的形象，曾經有一部電影，得過「金雞獎」，叫《黃山來的姑娘》，它所描繪的那個女孩子，那麼溫順、那麼賢良，逆來順受、忍辱負重，最後回到農村，得到自己應有的幸福。而《毛毛告狀》這裡面的女孩，全然不是這樣子，她非常勇敢，她豁出去了，她才不管自己的形象如何，她就是要向這城市討還自己的權利，爭取自己的利益。《毛毛告狀》告訴我們，我們所做的「眞實」，很多都是出毛病的。你們看，在生動的面目下的歷史事實，人家紀錄片也眞實到這份上了，我們還能做什麼？到頭來還是那個問題：小說到底是什麼？我們究竟要做什麼？假如我們所做的不是說一定要反映眞實的話，那我們應該做什麼？我們並不是製造僞善，也不是製造虛假，這一點很清楚，但我們也不是製造眞實，那我們究竟要製造什麼呢？

在這兒我們已經繞到一個圈子裡去了，我們還是不知道小說是什麼。我們過去對小說的觀念看來不對，這條路走不通，因爲我們如果是這樣子要求眞實的話，我們走啊走啊，就走到《毛毛告狀》那裡去了，就是說，徹底地放棄虛構的武器，向眞實繳械投降。

那麼現在我就想從正面來描繪一下這個小說的世界，或者說給小說下個定義。我先想用別人的話來說一下，用別人的話並不是說他們是什麼權威，只不過他們說的比我說的好。我第一要引用俄國流亡作家納布科夫（《洛麗塔》、《微暗的火》的作者）的話，他有一部作品《文學講稿》，我建議大家讀一下，不必讀那麼多，他後面分析了很多名著，他分析的方法和我不一樣。但他前面有一篇文章不長，譯過來約幾千字樣子，題目叫〈優秀讀者與優秀作家〉，我覺得這篇文章應該熟讀。這篇文章非常有意思。其中有句話是這麼說的：「沒有一件藝術品不是獨創一個新天地的。」這句話是雙重否定，後面這段話僅是過渡的，不怎麼重要：「所以我們讀書的時候，第一件事就是要研究這個新天地，研究得越周密越好。」重要的是下面：「我們要把它當作一件同我們所了解的世界沒有任何明顯聯繫的嶄新的東西來對待。」我覺得這句話有兩個重要點：第一個是「同我們所了解的世界沒有任何明顯聯繫的」；第二個是「嶄新的」。接下來該文還有句話，帶有些定義性的，比較簡單一些，不妨記下來，作爲以後研究的一個前提吧。它說：「事實上好小說都是好神話。」這是納布科夫對小說的定義。他的定義對於我來說非常重要，我覺得他說得非常好，所以我就用了他的話。

還有一個人，也說過類似的話，這個人是一個中國的當代的評論家，叫李潔非，我想你們會比較熟悉。他有評論我的一篇作品，在《當代作家評論》一九九三年第五期上面，文章題目叫做〈王安憶的新神話〉，他裡面也談到了納布科夫的「好小說都是好神話」的意思，並且試圖解釋什麼叫神話，我也利用他的解釋。我覺得他解釋得挺好，也符合我的觀點。他的話是這麼說的：「小說應當如小說自己的邏輯來構築、表意和理解。」就是說應當有小說自己的邏輯。我覺得「小說自己的邏輯」這句話相當重要，我們可以說以後的幾堂課都是在研究小說自己的邏輯。李潔非還有話：「神話的本質，實際上乃是對於自然、現實、先驗的邏輯的反叛。」

他提出反自然、反現實，「它拒絕接受這種生而被給予的『眞實』。」這句話有點繞，但還是可以理解的。「它」指神話，「它拒絕接受這種生而被給予的眞實。而時間、人和命運皆以另種方式發生或存在，……」這段話提到神話的本質，還是前面那句話，它有自己的邏輯，它有自己的時間、人和命運。這時間、人和命運全都是和我們現在的自然、我們所以爲的自然現實反叛，不一樣的。「這世界以其自己的價値、邏輯和理由存在著，你不能經歷它，但是你卻能感受它、體驗它，你的感受的眞實性告訴你這世界的存在不容否認。」這又是一個非常矛盾的地方，它首先是講，這世界顯然不是一個眞實的東西，你不能經歷它，可是你能感受它，你的感受卻是眞實的，「你感受的眞實性告訴你這世界的存在不容否認。」這裡很矛盾，首先他強調它是不能經歷的，其次他強調當你感受它的時候，你是有眞實感的。困難以及美妙就在於此。這是我用了別人的話對小說進行的描繪和命名。

那我自己對小說的命名是什麼呢？我命名它爲「心靈世界」，很簡單。我爲什麼叫它「心靈世界」呢？因爲我覺得它的產生是一個人的，絕對絕對是一個人的。它不像別的東西，比如電影，聯合了很多很多因素，如它這種近代科學技術的產物，不可避免地要受到社會、大眾、市場等的要求。我覺得小說是一個絕對的心靈世界，當然我指的是好的小說，不是指那些差的小說。我是說小說絕對由一個人，一個獨立的人他自己創造的，是他一個人的心靈景象。它完全是出於一個人的經驗。所以它一定是帶有片面性的。這是它的重要特徵。它首先一定是一個人的。第二點，也是重要的一點，它是沒有任何功用的。它不是說，最早這世界上沒有椅子，人爲了坐的需要發明了椅子，然後在使用的過程中，檢驗著它的合理性使其越來越合乎使用的需求。而小說絕對是一個沒有功用性的東西，它沒有一點實用的價値的。我記得有一次和一位畫畫的朋友討論，說爲什麼這個世界上有許多好的藝術家都是同性戀者。當然有很多種解釋，這個朋友他有一個解釋我覺得很有意思。他說很簡單，同性戀是一種沒有結果的，沒有用的情欲。它不像男女之間可以生孩子，可以組織家庭，同性戀之間的感情是最無用的，而藝術就是最無用的。他的解釋可能不合乎事實，但也是指出藝術的不實用性質。所以我覺得小說一定是帶有不完全的，不客觀的，不眞實的毛病，用常說的話，它很主觀。但我不喜歡主觀這個詞，似乎太科學，也太冷靜了，我倒喜歡一些更加和人性有關係的東西。我就給它命名爲一個「心靈世界」。這是我個人對它的命名。

現在我說出了這個世界，但實際上我是否能夠眞正地解釋，然後說服你們我不知道，我只是告訴你們了，有這麼一個世界。這個世界我們對其基本上的了解是，和我們眞實的世界沒有明顯的關係，它不是我們這個世界的對應，或者說是翻版。不是這樣的，它是一個另外存在的，一個獨立的，完全是由它自己來決定的，由它自己的規定、原則去推動、發展、構造的，而這個世界是由一個人創造的，這個人可以說有相對的封閉性，他在他心靈的天地，心靈的製作場裡把它慢慢構築成功的。我們說它封閉也不對，因爲這個人的心靈一定受到他的經驗的影響。我所說的封閉只是指製作它的過程，製作它的瞬間是封閉的，他一個人的。它帶有很強的心靈特徵，即完全個人的精神的特徵，你是怎樣的人，怎樣的性情、性格，都會在此有所表現，而且，絕對只是你個人的。你這個個人裡面，沒有眞理性的，沒有什麼道理的，沒有什麼大家可以公認的對和錯這一說的，沒有是非，不是可以被大家用科學的東西或用社會意識形態的東西去檢驗、規定、衡量，沒有這一說的，完全由他個人所決定。它的存在有一種反自然的性質。它不是和自然同一的，好像太陽早上從東方升起，晚上從西方落下，這就是自然。它卻不一定這樣。它完全不一定這樣。它有它自己的升起和落下。所以它也是反現實的，一定是另外的。這一點我們一定要搞清楚。當我們看到一個東西，實在和我們眞實的生活一模一樣，何苦再要去製作這樣一個生活翻版呢？我們就不得不懷疑它的藝術性質了。

現在我們就算知道了它有自己的規則、性質、發生的原因、發展的邏輯，和它自己的歸宿、結局，那麼它是怎樣的形態呢？我現在用「形態」這個詞。首先它是以講故事爲形式的。它不是詩，它也不是散文。故事應該怎樣，這是另外討論的事情，也許有人說這樣是故事，那樣不是故事，這是另外一個問題。但是這一點沒有問題，它是有故事的，它一定是以講故事的形式。然後它是以語言作材料的，它不是圖畫那樣以色彩線條作材料，也不像音樂那樣以節拍音符作材料，它是用語言作材料。這裡帶來一個很大的問題，我剛才也順帶說了一下，這裡有很大的矛盾。第一我說它是一個反自然反現實，獨立的個人的心靈的世界，但現在我又說它使用的材料是語言，它的形態是故事。這裡就有一個很大的矛盾，這矛盾是什麼呢？小說語言是我們這個現實的生活所使用的東西，我們必須用我們現在所說的，所用的語言去表現它。我們沒有別的工具，我覺得詩人還方便一些，詩人可以用一些反現實的語言，而我們不能。我們不能使用那種詩句一樣的，抒情式朗誦式的語言。我們只能用一些最最日常化的語言，而且我個人也覺得最好的小說應該用最日常化的語言。比如我說你應該吃飯了，那我無論如何都得用「你應該吃飯了」而不能用別的語言去說。這是一個很要命的事情。所以我們所用的材料——語言，是非常寫實化的。這裡的矛盾可以看出來了，我們這個世界是心靈的，獨立的，拒外的，封閉的，可它材料又是那麼現實。首先它的語言就是我們平時所用的一切的語言，其次還有，語言要說成一個故事，這故事所要求的邏輯、發展也是現實的。我們畢竟不是神話。「好小說就是一個好神話」，那是一種描繪性的形容的說法，但實際上小說不是神話，這一點大家都知道。它只是具有神話的某一種特性，但是在形式上它不是神話。我們說一個人到某地去，他必須是走去或坐車、坐飛機去，不能想像他是飛去。所以故事的發展、進退、動靜全都是人間常態。這也是很討厭的事。一個心靈的世界，我們已經強調出它的反自然、反現實，但這裡面又出現一個問題，它所使用的材料全都是寫實的材料，都是人間常態，人間面目的。那我們怎麼辦？

接下來引起了又一個問題：這個心靈世界和我們這個現實的世界的關係是什麼？也許我們這幾堂課主要要解答的就是，這個關係是什麼？我想道理上是可以說得清的。道理上是什麼呢？就是材料和建築的關係。這個寫實的世界，即我們現在生活在其中的世界實際上是爲我們這個心靈世界提供材料的，它是材料，它提供一種藍圖也好，磚頭也好，結構也好，技術也好，它用它的寫實材料來做一個心靈的世界，困難和陷阱就在這裡。然後我再引用一下納布科夫的話，還是在《文學講稿‧優秀讀者和優秀作家》裡面，這句話說得非常好，他說：「我們這個世界上的材料當然是很眞實的（只要現實還存在）」，他首先承認了我們這個世界的材料是真實的，我們這個世界是指小說世界，「但卻根本不是一般所公認的整體，而是一攤雜亂無章的東西，作家對這攤雜亂無章的東西大喝一聲『開始』，剎時只見整個世界在開始發光、融化、又重新組合，不僅僅是外表，就連每一粒原子都經過了重新組合，作家是第一個爲這個奇妙的天地繪製地圖的人，其間的一草一木都得由他定名。」這段話解決了兩個問題，一個是它幫我確定了這樣的想法，就是我們的現實世界是爲那個心靈世界提供材料，這個材料和建築的關係我想是確定了。而第二個很重要的事情，就是說這個材料世界是一堆雜亂無章的東西，在我們眼睛裡不是有序的、邏輯的，而是凌亂孤立的，是由作家自己去組合的，再重新構造一個我所說的心靈世界。這樣一來從道理上大約已經把這問題說得差不多了。我們生活在一個現實的世界，只要我們承認這個現實還存在，我們便當然地要使用現實的材料。納布科夫，他也同意用眞實的材料，用我們這個世界的材料。

然後，我們的問題是：這個我所謂的心靈世界的價值何在。這也是我們今後的課程所要回答的問題，我要以一些名著分析證明的問題。現在，我以語言來說明的只有很簡單的一句話，那就是開拓精神空間，建築精神宮殿。讓我們以「好小說就是好神話」這句話來追溯往事，看看原始人眼睛裡的世界，也許能夠幫助我們有所了解。原始人眼中的世界，可說就是那堆「雜亂無章的東西」。他們沒有前人的經驗、歸納和總結，他們赤手空拳，僅憑藉個人的情緒、感受以及心靈幻象去看世界，他們的思想特別自由，簡直無所不至。又由於他們不了解這個世界，世界便在他們心目中充滿了神力，他們抱著無上的神聖感，對這世界充滿了崇高的敬仰。而這種自由和神聖均是在不眞實的基礎上的，他們提供給我們一個不眞實的世界，這世界裡充滿了不可思議的精神建構和靈魂活動，爲我們開闢了另一個空間領域。

其實，當我們觀望原始人的創作時，心裡所追尋的就是一個不眞實的世界，那裡有著不爲我們所知的邏輯、規則、起源和歸宿。我們心裡充斥了另一種完全不同的經驗和感情，這是眞正的創造，眞正的造物。它擴展了我們的存在，延伸了眞實世界的背景和前景。

然而，有趣的事情卻在這裡，當原始人在洞穴裡描畫著那些變形的飛禽、走獸、人物，他們原來是在探索與尋找世界的眞實面目。他們一代代地朝著眞實走來，留下他們的足跡，我們所稱之爲文明的東西。經過漫長的道路，他們終於走出迷霧，具有神力的超人和英雄在一項項科學技術的發現和發明之後，漸漸隱去了他們的身影。世界變得清晰、明瞭，藝術也一步步地走向寫實。眞實的限制也越來越嚴格，一丁點微小的差異也瞞不過我們的眼睛。人們最初是將「知道的」畫下來，於是側面的人物和動物也會有兩隻眼睛和耳朵；然後，人們認識了事情的錯誤，便描畫他們「看見的」東西，透視的技術也形成了；再接著，更苛求的革命來了，僅僅是「看見的」還不夠，而是要表現更確切的「看見」，那就是在瞬息萬變的光色之下所看見的某一片刻。所以，你別看印象派的作品模模糊糊、模稜兩可的，其實它更接近世界的眞相。好了，藝術就這樣成了創造眞實的事情。小說，其實就是在這樣的科學和民主的背景之下產生的，它是近代的產物，寫實是它牢不可破的外衣。到了二十世紀，幾乎所有的「好神話」都消失了，它們被眞實取代。

事實上，我以爲現代的作家們都在爲小說的現實困擾，他們想盡一切辦法，要將小說與眞實拉開距離。他們從各種理論中去尋找途徑，從心理學去找畸形反常態的人性表現，或者從相對論中找到時空錯亂的根據，拉美文學大爆炸則亮出了「魔幻」這一個武器，它促使作家們到消失的神話中再度發掘寶藏。然而，現實是日趨成熟的一個世界，多少人在其間生存，出於需要爲它加磚添瓦，它是那麼堅固，有著巨大的力量，它束縛著人們的想像，比人們自以爲的更要固定。所以，在現代小說所有一切的變形反常的外表之下，其實還是一顆現實的心。

我舉一個近在眼前的例子，就是上海作家陳村的一篇小說〈一天〉。小說寫一個名叫張三的人，在一天之中，度過了他從開始上流水線作業直到從流水線退休下來的一生勞作與生活。這是一個不眞實的故事，誰也別想在一天之中過完幾十年，它具有神話的特徵，可惜只是一個外部的特徵。事實上，它是在影射大工業生產方式中人生的蒼白單調和枯乏，是對現實的描繪。二十世紀的作家，總是難以走出影射、象徵式的描繪，我們實在被現實纏繞得太緊了。

而我們也許會發現，在現代的文學中，作出更大貢獻的往往是身處現實邊緣的作家，比如猶太人，婦女，少數民族，同性戀傾向者，殘疾者，這或許是因爲他們所處位置與現實保持一定距離的緣故，他們比較自由一些，可以縱情他們的想像，背叛眞實和自然。

回過頭去再談這個心靈世界的價值何在。我們已經知道，它的價值不能由它的眞實性來判定，那我們如何來界定其價值？舉例而言，奧林匹克運動會，美國運動員劉易斯創造了一個極迅速的短跑紀錄，這個紀錄應該說是無必要的。因爲這個世界上有火車，有飛機，有非常先進的交通工具，何必要這個速度呢？而且這個速度也非常人能達到的，僅只個別人才能達到的，因此可說是不實用的速度。它的意義在於，在世界上設立了一個很高的標準，或者說設立了一種理想，人的速度的理想。它也許沒有用處，可是它照耀我們平凡的人世，顯現了神力。再比如說數學裡的哥德巴赫猜想，陳景潤研究的，也是一個沒有用處的東西，並不是能夠迅速地投入到生產之中去，創造財富，創造有效益的東西，它的價值在於什麼呢？它也是標誌了一種神力，一種人的思維的神力，表明人的智慧、人的邏輯思維能夠達到一個什麼樣的高度。我覺得藝術也是這樣，它就是設立一個很高的境界，這個境界不是以眞實性、實用性爲價值，它只是作爲一個人類的理想，一個人類的神界。這也就是「好小說就是好神話」的意思。但我覺得這樣光說道理，還是說不太明白，也不很具有說服力，需要舉些實例來作證明。這就是以後我們的課程所要做的事情。

第 二 堂課

處女作是心靈世界的初創階段，
它顯示出創造力的自由狀態。
《組織部新來的青年人》、《玩笑》
就是具有這種特質的處女作。
但我們必須正視處女作的局限，
它畢竟是沒有經過理性成長過程的感性果實。

這堂課我主要想談處女作，作家的處女作。

我非常重視作家的處女作。我覺得在這之中有一些東西是非常可貴的，等到作家成長起來，成熟以後，他會寫下許多好的作品，可是他處女作裡的一些東西卻是他永遠不可再得的，而且是依然具有價值的。我爲什麼給它這麼高的評價呢？因爲我覺得它帶有非常純粹的感性，這種感性沒有受到污染，有一些類似我們上堂課談到的原始人藝術的特徵，原始人世界的特徵。這種世界的特徵就是完全的獨立性，沒有受到前人的經驗和約定俗成的法規的約束和影響，它相當自由，像一個剛出生的孩子，一下子面臨這個世界，他的整個感官都處在張開來盡情吸收的狀態。他吸收很多很多東西，而且他的吸收沒有標準、榜樣、借鑑，也沒有經驗，所以也沒有約束。完全是憑著自己的感受和吸收力在面對這個世界，所以他所吸收的東西往往是第一性的，非常重要。這種東西也許很淺，不廣闊，不完整，不深刻，可是它非常重要，在於它的獨立性，完全是他個人的東西，個人的始發的經驗。它是非常感性的，完全從自己所聞所見出發，沒有別人的經驗幫助它，好像是單槍匹馬闖世界，有點初生牛犢不怕虎的味道。它也沒有成見。但它是不完全的，有許多破綻，也不能自圓其說，不是很周到，沒有現成的概念和邏輯可以運用。它都是自己創造出來的邏輯，不一定一環扣一環，非常合理，而且它有種束手無措，似乎無法爲它的東西命名。沒有現成的名詞，用現有的概念去套又套不上，所以它也就放棄了命名，給人們留下「不知道在講什麼」的印象。

這種處女作的特徵非常接近於原始人的特徵。譬如陳凱歌的第一部電影《黃土地》，他自己也承認在《霸王別姬》以後，他還是回顧他的《黃土地》，他認爲其中有許多很寶貴的，他現在已經失去了的，而且是沒有辦法挽回的東西，無論他以後走得多麼遠，多麼成熟，可是他永遠會非常珍惜的。還有張藝謀，他的第一部電影《紅高粱》也有著非常重要的東西，就是熱情。我一直以爲張藝謀是個形式主義者，他後來的道路越來越走形式，他是從形式入手，然後達到一個人文的高度。他還是不錯的。但他的《紅高粱》中有一種以後他再也沒有的熱情。那種熱烈的程度就好像一個少年的初戀一樣，完全沒有現實的考慮，奮不顧身的、忘我的境地。我覺得處女作裡往往是有這種很可貴的東西。

我這裡說的處女作不是指第一個作品，而是指創作者第一個階段的作品。因爲第一個作品有時候不太好說，第一個作品存在很多寫作能力上的問題。他不能比較熟練地操縱語言，操縱句式，這難免妨礙他表達的東西。我們所看到的處女作也許並不是他眞正的，第一篇寫下的處女作，他前面幾篇也許根本沒有發表，他只是發表了第三篇，或者第五篇。我這兒所說的處女作不是絕對意義上的第一篇，而是指他最初的創作時期，指這一個時期裡的作品。

我已經肯定了處女作具有原始人世界的特徵，那種剛看見太陽升起來，不懂得其中道理，只是覺得特別熱，特別光亮，特別熱情，特別興奮的感受。可它確實也和原始人世界有區別，區別在於他天生有一種批評精神。因爲他畢竟和原始人的背景是不同的，他所處的環境已經是一個約定俗成，或說意識形態的，已經有了規矩，已經成章成句的世界。這個世界不再是原始人面對的一堆雜亂無章的東西，這個世界已經比較成型，比如說國家已經把人類組織起來了，各種各樣的政體又為人類規定組織原則，求生發展的需要還向人類提出了倫理道德的要求。所以在今天人與生俱來就在一個有規矩的社會裡面，受到各方面的約束，不像原始人一出生就是一攤漫流的水，而人一出生已經是河床裡的水了，不是漫流的，已經在一個渠道裡了。所以說在這樣的環境裡，每一個新生兒天生就帶有一種行為思想的規定、範圍和約束，他要去創造心靈世界畢竟不那麼自由，不可能像原始人那樣絕對地自由，他的自由表現在首先舉行了掙脫，就是批評的武器。他覺得周圍一切於他是種束縛、對立，他必須要反抗。所以我們常說，少年總是憤怒的，他們總要背叛什麼，反抗什麼，這似乎是他們的天性。

然後，我以為批評的武器有兩種：一種是否定，一種是懷疑。當然我在課上所說的一切都帶有和同學們探討的意思，不是絕對的。但我在闡述我的觀點的時候，也許會使用極端的語氣和例子去強調。在我看來，如果我們要在這兩者之間比出高低的話，我覺得「否定」要比「懷疑」低級，不如「懷疑」高級。因為你是天，我就是地，它有一個參照，由此來說，否定也是在被約束的、被左右的前提之下才成立的。有正才有否，「否定」也是受規定制約的，實際上是遵從了這個規定然後去否定。我站立的位置總是和你對立，只需要不滿和憤怒作衝動，就可激發它，推動它，使它操作起來。而懷疑就不是這樣了，它比較複雜和困難，雖然看上去要溫和得多，不那麼激烈、強烈，但包含的內容複雜得多，含有思考。懷疑是很不容易做到的，這之中懷著一種痛苦，非常難言的痛苦，它不知道不要什麼，也不知道要什麼，處在非常大的難言之中。但是當懷疑的精神成為主義之後，就有些不講道理了：你們肯定的我就要懷疑，從各個方面推敲你。所以我特別重視處女作裡的懷疑精神。這是一種眞實的懷疑。這之中眞是有一種痛苦，是從生命之中激發出來的。它對這個世界感到困惑，不能理解，但它滿心充滿了良善的願望，它想去接受，可是受到阻礙。所以我比較重視處女作之中的懷疑精神，而不是後來成爲主義的、藝術家高舉的旗幟的那種懷疑主義。現在我想舉幾部作品作例子。

首先，我想舉的是王蒙的《組織部新來的青年人》。王蒙出生在一九三四年，這篇小說是他一九五六年創作的，當時他二十二歲。從發表的時間看，應該算是他的處女作。但我估計王蒙寫作的經歷在這之前已經開始，這只是他在此處女作階段的一個比較成熟因而得以問世的作品。一九五六年的時代對我來講也有點陌生，對你們更不用說了，這時代我想是一個非常生氣蓬勃的共和國的新生時期。一九四九年建國，一九五六年離它只有七年時間，處在一個新生時期。當時的年輕人，像當年的王蒙他們這樣的年輕人，就處在這個特別向上，特別熱情的，和共和國保持同步的狀態，他們是從內心裡面擁護、熱愛祖國，熱愛共產主義的理想。同時，王蒙整個文化觀念受到了蘇聯文學很大的影響。無論蘇聯今天發生了什麼，今天對他們的文學我們怎樣批評，蘇聯的文學以及他們所承繼的俄羅斯文化裡面那種崇高的觀念卻無法忽視，這種觀念是非常強大的。王蒙這批年輕人，在他們的思想、情感方面，非常受蘇聯文化的影響，崇高，有理想，追求眞理，雖然不知道眞理是什麼，可他們一心地要眞理。在這種背景下，他寫了他的第一篇小說，後來則很戲劇性的，他因此被打成了右派，變成了我們所謂的右派作家。

這篇小說寫了一個名叫林震的年輕小夥子，是個教師，年輕共產黨員，新調到了一個區委組織部工作。組織部主要是管理黨的建設，包括入黨、整風等問題。這個年輕的共產黨員就從一個小學校，一個很單純的環境被派到了區委的組織部工作。他懷著非常大的熱情和希望，共產黨對於他非常神聖，而他現在要做黨的工作了。他覺得神聖得不得了，他去時隨身帶了一本書，一本蘇聯小說，名叫《拖拉機站長和總農藝師》。這本書我也讀過，可說在那個時代非常紅的一本書。它寫一個年輕的女孩子，即總農藝師，她參加了集體農莊之後，和拖拉機站長進行了一場反對官僚主義的鬥爭。這女孩子非常勇敢，獨身對官僚主義進行鬥爭，付出了代價。這個女孩子叫娜斯佳，那位叫林震的小夥子就在書的扉頁上寫了「我要做娜斯佳那樣的人，像娜斯佳那樣生活」這樣的話。他一心想投入到一場壯麗的事業中去，可他所面臨的組織部，充斥著非常瑣碎的事務性工作，當他下到基層去調查，去發展黨組織時，他發覺下面的情況非常不如人意。

最使他失望的是，他們組織部第一副部長，是一個很聰明、智慧、透徹的人，他把什麼事情，黨、黨的組織都看得非常透徹。他是一個眞正的老革命，一點不摻假的。當林震和這個副部長接觸時，便非常奇怪一個搞黨的工作的革命者會那麼沒有熱情，面對那樣一個令人不滿意的局面，他卻泰然處之。林震的疑惑非常強烈，更困難的還在於他所面對的官僚主義並不像小說裡那麼明確和清晰，他僅是感覺到一股非常平庸的空氣，沒有什麼好，也沒有什麼不好，好和不好都不那麼區分明確。部裡有一個女同志，年齡比他大，在組織部已經工作過一段時間了，她向林震描繪那些老資格的工作者：「他們的缺點散布在他們工作的成績裡面，就像灰塵散布在美好的空氣中，你嗅得出來，但抓不住，這正是難辨的地方。」這樣子，他無法去過濾它，把好壞清楚地過濾出來。

這時他發現有兩個世界，都是他無法解釋的，一個是小說的世界，那麼清清楚楚的，好是好，壞是壞，前進是前進，退步是退步，而另一個生活的世界，卻是那麼含糊，他覺得這個世界實在不對勁，但他指不出來。他有時候站在局外，站在院子裡，聽見打字機噠噠響，開會的報告聲和發言聲，電話叮鈴鈴響，人們跑進跑出，不禁感受到組織部的沸騰的氣氛，使他挺感動，但當他走進去，又抓不住了，到處是瑣碎事務，平庸氣息，每個人都抱著公事公辦的態度在履行其義務，僅此而已。就是這麼一個很平庸的組織部，居然是在爲黨工作，並且產生成果，儘管成果不能使他滿意。比如說他們解除了一個有問題的廠長的職務，對他進行了處理，且發展了黨員，寫出了很多報告，工作還是在前進，速度雖不盡如人意吧，但畢竟沒有退步，還是在進步。但整個氣氛完全不是他所想像的。

其中有一個場面寫得非常好。在經過多方面的努力之後，組織部開會，終於決定處分這個有問題的基層廠長。這天晚上，開完會後，組織部副部長，叫劉世吾的，老黨員，和林震一起去吃了消夜。這段寫得非常感性，一種又親近又疏離的感傷氣氛，又複雜又單純，觸手可及，如同手能摸到一樣，我喜歡把它形容成一種「貼膚」的感覺。他們倆在一個小鋪子裡，要了餛飩，黨員還要了白酒，他喝了口酒之後，說話了，說他這是第六次參加處理犯錯誤負責幹部的問題了，頭幾次我的心很沉重，黨的工作者是醫生，他要給人治病，他自己卻並不輕鬆。他開始嘆苦經，說自己的經歷，然後他問小夥子今天是幾號，是五月二十號，老黨員就說噢五月二十號，九年前的今天，青年軍二〇八師打壞了他的腿。這時候林震忽然發現，他眼中的一個平庸世故的老黨員，實際上有著壯麗的過去，流過鮮血。林震他還沒有見過鮮血呢。當革命在局部進行時，那麼煩瑣，平常，可是壯麗的事業也就此發生。那天晚上的談心，劉世吾很動感情，他說了些心裡話：「據說炊事員的職業病是缺少良好的食欲，我們是黨的工作者，我們創造了新生活，結果生活反倒不能激動我們。」這時候的林震，他所有的判斷力都失去了，他陷入了眞正的懷疑之中，他沒有判斷力了，他不知道什麼是好，什麼是壞，一個他所激烈批評過的前輩說的這些話使他看到他的也是非常熱情的過去，單純的過去。那麼他怎麼解釋今天呢？又如何判斷今天的好壞？今天，你說他不對，他又明明在創造成績。

正好這時，又發生了一件與愛情有關的事。那個叫趙惠茹的女同志，比他年長，對他非常親切，使他到了新單位感到溫暖。他到她家去，就身心感到休息和安慰。這時候卻有了傳言。也就是在那一天晚上，這個副部長告訴他：你要注意些，她對你的感情有些不對勁了。這對他又是個很大的刺激。這時候他還不懂得愛情，他非常年輕，從來沒有經歷過男女之愛，他一下子面臨了一個新問題。他回到宿舍裡，坐到床上，衣服已經被雨淋濕了，他陷入一種憂傷的心境，他不知道這是怎麼回事，他整個人都陷入一個迷宮似的情景中去了。這時候王蒙在文中表現出的一種少年人的心境是非常動人的。他不是成年人，辨別不了是非，可這些麻煩都圍繞著他，使他無法脫身，他根本不懂得愛，可他碰到的第一件感情的事是這樣的，他無法判斷那女同志是對他好，還是別的什麼，他自己對她怎麼樣，他也不知道。他什麼都不知道。我覺得處女作裡表現的感情，根本不是我們後來所能表達的，後來愛情這個詞已經被說滑了，隨便就能出來，而且對愛情有很多解釋，很多定義。寫愛情可以寫整整幾本書，可以成篇成篇地去表達愛情，可是全都沒有像處女作裡面那種小心翼翼的心情，他簡直不敢去觸動那話題，他不敢碰它，一碰就難過，這種憂傷是不可名狀的，因爲理性還沒有來臨。一切事情似是而非，又似非而是，就這麼混在一起，像灰塵裡面的優點一樣，這裡面充斥的是一種溫柔的懷疑。懷疑的尖銳性是掩埋在溫柔底下的。

這部小說的心靈世界我很難爲它作進一步描繪，似乎它還來不及建立一個心靈世界。他甚至還沒來得及做那種將世界打散成一堆雜亂無章的東西的工作，所以就很痛苦，就像一個孩子面臨一個強大的、牢固的世界，這個世界用鋼筋、水泥構造得極爲堅固了，根本無法撼動它，他痛苦的目光只是從它上面拂過，他滿心充滿愛，想去愛這個世界，可卻受到打擊，受到對抗，他滿心充滿了善良的願望，想和這世界建立一種和諧的關係，可是不行，他也不知道不行在什麼地方，他也沒有決斷去把這世界打個粉碎。他只是用他的目光，留戀地痛苦地敲擊。這懷疑對他的折磨非常強大，因這懷疑是眞實的感受，而不是理性的結論。每個少男少女初次面對社會時，都會有這類惶惑的心情。誰都沒有錯，可他就是受挫。就是在這種懷疑之中，產生了一個世界，這世界不那麼完整，像我將要逐步談到的名著，它們所構造的世界完整而有邏輯。它卻是搖搖欲墜，像煙霧一般一碰就散，但它確實存在了，存在於一個肯定又脆弱的氣氛之中。這是王蒙的一篇小說，這個例子比較單純，比較簡單一些，接下來我想舉的是米蘭・昆德拉的例子。

這個作家我想你們都知道，他是一個當代非常重要的作家，一個捷克人。我要分析的是他的《玩笑》，這部小說就更難說是否是他的第一篇了，但確實是他最初階段的作品，長篇裡的第一部，我堅持將其作爲處女作，是因爲其中帶有很強的處女作的特徵。我對這位作家的評價不是那麼地高，我覺得他是很有趣的作家，很有意思，當然是個很重要的作家。我覺得在當代，二十世紀的作家，都很難對他們有很高的估價，我覺得他們創造的困難越來越大，自由越來越少，與現實貼得太近，無法創造一個如亞里士多得所說的，「可以存在也可以不存在的」世界。米蘭・昆德拉後來最有名的作品是《生命中不能承受之輕》，這本書比較著名，表達他的人生觀、哲學觀相當流利，寫得非常帥，非常漂亮，相當不錯。但在《玩笑》當中有種非常動人的東西，這種東西在他後來的作品裡面慢慢消失了。他後面的作品充滿了思辨，思辨能力非常之強，而那種感性的東西，卻是在《玩笑》裡面，非常能打動我。

在《玩笑》中，懷疑精神已比較成熟，比較《組織部新來的青年人》要有主見多了，他不像王蒙那樣猶猶疑疑的。《組織部新來的青年人》中有種搖擺、困惑、不安，而當《玩笑》懷疑的時候，他的態度比較堅定，可以說有否定在裡面，比較有把握的，理直氣壯的。但奇怪的是，他的思想有點分裂，當他懷疑的時候，他很有主意，說他懷疑，其實他不懷疑，他已經很堅定地排斥了。但在他想去要什麼的時候，他卻表現出痛苦的搖擺不定。這正是他對這世界最爲直接的感受。這個世界，即使一個嬰兒剛生下地也不是很純粹了，他耳朵裡充滿了各種聲音。在一個意識形態的社會裡，別人會告訴你，你怎麼做是崇高的，符合祖國利益的，怎麼做是不好的，不原則的；在一個市場化、商品化的社會裡，別人會告訴你，你該穿什麼衣服，用什麼香水，女人應該怎麼溫柔，做怎麼樣的妻子，男人喜歡什麼樣的女人，或者女人喜歡什麼樣的男人。到處都在告訴你，而這聲音亂七八糟的。一個人要純粹已不可能，所以我懷疑昆德拉會是純粹的東西。不像王蒙，在一九五六年的時候是處在封閉的情況下，所得到的信息非常之少，只有來自一個方面的聲音，即蘇聯。所以他的懷疑都是從他本身出來的，沒人告訴他。當這種懷疑從王蒙心裡生出來，他一定會害怕，會想我怎麼會有這樣的思想呢？他有一種小心翼翼，不敢肯定，自我懷疑的態度。而昆德拉比他肯定多了。昆德拉這篇小說是在事過二十年之後寫的，那時政局比較穩定，他個人也較安全，捷克和蘇聯也已脫鉤，相對較自由，畢竟是處在一個西方社會之中，受到的哲學、思想的影響超過王蒙，耳聞目睹了多次歐洲現代思想運動的浪潮。他懷疑的來源不光來自於他自己，其實還是整個社會以及歷史給予他的。

這個故事以幾個人自述的方式，最主要的一個自述人，即主角，叫路德維克，是個男性。最初他在一個偏遠的小城鎮生活，之後考上了大學，早早入了黨，成爲學生中的幹部，是那個時代的菁英分子。這個人天生喜歡調侃，開玩笑，說什麼話都不正經，但他對共產主義理想的信仰是一點兒不摻假，非常熱情，全身心投入。他在大學裡，交了個女朋友，這個女朋友也是非常純潔，像水晶一樣，一點兒雜質沒有，你告訴她什麼，她信什麼。他們都是屬於那個社會，那個時代的主旋律的聲音。女孩子在暑假裡收到通知去黨校學習，她非常興奮，因爲她非常要求進步，她非去不可。路德維克則有點遺憾，因爲他們的愛情正發展到一個關鍵的時刻，他希望她不去，和他在一起，回家鄉看母親，都安排得很好。這女孩不行，一定要去。那麼就去了黨校，此後兩地相思，不斷通信。女孩子的信中充滿了在黨校生活的興高采烈的情緒，她喜歡這兒，出操、上課、開展自我批評，她都喜歡，而且信中一點都沒流露無法與他相守的遺憾。他很掃興，很失望，在氣極的時候他就給她寫了張明信片，開了個玩笑，寫了句口號式的話，意思是說樂觀主義精神是很有害的，打倒樂觀主義精神。這張明信片被黨校的領導扣下，然後事情鬧大了，最後他被開除黨籍、學籍。他的女友一直對此保持沉默，直到黨組織找他正式談過，對他正式作出處理時，女友來找他了。原來呢，這張明信片是學校扣下來的，並不是她交上去的。只是組織找她談話時，才將他以往的所有信件交了出去，然後組織上對她說此事要保密，於是她只能沉默。而現在組織上已對他進行了處理，已經談開了，她覺得她應該找他談談，一個崇高的目的：她要拯救他。她剛看了部蘇聯電影《名譽法庭》，寫一個愛心崇高的妻子拯救了墮落的丈夫。現在她提出和他結婚，他心中嚮往了那麼久的婚姻在此時來到了，但他是以被拯救的形象出現的，他感到非常絕望。算了吧，算了吧。

這之後他離開了學校，服兵役。在部隊裡，凡是政治上有問題，受到過處分的全都分到懲戒營，做礦工，近似於我們的勞改。他們則爲服兵役，有年限，有相對自由，兩個星期休息一次，而且每月有津貼。他到了懲戒營之後，感到非常受打擊，信仰變成了敵人，站到了原先對立的陣營裡去了。女朋友沒有了，學校生活沒有了，社會中心、菁英人物的位置沒有了……什麼都沒有，生活的意義沒有了。他這樣描寫到：「一切都中斷了，學業、爲革命工作、友誼、愛情，以及對愛情的追求，整個富有意義的一生都中斷了。」緊接著一句話非常重要：「留給我的，只有時間，我前所未有地與時間密切起來，它與我過去理解的那時間不同，一種變形爲工作、愛情和努力，一種非常謹愼地隱藏在我的行動後面，因而我不加思考就接受了時間。現在它則是赤裸裸的時間，是自在和自爲的時間，是出於最基本、最原始狀態的時間。它迫使我稱它眞實名字。」這時候他原來的世界崩塌了，所有東西都退場，只剩下一個空白的舞台，那就是時間，這我覺得寫得非常好。只剩一個舞台了，舞台上所有東西都退場，接下來的問題是要把這舞台重新布置起來。也就是把他的世界再一次建設起來，即塡滿他的時間。路德維克經歷了幾次他的世界推翻，重建，再推翻，再重建的過程。這是他的第一次推翻。建設第一個世界很簡單，因爲這個時代本來如此，國家如此，社會如此，建立這個世界沒有問過他本人的意見，他生來就必須建立這樣的世界，爲共產主義理想奮鬥的意識形態。這個世界的建立是他本人沒有參與意見的，可說是被規定的，這個世界由於他的犯錯誤，退黨，勞改，垮掉了，沒了，剩下來的只有時間了。他怎麼辦?心靈是空的，如何建立一個世界去支撐它呢?

他試圖又建設了一個。在懲戒營裡，他認識了一個人，叫昂薩克，完全是個街頭流氓，他進懲戒營是因爲報私仇和警察打架。警察怎麼能打呢?他是國家機器，代表了國家權力，昂薩克當然就成了政治犯。這個人非常瀟灑，他本來是很好的機械工，很有技術，書中這麼描寫他：「他沒有任何依戀，也不關心未來，這給了他一種無憂無慮，目空一切的自由感。」路德維克進了懲戒營，成天悶悶不樂，和周圍的人不說話，有一天在井下挖煤，四周很黑，相互看不見，忽然之間就聽到旁邊有人對他說：「你是聾了還是啞了，成天不說話。」一聽便知是昂薩克。昂薩克說你何苦如此，生活已經很苦了，難得一次休息，別人都出去泡妞，喝酒，你還在這兒苦思冥想，或者勞動，何苦折磨自己。路德維克也表露了一下自己的心情，覺得很苦惱，不該屬於這裡。昂薩克很生氣：你這話什麼意思？難道說我們就該屬於這裡嗎？這句話其實是很見眞理的，它使路德維克有了新的覺悟。就這樣，昂薩克將路德維克拉到了他們的世界。這實際是一種妥協，完全是爲了將自己空白的時間填滿，或者說將空了的人生舞台再塞進點東西。路德維克慢慢放下架子，和他們在一起了。日子過得還可以，這些人很會鬧，作弊，搗蛋，休息日跑出去泡妞。但他心裡面總有些東西妨礙著他，當他胡鬧到某一程度時他就幹不下去。什麼程度？比如說當妓女已經開始和他親熱了，但親熱到最後時刻，他就過不去這一關。他心裡有種障礙，可能是出於他對愛情的一種崇高概念。這也就是最終他不能夠被昂薩克的世界所徹底接受的原因。

但無論如何，在這一個時期內，新的，另一個世界他建立起來了，甚至有些如魚得水，因爲他很聰明，他有文化，能夠出奇制勝，想出些別人想不出的點子來。這個世界對於他的好處，就是他從社會的中心走到了社會的邊緣。這一點是很重要的。在這樣一個意識形態的國家裡，知識分子都有種貌似菁英的位置，好像是站在中心位置，而實際上一個眞正的知識分子，往往是站在邊緣地帶，不可能是主流性的，主流是由經濟、政治、歷史的規律來形成的，而知識分子則是獨立的位置，在邊緣的地方。昂薩克將他吸收過去之後，使他邁一大步，從原來的中心的世界邁到了邊緣，但這邊緣的世界顯然也不是他能待的，所有的不適應似乎只在於一個簡單的問題，就是對待女性。他不能像他們那樣任意。那個地方很艱苦，自由很少，兩個星期一個假期，不過半天而已，這種情況迫使他們找一些特別容易接近的姑娘，說得不好聽就是很賤的姑娘，甚至有些已是半老徐娘，年齡已經很大了，只爲了馬上解決一下飢渴。他就是在這個地方，過不去了。

然後又有一個人，亞歷克夏上場了。這是個很年輕的政治犯，比他們晚到懲戒營，他所以到此來是因爲其父是個「托派」，已經被政府抓起來了，株連九族，就將他抓進政治犯懲戒營裡來了。這個人是怎麼樣一個人呢？非常年輕，共產黨員，眞正的共產黨員，照今天的話說，很「左」的一個人，「左」到連「左派」都見他怕。他進了懲戒營，但始終也沒放棄共產主義立場。因此他覺得他周圍的人全都是渣滓，全都是壞蛋，他對路德維克很不滿，說：雖然你現在被開除出黨了，但你畢竟曾經是共產黨員，你應該保持一個黨員的氣節，而今天你卻墮落了，和他們混在一起。亞歷克夏簡直是對自己嚴厲到極點，勞動拚命，身體卻非常地弱，他在報上聲明和他父親斷絕一切來往。而這一舉動卻使昂薩克之流不以爲然，他們認爲亞歷克夏可以和父親斷絕關係，就可以背叛一切，他們就判定他是壞蛋，說這才是眞正的叛徒呢，是那種會告密的叛徒。其實他倒並沒告密，但他這種形象卻規定了他一定是個告密者，大家就把他孤立起來了。他在裡面的日子非常難熬，他堅持自己的信仰到最後一刻，就是這樣子的一個孩子。後來終於發生了一件事。

這一天他們剛從礦底下爬上來，累得人不像人鬼不像鬼的時候，管理他們的士兵和士官生偏想做一個遊戲，舉行接力賽跑，犯人和士官生比賽，士官生們平時也滿無聊，拚命跑，覺得遊戲很開心，但對於懲戒營的犯人來講，這是不堪忍受的。大家就出主意，全都慢慢地跑，怪腔怪調，或是裝瘸子，和他們胡鬧。最後的形勢自然是士官生們早跑到終點了，這邊還遠沒跑完，還在拖拖沓沓。最後一棒是亞歷克夏接的，他一開始就像脫了弦的箭一樣跑，跑了幾分鐘就跑不動了，忽然之間就停下來了，他其實是眞的跑不動了，他有病，後來簡直是爬到了終點。士官生們氣得不得了，就把他們全集合起來問：「你們是不是有病而跑不動？」除了亞歷克夏大家都說是，士官生就開始懲罰亞歷克夏，很厲害地懲罰他，還關他禁閉。他出來之後便對路德維克說，他有個新發現，這士官生是個眞正的反革命。路德維克說這太可怕了，你不要瞎講，我們還在受懲戒呢。亞歷克夏說不，我已向黨遞交了一份報告，他用這種殘酷的手段使我們對社會主義反感，所以是個壞蛋。這份報告自然給亞歷克夏帶來災難性的結果，他正式被開除出黨：你反動，在裡面還不老實，還寫這個。第二天早上大家發現他沒起床，士官生提來了一桶水，所有昂薩克那幫人都興高采烈地看著捉弄他。他們那兒有個規矩，你賴著不起床，就用水澆上去。可是等水澆上去時才發現他已經死了，他自殺了。

他的死一下子使路德維克覺醒過來，他開始對昂薩克他們感到非常非常憤怒，他有了一個很重要的認識：「我開始懷疑那種人僅僅建立在環境的壓力和自我保護的欲望上的團結的價值。」他很難過，覺得自己也參與了對亞歷克夏的迫害，他意識到昂薩克的世界的卑鄙，他覺得不行，這種世界是一個人妥協到底，退到最後，沒有辦法，完全是爲了苟活而建立的一個世界。這樣，他第二次經營起來的世界又粉碎了。這之後他所遭到的厄運是一個連一個，不斷加刑。總算服完刑之後卻必須和煤礦簽約，否則再加刑，就像我們勞改場期滿後還得留場的意思。他受的罪不得了，心裡面的憤怒也日益增加，而且他的時間舞台又一片空虛了。原來還有昂薩克的世界可以提供他以人的最本能的欲望立足，可他不行，他已經不是原始人、野蠻人，已經有文明的教育了。他非常空洞，時間又回到他眼前，又是空白的時間。他只得再一度去建立，其實這已經談不上什麼建設，他就好像從一個什麼地方墮落下去，掉到一個很小的計畫裡面去。這個計畫就是他第三個世界，一個很具體、很藐小、很刻毒的計畫，一個復仇計畫。

有一個他的好朋友，這人叫澤曼尼克，他的妻子叫海倫娜。在決定開除他黨籍的會議上，澤曼尼克是個重要的角色。路德維克不明白平時那麼好的兩個人，他們在一起唱歌，一起遊行，一起宣誓，可是到時候卻也不相信他。他心裡充滿了仇恨，都集中在澤曼尼克的身上。他的小計畫是勾引海倫娜，他要和海倫娜做一次愛，他的計畫隨著機會的來臨逐步形成。這時政治形勢好轉，他已離開了煤礦，到一個研究院做了一個也算是領導的工作吧，海倫娜是個廣播電台的記者，由於採訪和他有了接觸，一旦知道她是澤曼尼克的妻子時，他的興趣一下子就來了。海倫娜三十多歲，有了孩子，開始衰老可是還在最後掙扎，竭力拉住青春的尾巴。他開始以一種非常拿手的辦法去勾引她，很有成效。他把她勾引到他的家鄉。這裡每年有一個活動，叫做「國王們的騎馬」，海倫娜作爲一個記者去採訪這個民俗活動，他說正好他要回鄉，就在那兒見一次面吧。見面之後，一切該發生的都發生了，很瘋狂，他其實對她一點欲望都沒有，只有想到自己的仇人時才感到有點激動，就是這種仇恨激勵著他把做愛完成了。之後他們開始聊天，海倫娜這時愛他愛得不得了。聊天時他才發現一件糟糕透了的事情，原來海倫娜是被澤曼尼克拋棄了的妻子。他簡直覺得太無聊，荒唐透頂，他本是想去破壞他，去獲取他的珍寶，結果卻是他的拋棄的東西，且澤曼尼克正苦於甩不掉手，他的插手則使海倫娜下了離婚的決心。他又碰到了澤曼尼克，帶著他的小女朋友，才二十三歲。他還在那個大學，教馬列主義思想，這二十三歲的姑娘是他班上學生，也學馬列主義的。

他覺得自己的復仇第一步已慘敗，即海倫娜是被拋棄的。第二步還要慘，他發現澤曼尼克已經變了，他變得思想很解放，他稱自己教的馬列主義是教哲學，思想非常開放。尤其是他的小女朋友，完全是一個現代青年，對馬列主義有一套非常透徹的看法，她不過把它作爲一門學術來看待，且對他們這一代人表示不理解，以爲他們那些政治運動都很荒唐，像遊戲，像玩笑。路德維克感到在那個小女朋友面前，壓根兒澤曼尼克和他路德維克是一類人，而小女朋友很是另一類。他的復仇一下子失去了對象，而且他發現他也不可抑制地對澤曼尼克的小女朋友很迷戀，這確實是個很優秀的女孩子，很漂亮，很性感。第三次他的世界垮掉了，而這次垮得更徹底，他的半生時間都已貼進去了。他的世界一垮再垮，終於沒有建立起來。同時，在他的家鄉，他向老朋友要求再回到樂隊裡，吹一次黑管。他以前是個黑管手，在民間活動裡吹黑管，後來他當了共產黨員後就對民俗活動沒什麼興趣了。他很想回到樂隊再吹一次黑管，實際上他是想到質樸的過去裡面去找一個世界，過去在什麼地方呢？當他在吹黑管時他發現這個民俗活動完全是由官方在主持的，年輕的一代完全沒有興趣，沒人在聽他吹奏，也是失望。一個世界連一個世界在垮。路德維克和王蒙的林震不一樣，林震只是在懷疑，是一個溫柔的懷疑的青年，他不像路德維克那麼激烈，路德維克是操起了批評的武器，已經把一系列的世界打個粉碎，但他無法建設，他的建設總是以失敗而告終，但是也透露著一線朦朧的光芒，那就是一個姑娘。

這個姑娘名叫露西，出現在他最暗淡的日子裡。懲戒營中不是兩個星期一次假期嗎？當他不再和昂薩克們混在一起，假期裡就跑到這個城市中閒逛，遇見了一個電影院。這是這小城市唯一的一個電影院，所以它不需要名字，就叫「電影院」。正在放《名譽法庭》，就是當年他的女朋友想效法裡面的女主角去拯救他的電影，他一看名字就倒胃口了。正當他往回走時，看見了一個姑娘。這女孩子很普通，很平凡，穿了一件舊的短大衣，顯然袖子是短了，頭髮也挺蓬亂的，但是她挺安靜，安靜地到電影院中去買了張票，他不由自主地就跟著她走。她走到一個鐘樓跟前，有個石凳子，她坐下來，看著鐘，等電影開場。這一情景使他很奇異地有點感動，他也買了張電影票，跟著女孩子走進電影院，和她一起看電影。作者很細緻地寫這一切，這一切都是使他有觸動的：女孩坐下來，把那件破大衣脫下來疊好，放在膝蓋上，然後看電影，看好後再穿大衣，他就幫她拉拉袖子，這時候那女孩回過頭，很感激地看著他，他勇敢地說：「我能送你回家嗎？」他們就這樣認識了。然後每當他有假期，他們總是一起度過。散步，看電影，始終沒有發生太強烈的事情，但女孩對他有種很沉默的關注與鍾情。比如，他有一陣總被懲罰，假期被取消，而露西靜靜地來到懲戒營鐵絲網外邊看著他操練。他很感動，心裡很愛她。當這女孩站在鐵絲網外時，昂薩克他們會說些下流的猥褻的話，這些話刺激了路德維克，同時也諷刺了他，因爲到此爲止，他還未同她發生任何實質性的事情，而且他的欲望也非常強烈。但露西對他的衝動總是很抗拒，甚至於他在冒著被加刑的可說是生死攸關的危險設置了一個做愛的環境，她都抗拒了他。就是這麼個女孩子，然後，突然之間又從他的生活中消失了。

這個人物始終是路德維克心裡的一個建設性因素，他很想把她建設成一個精神的王國，精神的世界，可是材料太少。露西是那麼簡單，而且他對她那麼不了解，他從何建設起？露西總是呈現出一種非常縹緲的，朦朧的，轉瞬即逝無從捕捉的特質。他也不斷地問自己，分析露西，爲什麼她會使他產生這樣一種印象？露西其實是一個貧窮的、可憐的、總是被繼父毆打的下層女孩，她沒有知識，沒有宗教，對歷史一無所知，她一點也不知道時代的重大問題，她生活中的問題是日常而平凡的。然而就是在這裡他得到了一種解脫，他好像在往下飄落，無所依的時刻抓住了一個東西，這時候他說：「露西來把我帶向她的灰色樂園。」這「灰色樂園」的定義很有意思。她是有個樂園，可不是那種燦爛輝煌的，而是灰色的，暗淡的，在轟轟烈烈的時代之下，在偉大的歷史之下的平凡藐小卻嚴肅道德的生活原則。路德維克說：「不久前似乎還是不可想像的這一步，使我得以退出歷史的這一步，突然間成了寬慰和信心的根由，露西羞怯地挽住我的胳膊，於是我讓她引路了。」這個灰色樂園，可說是在他一系列的世界崩潰之下，一個脆弱的建設。

後來他的一個朋友，露西後來的情人，告訴路德維克有關露西的很多祕密，包括她當時爲什麼拒絕與他做愛的祕密，告訴他這一切之後，露西變得具體和現實了。路德維克的態度是：拒絕他對露西的描述，他認定這之中的描述很多出於一個男人的想像。其實他是要一個虛無的露西，他要一個未知的、不可知的露西，就像他第一次見到她，在電影院前，看著鐘點，等待開映時間，穿著舊大衣的露西，生活在一個淺顯表面而又深不可測的源流裡的露西，來作他的嚮導，引向灰色樂園。

這裡還有一段也是很有意思的。是關於「國王們騎馬」的民俗活動。有人扮成了國王，騎馬到處去募捐，要喝酒，唱歌，跳舞，這儀式似乎很神祕，無人知道它的涵義，它的來歷。正如埃及象形文字對那種看不懂它的人，他們僅僅把它當作是奇異的草圖，它們的確是很美的。國王們騎馬也是很美的，它原初想傳達的意蘊，早已不爲人知，留下的只是更加鮮明突出的動作，色彩，話語。當此書第一次出版時，這一段落被出版社全部刪去，認爲無關緊要，離題太遠，其實這段非常重要。米蘭．昆德拉在探討人的心靈世界的形式。他仔細描繪這儀式的細節。很奇怪的，騎在馬上的國王是一個女性的國王，可卻是由男性扮演，國王不說話，嘴裡咬著一枝玫瑰花。當路德維克遠遠地跟著馬，跟著由孩子們裝扮的馬在行走時，忽然之間有個奇異的設想，他就這麼說：「望著戴面罩的國王，我看到露西騎著馬，莊嚴地並且嘲弄地通過我的生活。」這是極其重要的一個幻覺。

這本書是非常值得研究的一本書，作爲一部小說，也許不像後來的《生命中不能承受之輕》那樣具有清晰深刻的理性力量，而是帶有強烈的搖擺性、不確定性。你會看到書裡面有許多人在敘述他們的人生觀，譬如路德維克的朋友，吹管子的亞諾斯拉夫，他的人生觀是：他參加民俗活動，可他全不信神，絕對的無神論；而另一位，科斯特塔，他是共產主義者，卻信奉基督教。但他們每一個人的世界到後來都是崩潰的、失敗的，包括海倫娜。在這裡，昆德拉想做的事是，不要的東西全部不要，要的東西，卻非常渺茫，那就是「露西」。露西在這本書裡是以兩種極端的方式表現的。一方面是最最具體的，比如他寫她怎麼穿衣服，穿怎樣的高跟鞋來迎接他，怎樣把她的臥室打扮成節日的氣氛，都是最具體的東西，沒有一點概念的。而另一方面卻是最最含糊朦朧的，就是乘在馬背上，口裡銜著玫瑰花，男扮女裝的露西。這兩者都無法命名和定義。

接下來的問題是，我們怎麼來衡量處女作的價值。先來說處女作和成熟之作的區別和差異，我想可以舉一個例子，這例子是什麼呢？就是曾經有人評價我們上海的金山農民畫，他們說很棒很棒，畢卡索如果看到金山農民畫會感到很慚愧，因爲他畢生所做的事業，由一個農民，完全沒有受過教育，沒有受過訓練，完成了。那麼，這話對不對呢？我覺得這話不對，事情不是這樣子的。畢卡索他也許最後達到的那個世界，確是一個感性的對世界的認識，也是對世界的一個非常樸素的、非常直觀的認識，可是畢卡索的認識是經過了理性的階段，它裡面是有昇華的。而金山農民畫則是第一步的，沒有經歷過我們所說的兩次否定，它是第一步。而畢卡索是經過兩次否定所達到的，他的感性世界包含了理性的果實，它是一個經過昇華的世界。所以也就是從這個意義上，我必須要正視處女作的局限性，它只是在某一點上體現出了一種心靈世界的獨立性。但是並不是說處女作是這麼樣的至高無上，或者是一種理想的境界，並不是這樣。但是，不管怎麼，它是心靈世界的初創階段，它顯示出創造力的自由狀態。

第 三 堂課

《心靈史》挑起了「心靈」的旗幟，

打開書本，

卻是哲合忍耶的教史。

哲合忍耶爲心靈書寫下「手提血衣撒手進天堂」的詩篇。

就在哲合忍耶載起心靈的遠程，

便離開了現實世界的此岸。

今天我們分析張承志的《心靈史》。

我現在應該說明一下，從今天開始我們將要分析幾部作品。在這些作品分析當中，我都是把它作爲獨立的對象來分析的，我不研究作品和作家的關係，對於作家的背景材料，我不作任何介紹，這些對於我來說無所謂。不管他是男是女，是古是今，都不要緊，重要的是他的作品。我們怎麼看他的作品。我就把他的作品作爲一個獨立的東西來看。

我還要解釋一下我爲什麼選擇張承志的《心靈史》作爲我第一部要講的作品。我想那是因爲《心靈史》是個非常非常典型的作品，拿它來作爲我的理論的初步證明，非常合適。它幾乎是直接地描繪了一個心靈世界，它非常典型，用我們一般的話來說，它極其典型。當我第一次要用一個比較完整的成熟的作品來敘述我的藝術觀點的時候，這個典型給了我較大的方便。

我想它已經非常鮮明地挑起了一個旗幟，就是它的題目：「心靈史」。它已經告訴我們他的這部小說要寫什麼，他就是要寫心靈。可是有一個非常奇怪的事情，你打開這本書你所看到的是什麼呢？你看到一個伊斯蘭教的支教叫哲合忍耶的教史，張承志卻爲這部書命名《心靈史》。這本書我不知道大家看過沒有，讀起來也許會感到困難，因爲它涉及到比較多的歷史問題和宗教問題，而我覺得作爲搞文學以及一些搞人文科學的同學應該把這本書讀一下，我覺得它有非常大的價值。當這本書出來的時候，正是文學暗淡的時期，它帶來了光芒，大家可說是奔走相告。山東的作家張煒說過一句話，他說文學搞到這個份上才有點意思。說明什麼呢？說明這本書已經觸及到了一個文學的本質的問題。它非常徹底地而且是非常直接地去描述心靈世界的情景，它不是像將來我們會繼續分析的一連串的作品那樣，是用日常生活的材料重新建設起來的一個世界，它直接就是一個心靈世界。它是一個非常奇特的東西，是一個可以使我們敘述和了解方便的東西。我爲什麼還是把它作爲小說呢？拋開它的名字不說，它寫的是一部教史。有很多人否定它是一部小說，覺得怎麼是小說呢，覺得很奇怪，根本無法把它作爲小說的對象去研究。就是說大家都不把它看作一本小說，可是我確實認爲它是小說，後邊我會說明我的觀點的根據，我將證明它爲什麼是小說。順便再說一句，這本《心靈史》並沒有在刊物上發表過，這也是比較少見的情形。它是直接地出了一本書，就是說沒有找到一個願意發表它的刊物。一般來說我們都是在刊物上先發表，然後再出書，但它沒有，這也看出它不被理解的遭遇。

《心靈史》有一個序言，題目叫〈走進大西北之前〉，這個序言很重要，可以幫助我們解讀這本書。一方面是解讀，一方面可以證明很多我們的猜測。它對於我站在這裡向你們談這本書有兩點幫助，第一，它證實了我的一個猜想，它就是在尋找一個心靈的載體，這使我更加有信心證明《心靈史》確實是個心靈的世界，它並不是一本教史。序言裡面有一段話是這麼寫的，非常激昂，它說：「我漸漸感到了一種奇特的感情，一種戰士或男子漢的渴望的皈依，渴望被征服，渴望巨大的收容的感情。」接下來還有一句話，說：「我一直在徘徊，想尋找一個合我心意的地方，但是最終還是選中了西海固，給自己一個證實。」第二，序言還證實了我對作品的一個結論，就是關於《心靈史》這本書所構造的心靈世界的一個特徵，這特徵是怎麼樣的呢？它說：「我聽著他們的故事，聽著一個中國人怎麼爲著一份心靈的純潔，居然敢在二百年的光陰裡犧牲至少五十萬人的動人故事。在以苟存爲本色的中國人中，我居然闖進了一個犧牲者的集團。」這裡面我們首先要有一個概念，這本書裡充滿了對「中國人」的批判，它老是說「中國人」苟活，但是我們絕對不能這麼狹隘地去看它，它絕對不是對某一個國家，某一個政體之中的人的反抗，它只是對一種普遍性的，在主流社會裡的生存狀態的離異和自我放逐。所以我很怕對它的評價陷入到一個非常政治化的，具體化的狹隘的批評中去，它的視野實在是非常廣闊的。因此，我們可以發現這故事具有著一種非實在性，這恰是心靈世界的一個重要特徵。

從今天開始就來分析作品。我想我的分析方式是這樣的，首先我把這個故事以我的認識來敘述一遍，然後我要解釋一下，這個故事與我們現實世界的關係，我不是強調它是一個心靈世界嗎？那我就要解釋一下這個心靈世界和現實世界的關係，而這個關係其實就是我們寫小說的畢生要努力解決的東西，這是非常非常重要的，我們畢生的努力方向就是要找到這種關係。

我想這個故事主要是寫哲合忍耶的歷史。我們現在完全撇開宗教，因爲我是個沒有宗教信仰的人，不僅對伊斯蘭教，我對什麼教都不了解，我只是從《心靈史》這本書裡接受它所交給我的所有信息，我的所有分析都來源於這本書。我是絕對把它當作一本小說來分析的。那麼「哲合忍耶」是什麼呢？從這本書中我知道的是什麼呢？我知道它是伊斯蘭教的一個分支，這一個教派是神祕主義的。它在什麼地方廣爲流傳呢？它的教民分布在什麼地方呢？大西北，前面所說的西海固。非常非常貧困，貧困到什麼程度呢？小說裡有一句話描繪他們，就是「莊稼是無望的指望」。書裡面寫到貧困的情景，一個小孩子到地裡去挖苦子菜，一種野菜，他跑到地裡，連挖開地皮的力氣都沒有了，就在苦子菜旁邊死了，當目睹者奔回來告訴他的母親，說你的兒子死了，餓死了，他母親怎麼呢？他母親正從左鄰右舍討來了一碗麵糊糊，準備給她兒子吃的，一聽她兒子死在地裡了，她接下來的動作是馬上把這碗麵糊糊喝下去了。還有一個父親，他要去很遠的地方謀生打工，前途茫茫，全家都在送他，哭哭啼啼的，而他的孩子心裡在想什麼呢？他心裡一直在想他父親的包裹裡面有一塊饅頭，一直在想這個饃，最後他到底還是把這塊饅頭偷了。就這麼一個貧苦的地方，寸草不長，非常貧瘠，這就是哲合忍耶的生存環境。在這種地方，人的欲望落在了最低點，是最適於信仰生長的地方。它有什麼呢，只有信仰。人生的目的都是非物質性的。那邊盛傳的一個故事就是千里背埋體（埋體就是屍體的意思），是說在一次教爭中，有兄弟兩個，弟弟關在監獄裡被打死了，然後這個哥哥花了十五年的時間，長途跋涉，歷盡艱辛，跑到監獄裡，把他弟弟的屍體偷出來，背著回家。白天背屍體的人不能走大路，只能藏在荒草叢中躲著，等到天黑以後上路，就這樣又走了十五年，把弟弟的屍體背回來，埋到拱北——哲合忍耶的聖德墓。爲什麼呢？爲了把他弟弟送到眞正的歸宿裡去，這就是他們的信仰。哲合忍耶還充滿了神祕主義的精神。他們相信奇蹟能夠發生的。

小說裡怎麼描寫神祕主義亦即蘇菲主義的產生原因呢？它說：「這種肅殺的風景是不能理解的，這種殘忍的苦旱是不能理解的，這種活不下去又走不出來的絕境是不能理解的，大自然的不合理消滅了中國式的端莊理性思維。」於是，神祕主義來臨。他說的苦旱，是什麼樣的呢？家庭的富裕程度是以擁有幾窖水衡量的。他們挖地窖，把雪塊鏟在裡面，等雪化了以後，全家一年的吃和用全都在這窖裡了。所以誰家富裕，就是他家的窖水多。哲合忍耶就是存在於這麼一個生存絕境，遠離物質主義的俗世，精神崇拜便不可止擋地誕生和發展壯大。現在我們大約可以看出哲合忍耶是怎樣一個世界。這個世界我們是否可以下這麼一個斷言，就是絕對的沒有物質，絕對的沒有功利，絕對的沒有肉體的欲望，因此是絕對的獻身，而且絕對的痛苦受罪。人的本性、本能總是趨樂避苦，總是趨向快樂，而避免苦難的，可是這裡苦難撲面而來，你躲都躲不開，你必須違反你的本能，要創造另一種人性的方式和內容，那就是受苦、受煎熬、受難、犧牲。

張承志怎麼描寫這個世界呢？他給它兩句話：「他們熱愛的家鄉永遠是他們的流放地。他們的流血像家鄉的草木一樣，一枯一榮。」這就是張承志給哲合忍耶家園的一個定義。這本書讀起來的時候，會感到困難，我勸你們不要太去追求裡面的情節、人物，你們要注意它的文字。它的文字非常激昂，它是很好的詩歌，很華美，張承志一直追求美的文字，但這種美絕不是空虛的，都有著重要的意義。所以當你一旦進入文字，便也進入了內容。

那麼哲合忍耶的哲學內容是什麼呢？就是有兩句話，第一句話是「伊斯蘭的終點，那是無計無力」。沒有辦法，也沒有力量。這是一個非常茫然的終點。第二句話叫「川流不息的天命」，好像是接近循環的意思，但是我不敢斷言，因爲我對宗教確實沒什麼研究，我現在所具備的所有認識都是從這本書來的，而我們今天只談這本書。再則，就是這個哲合忍耶宗教有著非常非常嚴格的儀式，它的儀式非常簡單，但是非常地嚴格，這個儀式叫打依爾。這個打依爾就是大家圍坐成一個圈子，中間是一張矮桌，一個專門的單子蒙著，上面燒著香，然後大家攤開了《穆罕麥斯》（《穆罕麥斯》是他們的經書），然後開始念，必須要經過洗澡才能來念。只要說一個例子就能證明它的嚴格性，那就是它永遠不中斷。如果哲合忍耶遇到了巨大的災難——滅教，譬如說同治十年，同治十年的滅教對哲合忍耶來說是非常非常慘痛的，大家全都潛入地下，無論是中斷多少年以後再坐到這裡，也必須一代人一代人地回想，回想當時我們最後一次打依爾說到哪一頁上，再順著它往下念。所以它永遠不會中斷，它總是連著的，還因為這個緣故，全國各地的哲合忍耶都是在同一天裡讀著同一頁，還因爲每天規定是讀五頁。它永遠不會錯的，不是說今天你讀到這他讀到那兒。巨大的凝聚力，就是以打依爾這種形式造就的。

這本書的結構很奇特，它不像我們通常所說的第一章、第二章、第三章，也不是第一卷、第二卷，它是用「門」來劃分段落。是以哲合忍耶內部的祕密抄本的格式，一共是七門，就是人們通常小說裡的七章，或者七卷，它是七門，每一門敘述一代聖徒。它一共敘述了七代聖徒，從它創造者到第七代，從無教到復興，幾起幾落，一共是七代。我們簡單地把這七代聖徒敘述一下，基本上可以了解哲合忍耶的歷史，也就是這本書的、我們所說的故事的情節是怎麼樣的。

他們的第一代也就是創教人，他的名字叫馬明心。他不是如我們所了解的佛教的釋迦牟尼，是一個王族的家庭背景，或者像基督教的耶穌，是木匠的兒子，他則是一個出身寒微的孩子，一個孤兒，沒父沒母的，童年非常苦難。他九歲那年跟著叔父去尋找聖地，去到阿拉伯的世界，也就是伊斯蘭的眞理家鄉。穿過大沙漠，涉過九條河流，到最後同去的親戚都失散了，只剩下他和叔父，一老一小跋涉在沙漠裡，沒有地圖，沒有指南針，也不識字，完全是憑著本能，後來的聖徒們所說的一種前定。他們喜歡用「前定」這個詞，也就是我們所說的命運這樣的意思。就這樣茫茫然地尋找，最後他和他叔父也失散了，只剩下他一個人。經歷了九死一生，好幾次昏過去又醒過來，但突然之間奇蹟出現了，沙漠裡有個老人過來送了他一串葡萄，然後就給他指點了一個方向，一個什麼方向呢？一個也門道場，這是一個伊斯蘭教蘇菲派的傳道所。他順著老人的指點去了那個傳道所，在這個傳道所裡他兢兢業業地學習，非常用功，苦修了十五年。這時候他已經是個二十五歲的青年了，他在路上花掉一年的時間。二十五歲的那一年，他們的導師就指點他要回到中國的甘肅，給他指定了一個方向，去傳道。然後他就回到了甘肅，就是那個我先前所描繪的極其窮苦的地方。馬明心他行的是一種苦修。他有一個教徒，窮得簡直沒法再窮了，有一天這個人的親戚遇到他，實在是看不過去，說我已經夠窮了，你比我還窮，我們就帶你去化緣吧。這個親戚也是一個神職人員，是個阿訇，帶他募捐到很多衣服和吃的回來。馬明心知道後就非常憤怒，他說你要入我的教，你就不能這樣，最後他只能把東西全都退回去，送給窮人。所以這個教派和別的教派有一點不一樣，它不求施捨的，基督教講奉獻，和尚講化緣，而他們不，他們就窮到底算數。

在此之前並沒有哲合忍耶，哲合忍耶是在馬明心手裡逐漸形成的，他給予它的第一個，最基本的要義就是受苦受窮，他把人的肉體上的欲望約束到最低點。馬明心終身只穿一件藍色的長袍，羊毛長袍（因爲「羊毛」這個詞在阿拉伯語裡正好是「蘇菲」的意思）。他這個教義顯然是太適合生存在絕望的貧瘠之中的人們了，眞是落到他們心坎上去了，他們用一句話來給它命名：這是我們窮人的教。在很短的時間裡馬明心爭取到很多教徒，以至於引起了教爭，這也爲他們以後的滅頂之災埋下了禍根。和他發生教爭的是花寺教派。花寺教派的聖徒也是和馬明心一起在也門教場裡受洗禮，一起修行，但是這一個教派比較物質主義，它搜集財物，求布施，募捐，所以它積累起一定的財富，而且有文化積累，比如彩畫的創作，所以說比較貴族氣，慢慢它就脫離了受苦受窮的民眾。它的很多教徒跟隨了馬明心。逐漸馬明心就形成了自己的教派，自己的教徒，他的勢力就大了起來。他使窮人的心裡有了一種安慰，飢餓的窮人得以在精神上富有起來，有了一點生存的勇氣。然而花寺教派畢竟是個比較大的教派，這個教派和清朝政府有一定的關係，所以說最後的結果是官府介入了他們的教爭。官府一旦介入後，就開始對馬明心教派進行彈壓。在乾隆四十六年一次大規模的血戰中，馬明心被捕了。馬明心被捕的時候，教眾簡直是瘋狂了，舉行了無數次起義，要求把馬明心放出來。當官府把馬明心押到蘭州的城門上面斬首的時刻，他的身影一出現，下面滿滿的群眾全都瘋了，齊聲歡呼，叫喊，他包頭的白頭巾扔下去，一下子就被下面的人分搶成絲絲縷縷。最後馬明心在城樓上被殺了。這就是哲合忍耶的第一代教主。

接下來的第二代教主，名叫平涼太爺，這是個尊稱，他們稱他爲平涼太爺。他繼承馬明心的衣缽也是很神祕的事情，馬明心曾經很微妙地對他說了這麼一句話，他說：「我的有些門人拿得起，放不下，有些能放下，卻拿不起，僅僅只有這個人，他能夠拿得起，也能夠放得下，這個人現在他不知道他，人也不知道他。托靠主！兩三年後他也會知道他，人也將知道他。」這個宗教是非常神祕的，話都不直接說的，是用一種非常隱晦的語言來說的。此話非常符合他們那種前定的觀念。其時，平涼太爺並不知道自己在接受傳位，但他心中有一種宗教的激情，所以說當有人向他傳教，要帶他去修行的時候，他不顧母親、妻子的阻攔，去到一個官傳道堂，離他家鄉非常遠的一個道堂裡做一名普通的教職人員，就是灑灑水，掃掃地，同時潛心於修煉。所有的宗教的任務都是怎麼去和主接近，那麼他這個平涼太爺怎麼去和主接近呢？在道場後邊，有一口井，他老在井邊坐著，坐著坐著他就能看見井裡邊浮現起一個形象，他認爲這就是主的形象。在哲合忍耶可歌可泣的歷史上，這名教主所經歷和擔任的任務以及他的結局就是一個隱藏。因爲在馬明心被殺死的時候，哲合忍耶的力量已經非常薄弱了，不可能像馬明心開創時候那樣四處都有他們的念經僧，布道傳教。現在不能了，平涼太爺所做的事情就是隱藏，他把自己隱藏起來，維持這一脈生息，把這一脈生息傳遞給下一個聖徒。他是一個傳遞火種的人。

馬明心死後的數年是一個非常困難的時期，一方面官府對哲合忍耶開始注意，視其爲異端，另一方面，因爲馬明心的死，激起教眾的反抗，不斷造反和起義，結果是一次又一次的彈壓、血洗，整個形勢是非常惡劣的。在這種情況下，這個平涼太爺的主要任務就是隱藏自己，而且他把自己隱藏得非常好。他曾經有過一次入獄，在著名的底店慘案中。就在乾隆四十九年，清政府在底店實行了一次大屠殺，將一二六八名十五歲以上的男丁全部殺掉，剩下二千五百名兒童、婦女全給清朝官兵爲奴，其中近半數流放到江蘇、浙江、福建、廣東等南方沿海一帶。在這個背景下，平涼太爺入獄了，但他也是悄悄的，沒有暴露哲合忍耶的身分，所以他又生還了。他在監獄裡除了忍受嚴刑拷打，還忍受著另一種更爲殘酷的刑罰，這是種什麼刑罰呢？就是眼睜睜地看著別人壯烈犧牲而自己苟活。哲合忍耶的最大理想就是犧牲，如果不能夠去犧牲，他就沒有價值，他存在就沒有意義。所以平涼太爺是非常痛苦的，他眼睜睜地看著別人赴湯蹈火去犧牲，而他卻不能犧牲，爲什麼呢？因爲馬明心把教傳給他了，他有責任，他必須要把哲合忍耶的火種傳下去，這是他的任務，他不能忘記，他必須要隱藏下來。他最終是病死的，就死在修行的井旁邊，幾十天地不睡覺。張承志對他的評價中有一句話是說得很悲壯的，他說：「由於命定的悲劇，聖戰和教爭都以殉死爲結局。留下來的事業，永遠由選擇了心靈痛苦的生者來完成。」他把死者說成是幸福，而生者是心靈痛苦，就此我們可稍稍窺見這個《心靈史》的心靈世界的面貌。

然後就是第三代聖徒出世，第三代聖徒叫馬達天。這位聖徒維持大業的時間非常非常短，一共才六年，但是在哲合忍耶歷史上是很重要的，它是一個承前啓後的時期。這時候的哲合忍耶沒有公開的寺，沒有廟，沒有一個他們可以做禮拜聚集的地方，看起來哲合忍耶已經完了，已經被斬草除根了，但是有兩件事情表明著哲合忍耶沒有死，還活著。第一件事情是什麼呢？就是當平涼太爺病重時，他們開始實行了一種新的規定，原來教徒們都是要留鬚的，他們認爲這是一種聖徒給予他們的聖形，很神聖的一種形象，而這一次大慘案，則正是被誣告爲「耳毛爲號」而以其標誌捕殺鎮壓他們的。所以一方面是爲了保護自己，另一方面是要把這種仇恨銘刻下來，他們從平涼太爺將死時，開始把鬚全部剃掉，光臉。在他們來講是很痛心的，因爲把聖鬚剃掉了，所以他們稱作「剃鬚毀容」，他們覺得人的容貌就此毀掉了，可他們必須這樣。這個「剃鬚毀容」是在馬達天的時代正式流行、保留了下來。第二件事情則是他們還在悄悄地做著打依爾，沒有地方，也不能公開號召大家，他們就立出一個暗號：打梆子。在那些偏僻貧困的村莊裡，夜深人靜的時候，你聽到了梆子的聲音，千萬不要以爲是在敲更，那是在召集教徒們去做打依爾。不能大聲地誦念，就默默地坐著。在馬達天的時期，這兩件事情證明著哲合忍耶沒有死。這一個教主是很謹愼、很忍讓的，他能委屈求全，看起來似乎比較軟弱。這時候形勢平靜了，最殘酷的事情已經過去了，大家有點樂而忘憂，說咱們應該蓋房子，應該蓋寺廟了，沒有一個寺廟集合嘛。馬達天覺得這樣做太興師動眾了，會招來大禍，心裡感到很不安，但因爲呼聲非常高只能同意。大興土木造房子，果然驚動了官府，結果把馬達天抓進去了。

關於馬達天的入獄，卻有一個美妙的民間傳說。是說在新疆那兒有一個教徒，他挑了兩個非常非常大的哈密瓜，從很遠的新疆往甘肅送過來，一路上過了很多關卡。其中一個關卡的兩個清兵說，你這瓜那麼好，能不能給我。他說不行，我有用。清兵說你這瓜要幹什麼。他說我的瓜要敬上。清兵說你的上是誰。他說我的上是教主。一下子就暴露了馬達天。這是個民間傳說，但哲合忍耶到今天為止好像更認可這個民間傳說。我覺得這個傳說反映了一種安定和平甚至興旺的背景，走那麼遠的路，一個教徒，扛著兩只瓜送給馬達天。但是他給馬達天帶來的是厄運，馬達天被捕了。對馬達天的判決是流放，將他流放到黑龍江。他的十二個門徒，自願地陪著他上路，帶著他們的家屬。於是壯烈的一幕誕生了。馬達天乘著木籠囚車，他的十二個門徒以及他們的家小步行尾隨著他走向了黑龍江。

第四代聖徒名為馬以德，因其歸眞於四月初八而被稱為四月八太爺。他是馬達天的長子，他是在父親的流放途中，接受傳位。這一輩的光陰是三十二年，是哲合忍耶歷史上的第一個大發展時期，稱為「第一次教門的復興」。

馬以德是一個積極於行動的人，他四處奔走傳教，將失散的民眾再集合起來。由於前兩輩聖徒的隱忍，哲合忍耶保存了一定的人數，這是他所以能集合起教徒的基礎。並且，因為血統的關係，他也具有先天的號召力。同時，為要使民眾更信任他是「眞的」，他極其重視自身修養，施行嚴格的苦行。他強化了許多宗教細節，比如說嚴格宰牲規定，哲合忍耶用於祭祀的雞羊牲畜，宰前必須拴養餵食保證潔淨與肅穆。他就這樣一個村莊一個村莊地進行復教，漸漸恢復了信仰，並且重新建立了完整的哲合忍耶體系，比如導師「穆勒什德」，地區掌教者「熱依斯」，村坊中的清眞寺開學「阿訇」，教眾「多斯達尼」，這樣一級級的組織。他有所創見地把「打依爾」的形式化進日常的勞動，使眞主與人們無時不在一起，無處不在一起。例如打麥的勞動，書中摘錄了一段史傳的原文：「在打麥場上，他們排成兩行，面對面地打。一行人整整齊齊地，把連枷打在地上，同時就高聲念『倆依倆罕』。腳也隨著移動。另一行人又整整齊齊地打一次，同時念『印安拉乎』。腳又動一動。」

馬以德爲哲合忍耶做了許多富有建樹的工作，但同前三輩導師相比，他沒有得到那種完美的犧牲的結局。他是哲合忍耶第一位壽終正寢的導師。如書中所說：「他沒有獲得殉教者的名義和光榮，而哲合忍耶獲得了全面的復興。」以此種觀念來看，馬以德則是以另一種方式作出了犧牲。

第五代尊師馬化龍，即十三太爺，可說是生逢其時，他經歷了一個壯烈的時期。在這一個時期裡，哲合忍耶的奮鬥與犧牲是在前所未有的廣闊的背景之下展開，照張承志的話說，便是：「哲合忍耶第一次不孤獨。」在太平天國的革命之中，湧現了三位回族之子，這三人是雲南的杜文秀，陝西的白彥虎，還有哲合忍耶的十三太爺。起義的烽火遍地燃起，回民如同潮水一般湧來湧去，潮起潮落，最終總是以犧牲爲結局。同治年間金積堡的戰鬥是一場殘酷的決戰，據稱，清軍使用了「機關炮彈」，作者猜測大約是左宗棠用四百萬外債採買的歐洲新式軍火。這一場戰鬥持續數年，城被圍困，飢餓中已經有人相食者，並且時刻面臨著血洗的屠城之災。同治九年十一月十六日，十三太爺自縛走出金積堡東門，請以一家八門三百餘口性命，贖金積堡一帶回民死罪。在這株連殉身的三百餘人之中，卻奇蹟般地保留了一條性命，那就是他的妻子，人稱西府太太。似乎也是一個神祕的前定，要爲哲合忍耶留一線命脈。這位太太是一個漢人，在一次回民進攻武城時，十三太爺在逃亡的人群中，與一個女人撞了個滿懷，後來便娶了這女人，喚她作西府太太。當哲合忍耶退守金積堡時，十三太爺對她說：「你把所有傳教的憑證都帶上，金積堡破了，你就說，當時是我依仗勢力霸占了你。」最後，西府太太果然被釋放，她帶走了八個箱子，其中四個是傳教的「衣扎孜」——衣鉢。

同治十年正月十三日，左宗棠下令，將十三太爺提出官營，凌遲殺害。「十三太爺」這個尊稱，便是由正月十三日殉教的日子而來。至此，十三太爺在獄中整整受酷刑折磨五十六日。從此，當教徒念辭到「萬物非主，只有眞主」這一句時，要連誦五十六遍。同時，「同治十年」也成了一個教內的代詞，專指災難的極限。而你們要注意，這恐怖血腥的一門，卻被張承志命名爲「犧牲之美」，他極其激昂熱烈地書寫這一篇章，使人感覺，一個被壓抑幾輩的理想，終於到了實現的時候。我們從中可以了解《心靈史》的心靈世界的內容。

第六代聖徒馬進城，尊稱汴梁太爺，是在死後被追認教主的。他是馬化龍第四子的兒子。同治十年，他只七歲，跟隨受株連的族人走上流放的道路。他們是走向北京內務府，在那裡將接受閹割的酷刑，再發往邊地爲奴。當流放的隊伍走到平涼時，有位官吏有心想開脫他，問他究竟是不是馬化龍的孫子，他一連三遍回答：「我就是馬化龍的孫子！」此時此刻，他便不可脫卸地承擔了他的命運。有一位在北京做官的教友，多方設法，到底無法使他免受閹割。後來，只能通融使他來到汴梁，在一個姓溫的滿人小官吏家作僕人，免於流放邊地。溫家待他很仁厚，甚至讓他與自家孩子一起讀書，在他死後，還爲他縫了一件袍子送終。這是一個沉默而短命的少年，據溫家的子姪說，他夜間不睡覺，不知在作什麼。他的經名爲西拉倫丁，阿拉伯文意即弦月，是轉瞬即逝的新月。他身體衰弱，且心事重重，但卻不肯從他的命運中脫逃。

哲合忍耶稍事養息之後，曾由西府夫人策畫並實施過一項營救的行動。西府夫人乘一輛騾車進城，讓一名教徒去溫家帶他。可是當馬進城走到騾車前，一見是她，轉身就走，營救就此落空。爲了在暗中保護照顧他，哲合忍耶在溫家附近開了一個小店鋪，每見馬進城進店，便把一疊錢放在案子上，他有時全部拿走，有時只取幾枚。過了幾年，他不再來了，人們便知道他死了。這是光緒十五年，馬進城二十五歲。是一代受辱受難的教主，張承志寫道：「由於有了他，哲合忍耶便不僅有了血而且有了淚。」他還寫道：「由於他的悲劇故事，哲合忍耶終於完成了犧牲和受難兩大功課。」這就是在他死後追認的教主馬進城對哲合忍耶的貢獻與作爲。人們至今沒有忘記他默默承受苦難的日月。如今，每年都有從各處山溝走出來的哲合忍耶回民，走進開封，當年的汴梁城，在人聲鼎沸的公園裡，找一個地方，跪下，脫了鞋，點香，致禮，誦經悼念，然後，摘掉頭上的六角白帽走進人群。

哲合忍耶是在第七代教主馬元章，即沙溝太爺的光陰裡步入了近代史。在同治年間的起義中，雲南東溝出了一個叛徒，名叫馬現，率領清軍滅了大東溝。東溝寨子裡有一條七里長的地道，一位回民將領便由此實施了逃離的計畫。馬元章就是在此逃離的行動中，換了漢族裝束，率領親從們成功地逃出的一例。從此教內便有了著名的故事：「十八鳥兒出雲南。」十八是指當時馬元章正是十八歲。出了雲南，再出四川，最後進入張家川谷地，開始了復教的大業。在汴梁開店保護馬進城的，也是他，他一共守了十三年。同時，他還主持營救馬化龍家族的另一名男孩馬進西，在流放途中，打死解差，背著孩子穿過青紗帳，渡過黃河，最終在杭州藏身。就這樣，馬元章以張家川一隅爲根據地，悄無聲息地在一切哲合忍耶舊地展開了祕密的復教活動。他壯大了勢力，以他的權威，將這個見慣鮮血的被迫害教派勸導走上和平的宗教道路，使之發展到了它的全盛。它謹愼地對待外界，虔誠於蘇菲功課，嚴格教派組織，與官府達成默契禮讓，雙方放棄暴力。此時馬元章在張家川道堂，可說廣交三教九流，迎送八方來客。而在這盛世的頂點，便是震驚西北的「沙溝太爺進蘭州」。在一篇教文《進蘭州》裡，描繪了這個壯麗場面：「官員百姓上萬人，眾人踏起的塵土遮蓋了太陽的光輝。」

然而，我們必須注意到這一門中的微妙的矛盾。張承志在以極大的熱情寫下馬元章的業績和哲合忍耶的盛況時，他並沒有忘記對馬元章向官府的妥協作一點辯解，他寫道：「哲合忍耶可以放棄暴力但絕不放棄自己對於官府的異端感」，他也沒有忘記在這民國初年的政府，也許是將哲合忍耶作爲反清的盟友而接納了他們。但他還是強調：「這裡確實含有不可思議的神祕。」於是，不管怎麼樣，張承志是不能放棄進蘭州這個宏大的場面，它使張承志的心靈世界有了最高點，用他的語言說，就是「上限」的景觀和完成。一句話：「人道，就這樣頑強地活下來了。」現在，我想我可以回答先前的那個問題，就是這一部徹頭徹尾敘述教史的書爲什麼不是歷史，而是小說。我的理由有這樣幾條：

第一，是因爲作者處理歷史這一堆材料的特殊的方法論。如張承志自己坦言的：「正確的方法存在於研究對象擁有的方式中。」所以，他又接著說：「我首先用五年時間，使自己變成了一個和西海固貧農在宗教上毫無兩樣的多斯達尼。」他認爲這是歷史學的前提，並且強調這在學院裡是不被認可的，從而，確立了他反學院的立場。他提出，眞正的歷史學，「它與感情相近，與理性相遠」。他強調對待歷史應以感性的、個人的、心靈的方式，他甚而更進一步否認「歷史學」這門學科，說：「回民們在打依爾上，在拱北上，一次又一次地糾正著我，使我不至於在爲他們書寫時，把宗教降低成史學。」我們也已經看到，張承志在《心靈史》中正是這樣言行一致地，將他情感的方式貫徹到底。

第二，是他極其個人化的價值觀。講述完這七門教主的歷史，我們大約可以基本了解張承志的這個心靈世界的內容，那就是對犧牲的崇尚，對孤獨的崇尚，對放逐世俗人群之外的自豪，以摒棄物質享受、追求心靈自由爲自豪，爲光榮……這使他選擇了被稱爲「血脖子教」的哲合忍耶爲他小說的故事。並且，使他醉心的場面都是犧牲。他將哲合忍耶的魂定爲「悲觀主義」，他還將哲合忍耶的信仰的眞理定爲「東海達依」，就是「殉教之路」。哲合忍耶的被彈壓，被排斥，所占弱勢位置都是被賦予強烈的精神價值。「手提血衣撒手進天堂」——是爲其最肯定、擴張、發揚的情狀。他在哲合忍耶的歷史上寄託了他純精神化的價值觀，完全無視無論歷史也好，宗教也好，其存在的現實內容，他說：「幾十萬哲合忍耶的多斯達尼從未懷疑自己的魅力，他們對一個自稱是進步了的世界說：你有一種就像對自己血統一樣的感情嗎？」

《心靈史》所以是小說的最後一條理由是由敘事者——「我」的存在而決定的，我寧可將

「我」看作是一個虛構的人物。這個「我」，不僅講述了哲合忍耶的故事，還講述了他講故事的情景。他雖然筆墨不多，但卻沒有間斷刻畫描繪「我」。他描繪「我」是「久居信仰的邊疆——北京城裡的我」；「我偏僻地遠在北京」，等等，都是將「我」描寫成一個邊緣人，然後如何走入信仰的中心——哲合忍耶。這就是在關於哲合忍耶的全部敘述之後的敘述，也就是《心靈史》所以命名的由來。

現在，我想我已經說明了我的理由。那麼，大約我們也可以了解，《心靈史》的心靈世界與現實世界的關係是怎麼的一種關係，我以爲是一個較爲單純的關係。哲合忍耶幾乎原封不動地成爲創作者的建築材料，而終因創作者的主觀性而遠離現實，成爲一個非實在的存在。我所說的「非實在」裡絕對沒有貶意，如同以前說過的，它是心靈世界的特質。

第 四 堂課

《九月寓言》是一個奔跑的世界，
奔跑就有了生命，
停下則是死亡。
它把眞實的房子拆成磚，
再砌一座寓言的房子。
它以它神話的外形，
顯示著「好小說就是好神話」的定義。

今天講《九月寓言》，作者是張煒。這是個寓言性質的故事，形式上接近童話。但這個童話世界和我們的現實世界不是直接對應象徵的，它是另外一個世界，完全獨立的一個特定的世界。這個世界是怎樣的一個世界呢？

再複雜的東西其實也是可以用一句話來表現，《九月寓言》實際上是一個跑和停的故事。它發生在一個村莊，名爲「小村」。小村是從很遠的地方遷徙過來的，不是那種土生土長、有著幾百年甚至幾千年歷史的村落，這是一個外來戶組成的村莊。小村的居民被周圍的人歧視。周圍的人給他們起了個名叫「鮁鮁」。書中注解說這是一種劇毒的海魚。所有的人都「鮁鮁鮁鮁」地這麼叫他們，顯然是一種蔑稱。我懷疑這是「停吧」的諧音。因爲這是一本寓言，張煒特別標明了它是《九月寓言》。我爲什麼把《心靈史》和《九月寓言》作爲我開始講的兩篇？因爲它們都給我證明我想法的一種方便。它們具有一種簡單化的形式。《心靈史》的簡單在於它使用的是現實世界原封不動的材料；《九月寓言》的簡單則在於它具有著神話的外形，顯示著「好小說就是好神話」的定義。就是說，假如我們稱現實世界和心靈世界爲此岸和彼岸，那麼它們在這兩岸中總有一岸是呈現原始狀態，這使我們在初步進入時可輕鬆簡便一些。

好，話再說回來。「鮁鮁」我認爲是「停吧」的諧音，它表明了小村是一群外來人奔跑過來以後停留的狀態。我們再來看看小村的生存環境。小村是在平原上，有著一望無際的紅薯地，小村的人就是靠紅薯來維持他們的生命，一代又一代。小村人的死於非命，往往是出於兩個原因，一個是紅薯歉收餓死，一個是給紅薯噎死，這是他們的命運。最壯觀的景象是豐收之年，紅薯全都紅了，那就是一個火紅的世界。這是小村頭一件寶物。

小村裡有一些非常奇特的人物。儘管別人都看不起他們，叫他們「鋌鮁」，用石頭仍他們，可是有一樣東西卻足以使小村自豪，這是個大姑娘，叫趕鸊。她長得非常漂亮，黑黝黝的臉，腿很長，非常結實。她的漂亮使得沒有一個小夥子會以爲「我配得上她」。她有幾個特長：一、她很會唱數來寶，她如果喜歡誰，她就給誰唱數來寶；二、她非常善於奔跑。她是小村夜晚奔跑的孩子們的首領。由於她，小村的青年們晚上才有了事做——奔跑。我懷疑，「趕鸊」的「趕」字是個動詞，因爲她老是領著大家在奔跑，好像在追趕著什麼。小村的人則懷疑她是一匹寶駒投胎的，也是一個寶物。

接下來的寶物源自於紅小兵這個人物。他是趕鸊的爸爸，會用紅薯的蔓子釀一種酒，使得整個小村充滿醉醺醺的氣氛，這種氣氛使停留的狀態令人迷戀。酒是用非常廉價的東西——地瓜蔓子釀成的，釀得非常之好，要麼不喝，一喝就永遠忘不了。這是他們第三個寶物。

第四個寶物是白毛毛草，似乎是蘿蔔花或者蒲公英之類的東西。它是小村人禦寒的東西。他們把這種白毛毛草採來以後，當作棉花做成棉襖、棉被、枕頭。小村人吃的是紅薯，蓋的是白毛毛草，他們的生存就這麼維持下來了。

還有一樣東西也是他們的寶物，那就是莊稼人的葷腥——豬肉凍。他們有個屠宰手，專門殺豬，劁豬。他把很多豬殺掉以後，把皮留下來，去了毛，就做成豬肉凍。這本是一個骯髒的東西，卻被屠宰手方起製成非常鮮美的下酒的葷腥，這是小村人很大的享受。他們再有種特產就是煎餅。煎餅的來歷也是很神奇的。小村的人雖然以紅薯爲生，但吃起來卻沒有多少辦法，或者蒸了吃，蒸了吃的紅薯特別容易噎死人，很多人就是被紅薯噎死的。還有就是把它切成片、剪成片煮，那又非常容易發霉，也很難吃。他們成年到頭的口糧，就處於一種很難處理的狀態。忽然之間，他們有了一樣寶物，就是煎餅。是一個逃荒過來的女人帶給他們的煎餅技術，從此小村的食品更加完善了，生存也更加有保障了，他們停留的狀態也日見美好了。

小村有個長年不息的活動，就是憶苦思甜。這是小村人的夜生活，是他們的娛樂，他們的精神生活。憶苦思甜基本上由兩個人來進行，一個叫金祥，一個叫閃婆，一男一女。他們的苦處都是怎麼樣從很遠的地方奔跑而來，怎麼怎麼千難萬險，然後提醒大家如今的停留狀態是非常幸福的。這個憶苦思甜的場面非常有趣。

從這幾件事物，我們基本可以知道小村人的生活是怎樣一種面貌，紅薯是他們的命根子。紅薯乾吃下去很燒胃，很鬧心。鬧心的結果是丈夫打老婆，把女人的心火打掉；老婆則給丈夫拔火罐，把男人心裡的火拔出來，所以小村婦女的絕活就是拔火罐；而年輕人就在黑夜裡奔跑，漫無目的地跑來跑去，懷著很大的激情，很大的活力，很強的生命力。

小村附近有個工區。這是個煤礦，逐步向小村的方向開掘過來。礦井在小村的地下縱橫交錯，四通八達，形成了另外一個世界，和上面的世界很不相同。首先，它非常黑，靠燈光照亮，沒有日光。其次，他們不吃紅薯，他們的食品是黑面肉餡餅。再則，工區的人都有個很奇怪的特徵，他們說話用語非常意識形態化，像報紙上的話一樣。其中有個工程師，他非常喜歡女人，他到小村來，看見一個婦女，高高大大的，他很想上去摸她的手，他就說：「我和你握個手。」當他握著手，就不肯放了，他仔細握著人家的手說：「眞是勞動人民的手啊！」小村是一種非常自然的狀態，吃的是紅薯，最多加工成一張煎餅，白毛毛草採來了就放在棉襖裡面，也是他們最大的文明了。工區的生態卻是另外一種狀態，是加工過的，進化了的，也就是文明的，正與小村相反。

現在，我們把小村和它周圍的情況作了一些基本的了解。然後我分三個部分來敘述這本書的故事。這個故事是停和跑的故事。小村處於「停」的狀態，而「跑」則延伸於「停」的兩頭：一頭，小村的人是從外面跑過來的；另一頭，小村的人最終又跑出去了。所以我分成三段：第一段是停留的故事，我把它命名爲「現在時的故事」；跑過來和跑出去，我命名爲「過去時」和「將來時」。可能我的命名不是太準確，我只是爲了敘述的方便。

小村「現在時事件」主要有兩類：第一類是小村和工區人的關係。這一類事件比較普遍的就是偷雞。工區慢慢向小村靠近過來以後，小村的雞就少掉了。雞少掉以後，他們第一個想到的就是工區的人來偷雞了，所以他們很諷刺地稱人家工人階級爲「工人撿雞兒」。後來，小村的年輕人說：「我們也去偷他們的雞。他們偷我們的雞，工人撿雞兒，我們也是農民撿雞兒。」他們跑到工區偷雞，雞沒偷成，發生了一場糾紛，就此出現了一個人物叫挺芳，是工程師的兒子。這個工程師就是我先前提過的，說「我和你握手」的那個，他一生中犯了無數次生活作風的錯誤，因爲這些錯誤，他老是在不斷地遷徙。現在，他帶著妻子——一個四川女人和兒子挺芳到了這個偏僻的工區，是帶了些懲罰的意思，但他還是很不老實的。他的兒子在這次小村人偷雞的行動中，注意到了小村的姑娘肥，我懷疑肥的名字是「飛」的諧音。挺芳看見肥，就死死地盯著她，死死地跟著她，結果是被小村的年輕人揍了一頓，揍得非常之慘，皮開肉綻，渾身是血，幾乎要死過去。這實際上是挺芳和肥的關係的一個萌芽，也預示了後來的跑的故事。

小村和工區還有什麼故事呢？還有趕鸚和工程師。趕鸚這個女孩子，非常非常漂亮，沒有男朋友。別的女孩子都有對象也就是婆家，比如肥就有，叫龍眼。唯獨趕鸚是孤獨的一人，就她自己。她那麼崇高，那麼美，大家都喜歡她，都跟隨她，可是沒有一個人會對她有那樣的想法。而這個女孩子愛上了挺芳的父親，就是工程師。工程師是那樣的一種男人，他一到工區，就發現小村的女人很美。他頻頻光顧小村，首先去的是村長家，就和村長的妻子——她的名字也很奇怪，叫大腳肥肩——勾搭上了。他和大腳肥肩握手，企圖和她做筆交易，他說：「我是一個唯物主義者，唯物主義是講物質第一的，你重視不重視物質？」然後就把錢拿出來。當他一看見趕鸚，立刻被她迷住了，爲了能經常去趕鸚家，他和趕鸚的父親紅小兵打得火熱。這個紅小兵，非常具有挑戰性，是小村的一個衛道士這樣的人物，給他取名「紅小兵」也是有用心的。他能看出工程師來幹什麼的——他就是來勾搭趕鸚的，他已經有這種防備。但是他覺得和工程師進行那種唇舌的鬥爭，那種智鬥非常令人激動和興奮，因此內心實際上很歡迎他來。

他們之間的對話非常有意思，比如，工程師說：「你們的酒非常好喝。」「當然我的酒非常好喝了，是我自己釀的私酒。」紅小兵說。工程師馬上就問了一句：「趕鸚也喝嗎？」話就扯到趕鷚身上去了。紅小兵也很機智，說：「喝，不過好酒不能讓癩蛤蟆沾了嘴。」工程師也聽懂了他的話，說：「您老也不能這麼談話嘛，說東搭西的。你這叫偷換概念。」他很會來這一套的。紅小兵就大笑起來，他說：「偷換鍋蓋？不錯，鍋裡煮了不同的東西，一鍋肉，一鍋菜，有心眼的人偷偷摸摸換了鍋蓋，你就不知道了。」非常之聰明。

他們兩人的智鬥寫得非常有意思。工程師說的都是意識形態化的語言，對方回過來的話則是充滿生活經驗的，而且有些像讖語一樣。比如當工程師一連串概念化的語言說出來後，紅小兵回答他說：「看哪，一隻大鴨飛回來了。」又說：「俺看見過老猴捉虱子，蘿蔔絲包餃子，不用放肉了。」它沒什麼邏輯，可是這就是小村的邏輯，往往把工程師打得一敗塗地。可是依然擋不住趕鷚對工程師有好感，她對工區的生活也有好感。她到工程師家裡去玩，工程師讓她在他家洗澡，這也叫她高興。她爸爸紅小兵想了很多辦法去阻擾他們來往。他發動人在工程師來小村的路上挖陷阱。但工程師很聰明，他總是繞過陷阱。最後沒有辦法了，就把趕鷚鎖在屋裡邊。趕鷚就和她年輕的崇拜者裡應外合地挖地道，然後跑出去。這卻是一個悲劇性的結局。她跑到了工區的地下巷道，發現了另外一個小村，可是這個村莊沒有太陽，沒有月光。她在黑暗的巷道裡到處跑，可是她找不到工程師，她沒有一個熟悉的人，有的只是非常粗魯的工人的聲音，最後她只能順著原路跑了回來。從此以後，趕鷚就收心了，她也不跑了，經過了很長的一段養息的時間以後才繼續奔跑。

再說三蘭子的故事。三蘭子是個女孩子，長得沒有趕鷚漂亮，可是照我們流行的話來說，滿性感的，一雙眼睛特別勾人。當她很小的時候，她有一個習慣就是挎著籃子到工區去拾東西。她不是拾蘑菇，她是去拾工區的螺絲帽什麼的。這時候工區比較小，周圍還有些雜樹林子，她在林子裡發現了一個小男人。這個男人的形象其實就是那種獐頭鼠目的，但是她把他描述得非常可愛，說他眼睫毛是白色的，小胸脯瘦瘦的，特別靈巧，可是很有力，很像鼴鼠。她就老和那個小男人一塊玩，玩到後來，小男人就把她培養成一個很刁鑽很放蕩的女子。小村男人都說：「三蘭子行了。」有一日三蘭子再到工區撿螺絲帽時，發現那片雜樹林已經被砍掉了，造了新的房子，工區在慢慢擴大、延伸。就在她徬徨、尋找、等待的時候，出現了一個新人，叫語言學家。聽聽名字也曉得，這個人說話是怎麼樣的腔調，他比工程師還要厲害。他穿了一身制服，別了枝金星牌金筆，就這麼個形象。三蘭子玩得高興了，就拿大頂、翻跟頭、打滾，然後褲子就撕開一個口子，這個語言學家心裡很騷動，看她褲子上的口子看了半天，忽然說了句：「要注意安全。」他說話全是這類腔調。三蘭子和他好了，結局就像我們在很多小說中看到的：語言學家是個有家庭的人，三蘭子在他那兒吃了大虧，然後只能回到小村去，她母親去找語言學家算帳，意思是：「你把我女兒弄成這個樣，你下面怎麼說？」語言學家沉默了半天，回答這麼句話：「我傾其所有。」這句話除了語言上的意義，實際上一無所用。

還有個小豆，是金友的媳婦兒。金友是小村裡的惡霸，一個很壞的色鬼，凡是女人他都要欺負的，姑娘也好，媳婦也好，甚至上了歲數的他都要欺負。小豆這個媳婦是從南山過來的，小村裡的媳婦都是從很遠的地方來的。自從來了工區後，有件事非常吸引她們，就是洗澡，到工區澡堂裡去洗澡。工區燒鍋爐的工人叫小驢，他很歡迎小村的女人去洗澡，因爲整個工區只有一個女的，是個理髮師，又小，又特別喜歡哭，說話稍微冒昧點她就要哭，很惹不起的。每天工人洗過澡後小驢就請這些女人來洗。他在澡堂裡面走來走去，也不迴避，說：「我試試水溫。我要一去的話，你們就洗不成了。」這些媳婦都聽他的，並不計較他的在場。小豆特別喜歡洗澡，她覺得身上有幾千年的土渣全都洗掉了。然後，小驢和小豆就有了一手，金友聯合起全村的男人，活活把小驢打了個半死。從此以後，洗澡這個活動就不可能再有了。肥、趕鸚、三蘭子、小豆的故事都屬「現在時」裡那類和工區有關係的事件，雖然發生在「停」的狀態，卻爲「跑」埋下了前因。

「現在時事件」的第二類是小村內部的關係，主要的情節就是劉乾挣的造反。這個人在小村裡是個家世淵源的人物。他的兒子叫龍眼，是書中很重要的人物。他怎麼會造反呢？有兩個原因。第一，劉乾挣的父親是第一個逃荒到小村，第一個扎下窩棚的人，可是後來劉乾挣出去當兵了，小村的權利落到另一人手裡，就是賴牙，當了村長。劉乾挣自然很不服氣賴牙。他在外面的世界裡闖蕩過，有不少見識，說話也是非常意識形態化，比如，他探親回到小村，小村的最高領導賴牙出來迎接他，很熱烈，劉乾挣卻揮手把他一趕，說：「你太不衛生了。」從此以後，他們兩人就結下了仇。賴牙爲報復他，時常當眾不給他面子，這就是他要造反的第二個原因。劉乾挣被仇恨折磨著，一天到晚就是喝酒，吃豬皮凍，然後打老婆。因爲豬皮凍是屠宰手方起的拿手絕活，所以劉乾挣和方起成了知己，好到對坐之間沒有話可說，不是用眼睛對視而是用心對視。方起看到劉乾掙的肺已經燒焦掉了，知道這個人是有鋼火的。劉乾掙能看見方起的腸子，腸子裡沒有油水，像樹葉一樣蒼白，他知道這是個知苦的人。劉乾掙給方起看他的寶貝，他從部隊裡帶來的子彈、皮帶，表示他特別想造反的心情，方起則熱烈響應他。他們在一起商量造反的時候說：「我們一定要有武裝，沒有武裝是不行的。」方起就向劉乾掙介紹了一個人物，小村的民兵頭子，然後他們三個人就一起喝酒。想不到這個民兵頭子是賴牙的人，一下子把他們出賣了。他們的造反失敗了。結局非常慘，兩人都受盡了折磨。方起因爲把一個奸細引進來過於自責，用劁豬刀把自己劁了，然後死去。這些就是小村「現在時的事件」。

接著再說小村「過去時事件」。首先要說的就是龍眼家。他的父親是劉乾掙。在他還沒出生的時候，他爺爺帶著他的伯父——一個大頭娃娃，還有他的奶奶一路逃荒過來。在雪地上跋涉，雪的反光把爺爺的眼睛刺瞎了，是大頭娃娃牽著爺爺的手，跑到小村。奶奶在小村裡生下了劉乾掙，龍眼的父親。後來，他伯父死了，他爺爺奶奶也死了，留下他們一家三口——劉乾掙，龍眼媽，和龍眼。龍眼的頭髮是全白的，他一出生就是個白頭髮。書裡寫他是個愁根，幾輩子受罪的源都集中在他的身上。他們一家人從很遠的地方跑過來，走過了綿綿無盡的丘陵，最早吸引他們住下來、札下窩棚的是白毛毛花。白毛毛花，它是多麼好，多麼溫暖，他們從雪地裡來，特別需要暖和的東西，就用白毛毛花做了棉被，做了窩棚，做了床鋪，然後安下他們的家。他們是小村最早的居民。那時小村還沒有紅薯，只有一片白毛毛花。

然後是大腳肥肩。她是賴牙的老婆，是個很結實、很豐滿，照我們現代的說法很性感的女人。她精力極其旺盛，可是她不生孩子。因爲她丈夫的勢力，她在莊上很跋扈。她是個健康的女人，像鐵塔似的，很吸引男人，那個工程師一見她就迷上她了。她的來歷很神祕，我們一直不知道她的來歷。有一天，小村邊上忽然來了一群流浪漢，他們非常快樂。女人懷裡抱著雞，雞就在女人懷裡下蛋。他們破衣爛衫，喝著酒，在溝裡燒起篝火烤東西吃。這些流浪漢非常吸引小村的人，首先吸引了光棍。小村安於停留的因素有兩個，一個是紅薯，另一個就是結親，如果男人有了媳婦，就可以安心地停下來，讓媳婦拔火罐來發洩心裡的奔跑欲望，否則就會騷動不安。已經過了奔跑的年齡，夜裡不能再和年輕人去奔跑的光棍漢，便會闖下很多禍事。這些光棍漢一看見流浪漢馬上就跑過去和他們匯合了，和他們一塊兒喝酒，把家裡的鹹菜拿過去會餐。還有一些人也非常喜歡流浪漢，就是年輕人。流浪漢在小村的日子就像是小村的節日。可是他們很快又走了。流漢浪是從來不停步的。他們走的時候，小村人都覺得非常惋惜，留戀地看著他們留下一大堆破衣爛衫，還留下一個老頭。這老頭是個獨眼，他沒走，曬著太陽睡了一覺，然後拍拍身上的土，走到賴牙家去了。他會針灸，進了賴牙家就給他扎針。因爲他扎針技術非常好，比拔火罐效果棒多了，賴牙就讓他在村裡住下了。

每天這個獨眼都到賴牙家去，而且總是挑賴牙不在家的日子去。從他和大腳肥肩的對話裡，你能看出他們好像有點認識。後來，當老頭眼看著快要死的時候，他開始敘述自己的故事了。他說他是從很遠的地方往這兒跑的，爲了找一個負心的姑娘——這個姑娘是因爲吃不飽負心跑掉的。他一輩子就在找這個女孩，走過了很多窮山溝，吃的苦簡直沒法兒說。曾經有一次跑到一個山溝，這個山溝窮得沒法子，他被人硬拖住，綁到這個村莊裡德高望重的一個老太婆家裡，問他：「由你選，你願意做她的兒子呢還是做她的男人？」他看到這個老太婆的年齡實在太大了，說：「你必須要我選一樣，我就選做她的兒子。」從此，他就等於伺候她了，爲她種地挑水，還要給她抓癢癢，什麼都要幹。他實在忘不了那個負心姑娘，就從那個老太婆家裡逃出來了。可是村莊裡的人把很多關口都卡住了，要過關口就會被抓住，所以他夜裡不敢找客棧宿店，白天不敢跑路，就在夜裡趕路。可是他還是不屈不撓，還是拚命地往一個方向跑，其實是很盲目的，他根本不知道該跑到哪兒去找他的負心女人。曾經有一次，他夜裡走過一個村莊，看見一個房子亮著燈，裡面坐著個女人，特別像他的負心姑娘。他不由看出了神，結果被那個女人發現，用針戳他的眼睛，把他的眼睛戳瞎了。他找了個鄉間醫生把他的瞎眼取出來，從此以後就變成了一個獨眼。他跑啊跑啊，最後跑到一群流浪漢裡面，加入了他們流浪的隊伍。他對大腳肥肩說，當我跑到你們小村，看到你們這兒大片的紅薯，正好是九月，九月是紅薯豐收的季節，紅薯蔓子一壟一壟的，一直連到天邊，火紅火紅的，我一看見平原，一看見這麼肥的紅薯，心裡想：「女人你跑不遠，你肯定就在這兒。」他說完這句話就死了，大腳肥肩不由嚎啕大哭。其時我們也看出來了，大腳肥肩就是他要找的負心姑娘。大腳肥肩就是從獨眼龍來的路上來的，他走了多遠，大腳肥肩就走了多遠，她也是從遠處奔跑而來的女人。

還有個女人叫慶餘。從「慶餘」這個名字來看，她大約有過非常富庶的生活。就是她帶來了煎餅的技術，這也暗示她來自一個文明的地方。她最早出現在小村的時候是一個破衣爛衫的討飯女人，牽著一條黃狗。她說的話別人都聽不懂，是很奇怪的外來語言。別人聽不懂她的話，也不知道她為什麼跑到這兒來，她的來歷非常神祕。到了晚上，她就被壞蛋金友強姦了，也因此得以留在小村。後來給一個叫金祥的光棍漢做了媳婦。這個光棍已經五十多歲了，他那種奔跑的欲望還在燒著他的心，他有的時候會無緣無故地嚎叫，需要很多人捆住他，揍他，把他的心火給打掉。他沒有女人幫他拔火罐，所以他心裡的火就特別旺。自從他娶了慶餘以後，便安靜下來了。他就是小村憶苦思甜能手的那個金祥，他的憶苦思甜非常火爆，就是說很有激情。自從他結婚以後，憶苦思甜起來就溫和多了。女人是能把一個奔跑的人的火氣消融掉的。他和慶餘結婚後不久，慶餘就生下個孩子，這孩子不曉得是誰的，說不定是金友的。

這一年，他們的紅薯豐收以後又受到雨打，都發霉了，全年的口糧處在了困難之中。想不到慶餘居然在一塊破了的水缸瓦片上烙了煎餅，這煎餅簡直是個大發明。金祥成了小村最受羡慕的人了，大家覺得他能吃上煎餅，能把紅薯做成這樣好吃，這樣旱澇保收的東西，非常羨慕。隨後，煎餅的技術開始在小村蔓延開了。這時候，慶餘說：「我們那兒的煎餅是在鏊子上煎的，不是在瓦片上煎的，這瓦片實在是因陋就簡，是很難用的。」那麼到哪兒去找這個鏊子？金祥在他的晚年做了件大壯舉，就是去找鏊子。他翻山越嶺，走過的路不知有多少，終於看到樹底下有一個老頭在吃煎餅，旁邊放著一個鏊子。他雖然從沒見過鏊子，但他認識煎餅，他一看見煎餅就知道這是鏊子了。他簡直樂瘋了，鏊子是他最親愛的親人。這一路上，昏死、餓死、渴死好幾回，九死一生，終於把這鏊子捧回小村。金祥背鏊子的路，其實就是慶餘來小村的路，慶餘就是從那麼遠的地方來的。慶餘到了小村，先後嫁了兩個光棍漢，第一個叫金祥，第二個叫牛趕。慶餘很奇怪，嫁誰誰死。金祥背回鏊子不久就死了，然後她由村頭賴牙作主嫁給了牛趕。牛趕是個放牛的，也是個老光棍。她和牛趕結婚以後，牛趕也死了。她到了小村以來接連送走了兩個男人，可她自己越來越壯實了。這種女人是不能停的，一停就有毒的，她是又一個從外邊跑來的人。

再有兩個重要人物，一個叫閃婆，一個叫露筋。我懷疑「露筋」也是諧音，它其實是「鹿精」。露筋是個男人，也是小村人。他的形象像開發美國西部的牛仔，就像萬寶路廣告中的那種人物。隆鼻深目，個子瘦高，他的習性類似「垮掉的一代」，不幹活，喜歡喝酒，搗蛋，作惡。當他喝了酒以後，就對人好得不得了，特別喜歡幫人家做事情，推車呀，抱孩子呀，什麼都幹。可是他壞起來的話可以破口罵他們的族長。他們就說：如果露筋在別的村，他早就被處於族法，死了。他做的壞事太多了。他對田地、農活沒有感情，他老是往野地裡跑。但是他不知怎麼總是餓不著，總是有吃有穿的。他父親不要他這個兒子了，他正好可以名正言順地四處流浪。也不知道走了多少路，到了一片丘陵上，看見一個小房子，房子裡面好像沒有人似的。他在外面喊，忽然窗口露出一張女人的臉，這女人是閉著眼睛的，很白皙的皮膚。他一看見這個女人，就走不動了，他的魂好像被她抓住了，這個女人叫閃婆。她為什麼叫閃婆呢？很奇怪的，她是個瞎子，並不是說她沒有視力，只是她的視力非常短暫，短暫得睜開一下眼睛趕緊閉上了，就只一眼，她就把世界全都看清了。她的眼睛在那一瞬間是非常明亮而且美麗的，所以大家就叫她閃婆。露筋愛上閃婆，他離不開她了，就每天坐在她的小房子前。閃婆被她的父親保護得非常好，給了她一桿槍，讓她對著窗洞，這樣她家的房子就成了一座碉堡。有一天，露筋實在是忍不住了，就在小屋前放聲大哭，他心裡又是愛又是抑鬱，簡直說不出來的難過。閃婆的父親走過去說：「小夥子，你哭什麼？」他說不出話來。閃婆父親就把他帶到家裡去，他們兩個終於接上火了。露筋要帶她走，閃婆很害怕，最後露筋就幾乎是把她搶走的。兩個人在野地裡奔跑，跑到了小村。露筋的父親不讓進門，說：「我們家不要賭子。」讓他們走。他們倆再回到小山坡上閃婆的家，閃婆的父親拿著槍在門口對他們開槍。他們又只能掉頭跑。這時，他們兩個無家可歸，只能在野地裡生活。他們在野地裡過著像野獸一樣的生活，喝的是露水，吃的是野果，住就在茅草堆裡。一直到露筋的父親死了以後他們才回到小村，住進房子裡去。這時候，露筋安靜下來，他開始糊房子，把房子糊得嚴嚴實實，一點風都不透。糊好房子後，他們便生下了孩子，取名叫歡業，這也是個重要人物，後面要說的。又過了兩年，露筋就覺得自己不行了，他和閃婆說：「我一定要死了，現在就由這個孩子歡業來保護你。」這個露筋也是個不能停的，一停下來就要死。他把這個家安頓好，把兒子生下來，然後就死了。

在「過去時」裡還有一個故事形態，就是憶苦思甜。憶苦思甜，閃婆和金祥是兩個好手，他們憶苦思甜就是圍繞一個中心——跑。他們老是往平原上跑，被人抓住就苦苦哀求說：「你放了我吧，我跑了一輩子還沒看見平原，還沒看見紅薯。」他們憶的是他們跑來的苦處。

在這群跑來的人中還有一批人物，她們全是南山上嫁過來的媳婦，這裡面有小豆，還有龍眼媽和憨人媽。憨人媽到小村幾十年了，孩子都這麼大了，她還保持一個習慣，就是每到九月收穫了紅薯，一定要回到南山去，和她的一個舊相好住幾天。就是這麼撒野的幾天幫助她在小村維持著停滯的生活。她每次到南山去會過她的相好回來，都會顯得壯實一點，濕潤一點，快活一點。在小村的停滯生活中，憨人媽和龍眼媽是很要好的姊妹，經常講眞不該嫁到小村來。她們都是奔跑的人，覺得在這兒不行，人都枯竭了。

現在我們說「將來時事件」。那就是小村往外跑，往外飛的人物和故事。最重要的人是歡業，就是露筋和閃婆的兒子。這個男孩子有個特別的地方，他長了一頭黃頭髮，他父親也是黃頭髮，但不是他那樣的黃，他是金燦燦的黃。這是個很特別的男孩子，他很嚴肅，很漂亮，瘦高，不說話，絕對不近女色。可他是那麼漂亮，很多女孩子想和他好，卻遭到拒絕。他只和老人在一起，和老人在一起，他感到很溫暖。他對母親非常孝順。當他很小，還不懂得什麼的時候，他就親眼目睹金友欺負他媽媽，他那時就下定決心：「我以後一定要殺死金友。」他時時防備著金友，發生過很多激烈的爭執。閃婆死了以後，歡業一點都沒哭，他只是拿塊白布把他的金色頭髮包裹起來。有幾個女孩子在歡業面前哭，表示同情，歡業把其中一個女孩子的下巴托起來，很仔細地看了看她的牙齒，然後把她一撥，還是不哭。把他媽媽埋葬掉，接著就去殺金友了。殺金友時，金友正在打老婆小豆。前面說過，小村裡，最日常的活動就是丈夫打老婆，這是給女人去火的，就像倒過來老婆給丈夫拔火罐，也是給男人去火的。這兒的人都吃紅薯，非常燒胃，渾身說不出來的熱情，精力沒地方發洩，必須打老婆和拔火罐。歡業把金友殺了，殺金友這一段小說寫得特別痛快：「他脖子上面有許多青筋，就像許多根鬚糾纏在一起，他毫不費勁地把這些根鬚都割斷了。」他殺了金友後，小豆就大聲喊起來：「歡業殺人了！」然後全莊都喊了起來。這時歡業早就準備好了，他把家裡的東西全都收拾乾淨了，這時挾了包裹就跑。他忽然發現一件奇怪的事情，他的兩隻腳掌一接觸到地面，自己就會跑，而且當他跑起來時，渾身是那麼有力，那麼輕快，那麼歡樂。因爲他殺了人了，他知道這一輩子他都得跑，他別無選擇。一直往前跑，他就想起了他的爸爸媽媽，想起了他媽媽以前總是和他說的一句話：「你要接我們的班。」他沒有想到接班是這個意思，他剛剛明白接班是接這個奔跑的班。他這才發現他實際上是眞正的野地人，他爸爸媽媽都是野地人，他也是野地人。他到了野地，覺得這才是他的家。他沒有傷心，沒有悲痛，甚至很高興被人追著，非常快樂地就這麼跑。這是從小村跑走的人，是叫一件命案逼跑的。他跑上了丘陵，一走上丘陵，他就覺得這丘陵上布滿了腳印，這腳印都是小村先人的腳印，他其實就跑在他們跑過來的路上。後來他碰到一群流浪漢，裡頭有個小女孩特別喜歡他，給他做了媳婦。這個時候，他忽然非常強烈地懷念起他的小村，渴望回小村去看一看，那個媳婦怎麼都留他不住。不知道最終他去了還是沒去，其實這時，小村已經沒有了。

接下來要說龍眼。龍眼是個白頭髮，這白頭髮是一輩子的愁，他生出來就知道發愁。他們是從逃荒路上過來的，這一路的艱辛全都傳續和積蓄在他心裡。生活很悲苦，他父親劉乾掙是一個心懷仇恨的人，心裡火爆，沒有地方去發洩，最大的樂事就是揍他媽媽。他母親一生就擔心龍眼的白頭髮，很想把他的白頭髮治好，所以她有次昏了頭，把丈夫叫她去買酒的錢買了一種藥丸，給他兒子治白頭髮，可是沒有用，他的頭髮還是白的，永遠治不好。龍眼總是在發愁，他的名字也是有意思的，他就是龍的眼睛，他好像總是在暗中注視小村的動靜，他目睹了小村很多的犯罪。慶餘被金友強姦，小村只有一個人知道，就是龍眼。龍眼是個很孤獨的人，從來不和年輕人一起奔跑，總是落單的。他一個人看著小村的所有的痛苦，所有的犯罪，還看著別人手拉手在那兒戀愛，他從來不說，埋藏在心底。他的心屬於一個人，就是肥，他們從小定下親事，所以有一天晚上，在一種很衝動的情況下，龍眼強迫著肥和他做了愛。我想他渴望占有肥，是因爲他意識到肥是可能飛出小村的人。當肥和工程師的兒子挺芳走了以後，龍眼非常消沉，去工區做了一名礦工。

工區越來越擴展，就到小村來招工，憨人一批小夥子都一同被招去。龍眼在底下挖礦，心裡想的是上面的小村。他覺得快挖到小村了，他是親手把他們小村挖塌掉的人，是小村的罪人，可是他又不能不挖。所以在別的工友嬉笑玩鬧時，他總是一個人在巷道裡茫然地走。我們感覺到，他好像在小村的心裡走。他邊走邊想，這是樹林子了，這是村道了，這是大碾盤子了，他就這麼茫茫然地走。當他受傷了，工長把他調到地面上來，龍眼還是要求下井挖礦。大家都覺得很奇怪，因爲大家都巴不得在地面上工作，他卻要下井。好像是一種宿命，他覺得小村的地底是非得由他自己去挖塌挖空的，他滿懷著痛苦又滿懷著熱情在挖礦。他每挖一鍬煤，聽到那種轟隆隆的聲音，他就感到小村在慢慢消失，無可阻擋，沒辦法避免。他必須來挖，好像自我懲罰又好像自我安慰。有一次他孤獨地走到一個炮區裡去——龍眼在小村時老是在地上走，到了礦區後，他老是在地下走，好像要把小村心裡的角角落落都摸清楚一樣——這個炮區正好是小村的底下。最後塌方了，把他活活埋在裡面。在最後一刻，他聽見母親在喊：「我孩兒快跑快跑！」他的祖上是來到小村的頭一人，他必須親手摧毀小村，才可以奔跑出去，結局卻是同歸於盡。

然後就是肥，最後成功地一去不回的唯一的人就是肥。剛才我說過，我懷疑她的名字是「飛」的諧音。她最後能成功地走出去，有很多條件：第一，她沒爹沒媽，這裡的爹媽都是很強的牽掛，尤其是媽。她的爹叫老轉兒，是餓死的，死了以後魂還經常回小村來看看，有很多人在村口碰到他。她的媽是給紅薯噎死的。第二，她心裡的火力非常大，比趕鸚還強烈。她從很小的時候就得了一種病，她的母親給她從外村請來一個赤腳醫生治病。這個赤腳醫生戴了一副沒有鏡片的眼鏡，手裡的針筒像擀麵杖那麼粗，鏽跡斑斑。她拒絕治療，參加到夜晚奔跑的人群裡去，可是奔跑仍然不能使她洩火。她心裡的火力總是不可抑止，龍眼把她按在大碾盤上，強行使她做了他媳婦，還是不能使她安分，她心裡的火力還是不能消除，她還是要跑。第三個也是最重要的條件就是她和挺芳的愛情。挺芳和他父親完全不同，他父親是個泛愛主義者，他母親這個四川小女人，受夠了他的罪，她教給了挺芳一件非常重要的事：「這個世界上你什麼都可以拋棄，可是有一件事情，你一定要學會，就是鍾情。」他學會了鍾情，他對肥非常鍾情，永遠不會忘記肥。他被別人打成這樣子，還是牢牢地追著肥。小村的人都是成幫結夥，他在一種非常危險的境地裡，緊緊跟隨著肥。最後他成功地把肥帶了出去。整個小說結束於肥和挺芳將要離開的時候回到這個小村。當他們走進這個小村，他們說：這是一個多麼纏綿的村莊。其時小村已經夷為平地，非常荒涼。工區挖空了下面的煤，已經撤退，上面的村莊遷走了，只剩下一個大碾盤子。看著大碾盤子，肥是熱淚漣漣。小村這種停滯的狀態是那樣使人痛苦，可是它給人情感上的牽掛眞是無窮無盡的，要跑出去是那麼困難，那麼不可能，直要到無路可走，無家可歸。肥是和挺芳坐著汽車跑的，終於離開這裡。當他們走出去時，看見了一匹馬駒，這其實是趕鸚的化身。趕鸚是沒有結局的人，可是她主持了這個村莊的奔跑，她使小村永遠保持了奔跑的活力。

故事講完了，就此可以看出《九月寓言》是怎樣一個心靈世界。我以爲它是一個奔跑的世界。這裡的人必須要奔跑，這個世界必須要奔跑，一奔跑就有生命，一停下來就沒有生命。可是爲了跑，卻要付出身心兩方面的代價，這種代價幾乎是九死一生，牽腸掛肚的，但它必須奔跑，不奔跑就要死亡，犧牲是無可避免的。《九月寓言》就是這麼一個火熱的、奔騰的世界。

然後我想談談這一個心靈世界的建築方法，也就是它與現實世界的關係。我感到有兩點：一、我們都知道張煒在此之前有部小說叫《古船》，非常轟動，大家都很認可的。我對《古船》的看法是一般，當然很好，可是不是那麼超乎我意料。我當面和張煒說過我的看法，他非常贊同，我說：「《古船》和《九月寓言》比較，《古船》是用人物、情節、故事講述歷史，《九月寓言》卻是用歷史作材料創造了另一個世界。」二、大家也都不會忘記，前幾年有個尋根運動，產生了很多鄉土化的小說，就是文化小說。究根問柢，其實就是擺說意識形態的束縛，到人類生存的原初狀態中去尋找材料，以期建構一個和現存的固定的世界別樣的天地。可是我們細細看來，尋根小說是什麼樣的景觀呢？是用非常意識形態的情節、人物，就是那種非常鄉土化原始性的材料，最後做成的還是個意識形態化的小說，就是說，它依然是現實世界的再現。

而《九月寓言》正相反，它用意識形態化的語言創造出的卻是非意識形態化的一個世界。它絕對不是我們所熟悉的公認的現存世界，它是獨立的，有自己的邏輯，這個邏輯順理成章，但不是我們這個現存社會的邏輯，而它所使用的材料非常具體。比如它使用我們的歷史，劉乾掙的造反，實際上借用了我們的「文化大革命」。還有憶苦思甜，也是使用了現實生活裡的概念和形式。另外，工區和小村的關係，也是用了現實社會裡工業化發展過程中的一些形態。它使用一些非常政治化的用語，很有意思，比如，肥想自己是那樣的又白又肥，而她父母是吃不飽的，自己怎麼能夠這麼胖的呢？想了許久，她想起了一句歌詞，幫她解決了問題，就是我們經常唱的一句革命歌曲：「陽光雨露，撫育我們茁莊成長。」在露筋臨死時終於回想起他們在野地裡奔跑的時候，耳邊始終響起的一句旋律，這是什麼旋律呢？「我們都是飛行軍」。我一定要提醒你們注意，他不是諷刺，這本書絕對不企圖象徵什麼，諷刺什麼，對應什麼，批評什麼，它絕對不是那麼狹隘的。它就是用我們的現存世界來創造一個特殊的東西，爲此採取了童話式的手法。你會覺得小村和工區的人都非常孩子氣，或者說是動物化。比如憨人爸彎口的形象：「他的臉長得非常可愛，他的五官好像前面有隻無形的手把它用力揪了一下。他吃煎餅的樣子是那麼專注，再在自己的嘴上插一桿蔥，看上去像隻老兔子。」三蘭子不是看到過一個鼴鼠一樣的小男人嗎？他非常靈活，非常可愛，她老是忘不了他。當她和語言學家好的時候，她向語言學家描繪了這個小男人，語言學家的話很有意思，他說：「這是一個侏儒。」這句話的意義又何在？這是一個意識形態，他是在爲小男人定義，這個定義很簡單，「是個侏儒」。可是在三蘭子眼裡，他沒有名字，他是一種狀態，非常可愛，非常自然。《九月寓言》所描繪的一切都帶有一種奇異的狀態，但這些狀態的細節卻是我們所認識的具體現實的細節，只是到了這裡，一切都改觀了。張煒把這些已經成型的東西重新打碎，再重新組織起一個寓言世界。

這是一本非常有意思的書，我建議你們好好讀一讀。這種建築方法實際也反映了張煒的一種世界觀和藝術觀，像我第一堂課所說的，這個世界已經是一個固定的世界，一個意識形態的世界了，我們伸手都已經是成品，拿不到最最原初的東西了，所以也只能用我們已經用過的東西，把舊房子拆成了磚，用這個磚再建新房子。這已經是磚，不是土了，他不可能再重新燒磚，只能這麼做。

《九月寓言》和《心靈史》是我大綱裡僅選的兩部中國當代的作品。我爲什麼要求來這裡上課呢？我特別希望你們以後能夠懂得什麼叫好書。這兩本書命運都很奇怪，《心靈史》沒發表就直接成書了，說明刊物不能認定它好還是不好。《九月寓言》則經過退稿，最終被接受時，出版社對它不得不抱了懷疑態度，不知道它好還是不好。我心裡很難過，好和不好那麼清楚地放在我們面前，可是很多人都不清楚。

第 五 堂課

三百年裡，巴黎聖母院千變萬化，
可是內心還是古典的。
卡西莫多和艾思米拉達就是它的古典的心。
他們是古代埃及的神，離散在人間，
受盡分離的折磨，誰也不認識誰，
直到最終在聖母院的地牢永遠結合。

今天我們講的是《鐘樓怪人》，大家都知道它是法國雨果（一八〇二～一八八五）的作品。

我們要開始講一些名著了，講述名著的好處和壞處在什麼地方呢？好處是可對它有絕對的信任感，我們可以完全相信它是一個完美的東西，經得起考驗的東西；不方便之處是它和我們的距離很遠，比較隔膜，無論是時間也好，空間也好，都和我們有相當的距離，很難把它和它產生的社會時代聯繫起來對照，從而找出現實世界和心靈世界的關係。這是有點困難的，但這樣也好，我們的分析相對處於一個孤立的狀態中，也許更可以證明我的觀點。我曾經說過，我所要做的與大家以前做的不同，我要把作品的背景全部排除，我不管它的背景，背景對我不重要，我只重視這本書，我只看這個，我也只對這個負責，別的我不管。還有個不方便之處，是關於雨果，關於《鐘樓怪人》已有了很多很多分析，我的分析也許只是非常軟弱，非常容易推翻的一種，所以我希望大家把以前所了解的分析評論暫且放一放，盡可能客觀地來對待我告訴你們的這個故事。

我現在就要開始講《鐘樓怪人》。大家一定看過這本書，至少是看過它的電影。我覺得電影是非常糟糕的東西，電影給我們造成了最淺薄的印象。很多名著被拍成了電影，使我們對這些名著的印象被電影留下來的印象所替代，而電影告訴我們的通常是一個最通俗的，最平庸的故事。《鐘樓怪人》流傳得非常廣，說的就好像是一個美女和怪獸的故事。一百多年來，有多少美女和怪獸的故事？是不是就是從這兒演繹過來的？電影特別善於把名著平庸化，大眾化，變成一種可使大家廣泛接受的東西。不知道當這個故事棄下了怪人和美人的情節以後，會不會使大家乏味，可我還是請大家暫時地忘記一下這個家喻戶曉的故事，重新開個頭。我想首先我要著重的說明一個章節，這就是爲巴黎聖母院專門闢出的一個章節，它描述了巴黎聖母院，這是理解整個小說的一個重要的前提。

這一章節，雨果建築專家式地對聖母院作了描述。我想簡略地敘述一下。首先，作家提到聖母院建築的時間，從查理曼大帝時奠基的第一塊石頭，直到菲利普・奧古斯皇帝添上的最後一塊石頭，經過了三百多年。在這三百多年間，聖母院經歷了很大的變化，造成變化的原因，主要來自三點：一是時間的原因，這是一個自然的過程，所有的東西都在陳舊下去，無可阻擋地陳舊下去。還有一些巴黎城市的變化也會使它產生變化，譬如他特別描寫了聖母院的前牆，那前牆是非常之宏偉龐大的，其體積是可以把人們嚇住的，有一種威懾的力量；而在長達三百來年的時間裡，舊城區不斷地把街道擴展，抬高，提升了地平線，所以說前樓原有的十一級台階，慢慢地就拉平了，前牆的宏偉性就不那麼顯著了。你們可以想像，如果一個門樓前有十一級台階的話，牆會是多麼高大，現在由於舊城區的發展使地平線提高，把台階弄平了。這是時間的變化。但作者也承認時間在使聖母院損失的同時也給它增添了一些東西，增添了一些蒼老的感覺，它的牆壁不那麼嶄新了，它的建築有了時間的痕跡，使它變得很有閱歷的樣子。這是第一個原因，時間的原因使它變化了。

第二個原因是政治和宗教的改革。我現在完全撇開歐洲和法國的歷史，只看這本書，這本書告訴我，這三百年裡發生了很多宗教和政治的改革，改革不斷地衝擊這座聖母院，包括把它的偶像統統砸爛，關於宗教，我們簡單的知道一點，天主教是重視偶像的，基督教則是不要偶像的，當基督教衝擊天主教時，自然要砸爛偶像。每一次政變和革命，那些偉大人物的雕塑便被砸毀一通，這是宗教和政治的原因，使它三百年內發生的變化。

還有第三種原因則是藝術的原因。文藝復興以後不斷地產生新的藝術，新的流派，這些也逐漸地使其變化，使之變得風格雜糅。巴黎聖母院就是這樣一種情景，首先我們知道它經過三百多年的時間建成，第二，我們知道它經歷了三個原因所造成的變化，使它從開始到最後面目全非。接著作家著重談了聖母院的風格，其中涉及到很多的藝術知識，我也不細說了。總之聖母院的風格是很不統一的，它不屬於一種類型的。它不屬於古代的那種很神祕，很幽暗，很低矮，提醒我們神權和軍國主義的那一類建築；它也不是那種市民氣息的，很自由，很大膽，想像力豐富奔放的那種。它是一個多種東西摻雜糅和在一起，一種過渡時期的建築。比如它的小的拱門尖頂，已經非常接近於哥德藝術，很精緻；可它的底柱且是極古典式的，又把人們拉回到六百多年前，它的體積和重量都是非常偉大，非常古典主義的。所以巴黎聖母院是一種岩層，是歷史和文化積累起來的沉澱，通過它可了解到許多的東西。它的圓形的拱門是羅曼層，是最古老的層，接下來它的尖頂是哥德層，再接下來它的柱子是文藝復興層，它向我們展示出文化的積累和藝術的積累過程。當描寫了它所有的變化之後，最後說道：「儘管外面是千變萬化，可是它的內心還是古典的。」不管怎麼，巴黎聖母院依然保持有永恆的次序和一致。比如說小禮拜堂、大門道、鐘樓、尖頂、塑像、彩繪的大玻璃窗、圓花窗、阿拉伯的花紋、齒形的雕塑、柱子、浮雕等等，這一切只是排列不同，外表不同，可它那種嚴謹的秩序永遠不變。所以經歷了這麼多的摧殘或者改革，經過那麼多時間的磨練，它就像一棵大樹一樣，葉子每年都在落下來，可是樹幹永遠是一個。這是一個非常重要的前提。我想我們應該把前提都搞清以後再分析它故事的結構。

說完了聖母院的建築之後，還有另外一個也是前提性質的章節，這是一個往往被忽略的章節。有一天，國王的御醫帶來一個奇怪的長老，到巴黎聖母院探訪副主教——克羅德神父，他們談到了許多關於世界的奧祕，像星相之類帶神祕色彩的東西，克羅德提出世界發展前景的一個預言，他右手指著一本書，左手指著聖母院，眼光從書本移向聖母院，說：「這個要消滅那個的！」接下來就有整整一節闡述克羅德的理論，這理論是說印刷術終究要消滅教堂與建築術。他說怎麼會有建築的？當人類有了沉重的記憶，這些記憶像負擔一樣壓在人們肩上，人們很想將它們卸下來，用一個可見的，又最容易做到的東西記錄它，那麼就是，用一塊石頭，砸在地上，這便是紀念碑。古代人就是用石頭來記錄自己的思想，朦朦朧朧的思想，石頭就是建築的第一個字母。然後慢慢就開始有了單詞：石頭堆疊起來，成了墳墓，墓室，石頭堆砌的簡單的石棚，記載我們記憶的手法和方式就複雜一點了。再接下來就開始著書了，就是建築，有了各種各樣的建築，巴黎聖母院就是其中之一。這是一種比較可靠的東西，比草稿可靠，他說一張草稿，一個粗暴的人，一次發火就可將它毀掉，而一個建築要毀掉它，必須要有一次社會革命。可是建築還不足夠牢靠。不是嗎？前面說了那麼多關於巴黎聖母院的變化，就說明建築要抗拒時間和遺忘也是不容易的，也是不斷被埋沒，然後慢慢變成意義含糊的岩層。那麼現在有了一樣東西，比建築還要可靠地記載我們人類的記憶、經驗、思想、情感，這就是印刷術。它可把思想廣泛地傳播，使我們的思想變得像鳥兒一樣在飛翔，像空氣一樣，誰都無法把它滅絕。他覺得印刷術是種神奇的東西，有了它以後我們人類所有的記憶，所有的思想，所有的轉瞬即逝的東西，都可留下來了。這是又一個很重要的前提。

現在我們可以直接地談到《鐘樓怪人》的故事了。關於這故事，我也想給它作個簡單的定義：這是一個神靈的故事。一個神降生於凡間，受盡折磨的故事。這故事中有兩個主角，一男一女，卡西莫多和艾思米拉達。這兩人我們是很熟悉的了，電影裡，歌舞裡都出現過他們的形象，尤其是卡西莫多已作爲一個專用名詞，表示一個人的醜陋。我想先將這兩人作一個簡單的描述。卡西莫多第一次出場是在選舉「愚人王」的活動中，在一個六角形窗孔，就像蘇州園林中鏤空的窗，讓最醜陋的人露面。許多醜陋得可怕的人，一個接一個亮相，最後出現的一個把所有的醜都蓋倒了，就是卡西莫多。這一個人的醜是怎麼樣的醜呢？他的眼睛被一個大瘤遮住，他的牙齒像城垛一樣參差不齊，他的下巴是開叉的，他是駝背，他的腿也是瘸的。總之，他是一個勉強接近於人形而更像一種獸，就是這麼一種古怪的樣子。但他的醜裡面有種駭世驚俗的味道，所有的人都會被他嚇住，驚住，他有種力量。作者這裡有句話：「對於那條希望『力』也能像『美』一樣能導致和諧的永恆法則來說，他可算是一個特殊例外了。」他的這種力量違反了我們古典的關於力的原則，我們認爲力也是一種協調，高度的協調產生力，而他是絕對的不協調，而他確實有力感，他是一種力達到極致，或者說協調達到極致後發生的反應，反動。他極其醜陋，驚心動魄的醜陋，是種非凡的形象。他確實醜，可正是因爲他的醜，他一點都不落俗套。

他的生平也別出一格，一四六七年（雨果敍述的是十五世紀的古老的故事），復活節的第一個星期日的早晨，早彌撒以後，人們在聖母院左廳前廊下，一個雕花木床上發現了這孩子。這木床是專門放棄兒的，誰家有棄兒，就放那兒，會有善心人把他領走，這孩子就在那兒被發現了。這孩子醜陋得驚心動魄，人們都不敢去接近他，是一個年輕的神職人員，年輕的神父克羅德帶走了他。克羅德帶走他是出於一種私人的原因，因爲他的弟弟。一場大瘟疫之中，他的全家都死了，只剩下他和小弟弟，從此之後，弟弟是喚起他溫存情感的唯一的人。所以當他想起他弟弟的時候，他的心會變得很軟，他會生出些凡間情感。他是懷著這樣的同情心把孩子領養了，把他帶去聖母院，使他成爲一個敲鐘人。這個卡西莫多，從小就是在聖母院的陰濕的石板地上長大的，石板地上的一條爬蟲似的。沒有人同他說話，他也不會說話。當他第一次敲響鐘，就好像他第一次開口說話。而敲鐘巨大的聲響把他的聽覺也奪去了，他又聾又啞。他在聖母院走來走去，覺得每一塊石頭，每一塊雕像都非常親愛，他有時會對著石頭默默地說話，誰都聽不見。當人們走進聖母院時會發現，柱子上爬著個野獸樣的東西，一看呢，是他，像猴子樣的迅速爬走。他像蜥蜴似地附在聖母院的壁上，他和聖母院似是合爲一體了。然而他是很少的能領會，爲聖母院吸引的人之一。也正是因爲他的存在，使聖母院充斥了一種生氣，這種生氣是不可言傳，不可描述的，雖然人們都懼怕他，人們想到他都覺得噁心，討厭他，可就因爲有了他，整個教堂都活起來了。作者寫道：「假如是在埃及（注意這個埃及）人們可能會把他奉爲這座寺院的神祇了，但中世紀的人們卻以爲他是魔鬼，以爲他是魔鬼的靈魂。」他似乎是古代淪落到中世紀的一個神。有點像中國的一句俗話「虎落平川不如犬」吧，他是一個淪落的神，生不逢時，若在古代他就是神，可他到了中世紀被大家看作魔鬼。他是這樣一個人。

接下來要說艾思米拉達。她的出場有瑰麗的色彩。也是在那個愚人節上。愚人節正在上演詩劇，詩劇作家是個流浪詩人，他的名字叫作甘果瓦，惴惴不安地看著自己的詩劇。這詩劇不斷地被打斷，被干擾，踉踉蹌蹌地進行著，最後一次被打斷就是廣場上傳來聲音，大家歡呼著「艾思米拉達」，就像唱歌似地唱這幾個字。甘果瓦聽到這聲音感到非常驚奇。甘果瓦是詩人，是語言藝術家，對語言最爲敏感。他聽到這幾個字，他不知道是什麼意思，可這幾個字就像是有魔力觸動了他。他到乞丐的聚集區到處去問，什麼叫做「艾思米拉達」？後來經過很戲劇性的情節，他成了「艾思米拉達」的丈夫，新婚之夜，甘果瓦就問她「艾思米拉達」是何意？女孩子回答不知道。他說屬於哪種語言呢？艾思米拉達說可能是埃及吧。這裡又出現了埃及。我就想提前告訴大家，這個神靈的世界，雨果爲它有個寫實的命名，叫做「埃及」，「埃及」其實寄託了雨果的美學理想，那就是古典主義。這兩個神靈世界的主人公，他們和埃及，都有著奇異的、冥冥之中的聯繫。

這個女孩來歷也不同尋常，身世同樣是很不明的，說起來也有段話了。在聖母院周圍的克雷沃廣場，有個羅蘭塔，原是羅蘭夫人的產業，因其父在十字軍東征時戰死，為紀念他，為其父守節，她在羅蘭塔邊造了個小披屋。小屋有兩個窗，對著廣場，外面走不進去，窗上有鐵欄杆，她就在裡面日日夜夜祈禱，從未出過塔，別人施捨她點吃的。就這樣，等羅蘭夫人去世後，這小披屋也就變成公眾的隱修室了，凡是決定守節或守喪的人就到小屋子來日夜祈禱，由善心的人施捨他點吃的、喝的，就在裡面度過終身。故事發生時，羅蘭塔的小披屋裡住著一個女人，外號叫小麻袋，人們知道她原是個非常漂亮的姑娘，父親是個輪船上的提琴手。父親去世後，母女倆就過著非常貧苦的生活。在這種情況下她淪落為妓女，淪落的過程也是很悲慘的，最早是做貴族的女友，然後做國王騎士的情人，第三個相好是個僕役，一個國王傭人，接下去是太子的理髮師、廚師、流浪歌手、掌燈人，最後就成為一個可以和任何人睡覺的女人。

可是有一天這個女人停止了淫亂，因為她生了個非常漂亮的女孩。自從有了這個女兒，這個叫小麻袋的女人開始改邪歸正，嚮往著美好的生活。正當新生就要開始的時候，她的女兒被一群流浪的埃及女人偷走了，換給她一個破麻袋，麻袋裡裝的是醜陋的卡西莫多。就這樣，她的女兒到了埃及人手裡，從此不知去了哪裡，這個女人從此成了隱修女，她日夜在小房子裡祈禱，哭嚎，咒罵。我們在故事就要結束時才會知道艾思米拉達就是她的女兒。在埃及人手中，她的女兒成為一個流浪的藝人，與卡西莫多的驚人的醜正相反，她驚人的美。她的美是有魔力的，我們很難分析她的美，眼睛如何，輪廓如何，身材又如何，她就是美，她的美已達到一種抽象的程度。她便有了種力量，這種力量可說是魔鬼，也可說是天使，她的美是有顛覆力的。

她還會一些幻術，她身邊有個叫加力的小山羊。兩隻角和四個蹄子是金色的，會變很多戲法，會認字，數數，是個有魔術的小山羊。她就是這樣出現在我們面前。這齣神靈的戲劇就是由卡西莫多和艾思米拉達來演出的。

我還要再提到一個人，就是克羅德。他是個貴族，他的家庭有宗教背景，是從一個修士那裡繼承了封地和房產。他從小就被父母送到神學院去，爲成爲一個神職人員而接受培養和訓練，他學習拉丁文，學習種種科學並且修行。他是在彌撒書和辭典中長大的孩子，非常規矩，有禮貌，有智慧，他讀過很多書，對這世界充滿了理念的好奇心，十六歲時他已在神學、經學和教育學三個方面得到良好的成績。他一直生活在科學之中，生活在一個非常抽象的世界裡，直到有一天他父母去世，留下他的小弟弟。他把小弟弟抱在懷裡，心裡才開始有了些人間的情感。他所有的人間情感都是這個小弟弟給他的，有了點愛，有了點溫情，有了點悲傷，這些具體的感知，都是從小弟弟那兒得到的。除此之外，他完全是一個教條主義者，非常教條，他對世界的認識都是通過書本的。在撫養弟弟的時候他體會到了非常甜蜜的感情，在這種感情的影響下，他收留了卡西莫多。他和卡西莫多之間有著很特殊的同情，他們兩人用手勢說話，別人看不懂，這種手語只有他們兩人懂。他是一個很陰沉的神父，他居高臨下，自覺得是掌握人們靈魂的人。

可是，他卻受到了兩個挫折，這兩個挫折對於他可說是有點顚覆作用的。第一個挫折是弟弟的不爭氣。弟弟叫若望，是個小流氓，街頭青年所有的惡習他都有，他對神沒有一點點信仰，一點點尊敬，不愛學習和讀書，卻愛喝酒和搗蛋，花錢如流水，使哥哥極其失望。實際上克羅德收養卡西莫多，還有個心願，那就是萬一若望長大犯下罪，總有些善行可以贖罪。第二個挫折，是當他在科學的領域裡挖掘到深處的時候，他發現走到了盡頭，他對這世界的認識猶如窮途末路，已到了最最頂端。你們知道這世界其實是不能深究的，我們追究過深的話，我們便再想不下去，再想下去就墮入虛空了，墮入虛無主義，實際上克羅德已經到了虛無主義的邊緣。他覺得這世界隨了他的深究反而越來越神祕，像進入黑洞一樣。他好像是不斷地開門，開門，終於開到最後一扇門，這卻不是門了，而是一個堅硬的核子。那怎麼辦？他怎麼去敲開它呢？他都已經碰到這個核子了。這時候，他就變成一個神祕主義者了。他把敲開這核子的希望寄託在煉金術上，別的武器他都使用過了，什麼星術，醫學，科學，他只剩一樣東西，他覺得這才是世界萬物的鑰匙，就是煉金術。他爲了找到煉金術，使盡了辦法，他去挖掘很多年前一個煉金大師的房子，煉金大師留下個小房子，被歷代煉金家翻成廢墟。他也挖地三尺地去翻，好像能在裡面挖到煉金的祕方或是什麼靈藥。他還經常凝望聖母院的大門廊，大門廊裡面有歷代帝王、君主的偶像，他默默地看著，覺得這裡面也是有祕密的。於是他在鐘塔的旁邊給自己造了座小房子，在裡面進行他神祕的研究。

其實，克羅德和卡西莫多是唯有的兩個人，眞正懂得巴黎聖母院的。卡西莫多與聖母院的深刻關係是建立在他對它美的感受上，他的心靈被它的美所吸引。而克羅德被巴黎聖母院吸引，是他認爲巴黎聖母院是有涵義的。我爲什麼特意解釋這個人物？因爲克羅德是所有俗人中最接近這個神靈世界的人，其他的凡俗人物，對這個神靈世界都是無知無覺的。而他已經接近了，用他的理念接近了，最後他也被它所毀滅。他是一個眞正的有智慧的人，眞正的哲人，只有眞正的哲人才會受到神靈的影響，別人不會，神靈和他們咫尺天涯。克羅德被艾思米拉達吸引，背叛了他所獻身的神學，他貢獻一生的信仰，最後他被卡西莫多從鐘塔上推下來。所以說艾思米拉達是在靈魂上毀了他，卡西莫多則在肉體上毀了他。當他從鐘樓上墜下去，他最後的一句話是：「啊，都是我愛過的人呀！」兩人是他眞正愛過的人，別的人根本談不上他的愛。

那麼我們基本上把重要人物都解釋清楚了，接下來我想把這故事的線索理下來。

這故事我想大家是非常熟悉了。它發生在十五世紀下半葉一個愚人節上，愚人節通常舉行三個活動：看篝火，看聖蹟劇，看五月樹。在這個愚人節上，大家都熱中於看聖蹟劇，一齣詩劇，爲什麼？因爲今年詩劇在司法宮中演出。在愚人節兩天之前，法蘭西一個屬國，叫弗朗德里，實際上它是個經濟發達的新興城市。這屬國來了四十八個屬臣、大使，到法蘭西搞活動，然後他們也要來參加愚人節，看聖蹟劇，參加選舉愚人王。這是故事非常有意思的開頭，很像今天美國音樂劇，很熱鬧。市民們早早地來到司法宮等待，可紅衣主教和我們的使臣們始終不到，大家只能等待。詩人甘果瓦也只能很焦急地等待，他窮得身無分文，可非常非常喜歡詩，他的詩劇要在今天演出。因爲久等不來，發生了很多有趣的事，學生和校長打鬧，又和老闆打鬧，它表現出一個非常蓬勃的市民社會，非常有生命力。後來紅衣主教到了，使臣們到了，戲也演到一半了，開始選愚人王了，最後選出來的是卡西莫多。這結果使大家興奮百倍，這簡直是今年愚人節上一個最好的成績，一個最好的愚人王。接下來艾思米拉達出場了。故事一開始就是這樣子，兩個主要人物都出場了，雖然說還沒有照面。在當天的晚上，廣場上非常熱鬧，艾思米拉達在廣場上跳舞，帶著小山羊演出，卡西莫多則在參加愚人王的遊行，披著金色外衣，戴著王冠，拄著金杖。然後克羅德出場了。當克羅德神父看到艾思米拉達在教小山羊表演的時候，他感到非常恐怖，感到自己的靈魂受到威脅，他一下子跳出來，說：「這裡頭有妖法。」艾思米拉達很害怕，只得草草收場。克羅德接著就遇見了遊行隊伍，非常惱火，他一把將卡西莫多從遊行隊伍裡拖出來，把金杖折斷，衣服撕破，皇冠踩在地下。卡西莫多對他非常順從，乖乖地跟他回聖母院去了。

這天晚上的事還沒完，深夜裡又發生事故了，什麼事？艾思米拉達一個人在巷子裡走在回家路上時，忽然被兩個人抓住了，後來我們知道這就是克羅德和卡西莫多。當她呼救時，有一個人趕到救了她，這人名叫弗比斯。他是王室弓箭隊隊長，是個貴族，長得非常英俊瀟灑，是那種特別招女人喜歡的男孩子，他把艾思米拉達救了下來，把卡西莫多綁了起來，這時候克羅德已經躲開了。就在弗比斯把艾思米拉達扶到馬上的一瞬間，她愛上了他。這是一個多事的夜晚，詩人甘果瓦身無分文，窮愁潦倒，狼狽得不得了，最後走進了聖蹟區的乞丐王國，乞丐要把他絞死，絞死前說如果有誰能要你做丈夫，我們就赦免你。但是誰都不要他，直到最後的時刻，艾思米拉達來了，爲了救他而要了他。

接下來的第二天是執行審判的日子，法官們要審判卡西莫多。他主要有三條罪狀，一是夜間引起騷擾，第二毆打一個女人，第三反抗國王的近衛弓箭手，因此而判刑。刑法是綁在廣場的刑台上鞭打，然後示眾一小時，鞭打和示眾的過程中，艾思米拉達給他喝水，這可說是他們兩人的邂逅。這時克羅德則滿懷著他的嫉妒，他很奇怪，他一看到這個姑娘就被她迷住了，他的靈魂馬上受到了威脅，他感到自己非常危險，可他無法制止自己。這裡有一個很深刻的意味，他這一個教條的人，對世界所有的認識完全來自書本，都是理念，理性。而這個姑娘以活生生的美將他所有的教條、理念都推翻了。所以艾思米拉達的美不是通常意義上的單純的漂亮，她是有涵義的美，這美中含有古典主義的理想，這理想就是世界的最和諧、最崇高的面目，她的美就是有那樣一種涵義的。克羅德一看到她，就覺得自己所有的哲學，他的一生都受到顛覆的危險，他從此後就變成了個連他自己都不認識的妖魔，死死地跟著艾思米拉達，她走到哪他跟到哪，同時在心中生出強烈的嫉妒心。

他先是嫉妒甘果瓦。因爲他發現這女孩子在廣場上賣藝、跳舞時，出現了個幫手，就是甘果瓦。甘果瓦對克羅德非常尊敬，作爲老師一樣對待。他告訴他我和她雖是名譽上的夫妻，其實根本不是，我們隔著房間睡覺，姑娘很厲害，根本不讓我近身，我一走近她，她就拿出匕首來殺我，她其實心裡在愛另一個人，她老是唸叨著另一個人的名字。克羅德問是什麼，他說是弗比斯，這名字一下子刻進克羅德腦子裡，從此成了他的仇敵。

他在一個偶然機會裡看到了弗比斯，然後就開始跟蹤他，正好聽到弗比斯和他弟弟若望在聊天，聊的正是艾思米拉達，以非常輕佻的語氣說要勾引她，百發百中，叫她怎樣她就怎樣。

這語氣使克羅德非常痛苦，因爲克羅德是知道艾思米拉達的重要性、神明性的，他知道她是怎樣一種神。他覺得弗比斯庸俗，輕佻的態度褻瀆了她，他很惱火。他不願意相信弗比斯能得到艾思米拉達。他忍不住抓住弗比斯，要弗比斯證明他不是撒謊。弗比斯一方面是輕佻，本性難移，一方面也是向克羅德炫耀，就把艾思米拉達勾引到一個鬼鬼祟祟的小房間裡去約會，而讓克羅德躲在暗處，這就是我們在電影上看到的情節。當他們兩人正要親熱時，克羅德卻從暗處出來一刀刺傷了弗比斯，然後逃之夭夭，而使艾思米拉達犯了罪。對她的審判是很殘酷的，逼著她承認她是個女巫，用刑法逼她自供，承認了之後就將她關到死牢裡去。

在死牢裡，克羅德去訪問了艾思米拉達，他表白了他的愛情，他的愛情是種很古怪的東西，使艾思米拉達感到非常恐懼，她說我比怕死還怕你。所以不能接受他幫她逃脫的計畫，因爲條件就是她得跟著他，艾思米拉達不能接受。接下來就到了法場，正當上絞架的時候，卡西莫多從聖母院衝出來，衝上絞刑架，抱起艾思米拉達，奔進了聖母院。聖母院是個聖地，凡是有罪的人一進去，便成了聖人，所有的人都不能侵犯她。把她抱進去的場面非常壯觀，非常戲劇性的一個場面。

聖母院歷代有一個小房子，供犯人和罪人居住的，其實也是種監禁，與世隔絕，你不能跨出聖母院一步，跨出一步便是罪人，便要受懲罰，上絞架，艾思米拉達就躲在這小房子裡。卡西莫多給她送水，送吃的，送花，非常愛她，呵護她。可是艾思米拉達非常怕他。這兩個神物，神明的主人公，就在這時眞正相遇了。前面所有的故事其實就爲了這一天，卡西莫多把艾思米拉達劫到聖母院裡，兩人相對獨處的時刻。所以我們絕不能用凡人的愛情關係去套用他們，不能把這看成是程式化的三角愛情故事，艾思米拉達愛弗比斯，卡西莫多愛艾思米拉達的俗套。他們兩人的關係是非常神奇的，他們是神人，他們不可能有凡人間的親密關係，他們不可能像俗人一樣地去相愛同居。但他們這兩個神人，終於共同住在了巴黎聖母院。就像雨果所描寫的聖母院：「儘管外面是千變萬化，可是它的內心還是古典的。」他們兩人就是聖母院古典的心。這種關係已被電影描繪成了非常傷感，甜蜜蜜的一幕，而我對這種情調是很反感的，我覺得那根本是以通俗小說的觀點去解釋它。

當卡西莫多把艾思米拉達關在小房子裡時，克羅德卻看明白了一切別人不明白的東西。只有克羅德能看懂，看懂這兩個聖物之間的關係，這不是能用愛來解釋的。他理解、同情這種關係，所以到最後誰都不會料到克羅德竟然對艾思米拉達產生了強烈的嫉妒，這種妒嫉也是超凡的，駭世驚俗的。這時候，他心裡很矛盾，他既要把艾思米拉達從絞刑架上解放出來，又要把她從聖母院裡解放出來，因爲在聖母院裡就意味著她屬於卡西莫多。他終於想了個辦法，他想這世間所有的人都把艾思米拉達忘了，只有那群乞丐沒忘，乞丐王國一直在想法營救她，他們都很喜歡艾思米拉達，艾思米拉達是他們流浪在巴黎唯一的好朋友，所以他要利用乞丐的力量。他去找甘果瓦，他知道甘果瓦在乞丐中已經有了一定位置了，他通過甘果瓦設了一計，讓乞丐們去把艾思米拉達搶出來。這個計畫開始實行，但實行過程中犯下一系列失誤，完全變成一場動亂。最後驚動了國王下令鎮壓，鎮壓的結果是把艾思米拉達重新抓住，送上了絞架。最後的情形大家都清楚，艾思米拉達被絞死，丟在一個地牢，卡西莫多摸到了地牢。很多年以後發現在艾思米拉達的屍骨旁邊，還有一具緊緊地摟抱著她的屍骨，是卡西莫多的屍骨，當門一開，風進來後，他們就化成了灰塵。就是這麼一個故事。

現在，我要分析《鐘樓怪人》的心靈世界的結構。我把這個世界劃分爲三界：第一界，是腐朽的一界，是衰亡的一界，那就是權力的社會。這一界由王室、司法界、總督、神職人員這些人物來組成的，在這一界裡有一個「菁英」人物，就是克羅德。裡面有幾個場面是可以說明其荒唐與腐朽的。

當愚人節第二天，司法界開始審判卡西莫多，便出現了非常滑稽的場面。法官也是個聾子。一個聾子審判另一個聾子，這個效果是很奇妙的。他問卡西莫多叫什麼名字，他聽不懂，東看西看；第二個問題你是什麼職業，卡西莫多也是無所適從；第三個問題你今年多大歲數，還是沒有回答。他正在惱火，總督來了，他想你那麼難審，我來審審看，他問你知道你犯了什麼罪嗎？卡西莫多以爲在問他的名字，就說我叫卡西莫多。總督很火，說你這個混蛋怎麼這樣無視法庭，卡西莫多以爲問他職業，說我是個敲鐘人。他憤怒極了，破口大罵，卡西莫多又回答我今年二十歲。整個場景就是這樣荒誕。這一界在我們現實世界來說，是個主宰性的社會，它井然有序，規定著人類的紀律和道理，但這些秩序遇到了卡西莫多，全亂了套。

還有一幕也很奇妙。乞丐們開始攻打巴黎聖母院了，路易十一世國王正好在附近，巴士底獄裡，正在討論王室的財政問題。這一年財政非常緊張，從國王的裝束就能看出王室的經濟狀況不佳，他衣服上毛領子的毛都掉光了，羊毛襪也是舊的，腿很瘦，而且非常憤怒。在他旁邊除了他的內官還站著兩個商人，希望兩個商人能「贊助」王室一點錢。當那邊在轟轟烈烈攻打巴黎聖母院時，巴黎的這邊就是這麼個情景，匯報開銷，商量如何節減開銷。國王所以到巴士底獄來，就是要節減司法上的開銷。他發現司法上用錢非常厲害，他覺得法官有貪污嫌疑，這麼多人要殺就殺，幹嘛關那兒，關那兒費錢。正在這時，那邊發生了暴亂，抓來兩個俘虜，有人就進讒言，說暴民們暴動是反對法官。國王一聽就非常興奮，說哎呀呀終於有人反對法官了，法官有很多錢、領地、房屋，而王室窮成這樣子。這時他的身體感到不舒服，御醫馬上給他看病。御醫一搭脈就開始提要求了，說現在有一個財政部的位置，只要給我的侄兒，我一定給你好好看病，我的房子蓋到一半還差屋頂，你只要給我蓋好，我就給你好好看病，否則你就不可救藥了。皇帝為了保命，就拚命點頭答應他的要求。可是他的理髮師卻不答應了，他的理髮師，實際上是個太監，他雖然是個理髮師，但是已經參政了，他想什麼好處都給御醫拿到了，很是氣憤。他說國王啊，那邊的暴動不是針對法官，是針對你的呀。國王一聽就堅決要把那女巫抓起來，艾思米拉達就是在這樣的背景下被捕的。司法界和王室在我們面前就是這樣一個形象，是一個很荒唐，很遊戲，很無聊的畫面，但就是它主宰著人們的生死存亡。

那麼我為什麼說克羅德是這一界的菁英人物呢？我剛才說過他是個很智慧的人物，他已把神學、經學、政治學、教育學都研究到非常透徹的地步了。我前面提到印刷術的時候，曾經說到國王的御醫帶來了一個奇怪的長老看望克羅德，他和克羅德展開了討論，在討論中克羅德即提出了印刷術的問題。長老走之前留下一句話，說哪一天某某人要召見你，那就是聖馬爾丹修道院院長。克羅德一聽就明白了，聖馬爾丹修道院院長是一個和國王很貼近的人，國王很多決策都要通過他。從此之後，克羅德就成了國王智囊團裡的人物。他是國家機器運轉在一個很高層次上面所產生的一個人物，這架機器無疑是成熟的，它已經有那麼細的體制分工，它的腐朽其實就是在它的成熟之上發生的。克羅德的智慧無疑是標誌著這一界的成熟程度。這一界的衰亡最致命的不在於剛才所描述的王室、法官、總督等等那些荒唐的東西，而在於克羅德的墜落虛無，如不是他的墜落虛無，這一界還有生命，還可以維持，但現在，立足之地動搖了，它的菁英人物受到了誘惑。

然後是第二界，用比較現實的語言，這是個新生市民集團，這本小說中最主要的場面都是由它構成的，集體歌舞都是由他們來演出的。他們具有旺盛的生命力，人物眾多，朝氣蓬勃。

這一界的代表人物是甘果瓦，詩人。這是個非常有趣的人，他對生命充滿了熱愛，最有理由死的是他，他在這本書裡經歷了三次死亡的機會，可他每一次都能化險爲夷。第一次他是落到乞丐王國的手裡，簡直絕望得不得了，指望哪個女人能來救他，最後是艾思米拉達救了他。他活下來了，可是身無分文，衣服都被撕爛了，他依然覺得非常幸福，這是他第一次將死而沒死。第二次是艾思米拉達被卡西莫多看管在巴黎聖母院，克羅德希望有人幫他把艾思米拉達救出來，離開卡西莫多，他第一個想到的就是甘果瓦。他請甘果瓦幫忙，他說你身上這套小丑的衣服非常好，你能不能進我的聖母院，把你這身衣服換給艾思米拉達穿，讓艾思米拉達穿了你的衣服逃出來。甘果瓦說那麼我穿了艾思米拉達的衣服，他們抓到我，他們會把我怎麼辦？克羅德說那就隨他們去吧，也許他們就把你處死了。甘果瓦說我不能死，我怎麼也不能死。克羅德說有什麼不能死，你死就死了吧，你活著有什麼意思呢？窮困交加，窮愁潦倒的。甘果瓦說哎呀你都不知道我活著多麼有意思，當我睜開眼睛我看到天，看到太陽，看到雲，聽到鳥兒在歌唱，這有多好，最重要的是，支持我活下去的是，我每天每時每刻都和我這樣一個偉大的天才在一起，這簡直太好了。他怎麼都不肯死，只好讓他活下去，再換一個計畫。甘果瓦想出個辦法，就是發動乞丐王國的人起義造反，他給克羅德提了這個建議。在暴動當中，他本不是個善於行動的人，一下子就被王室的近衛軍抓住，送到巴士底獄，國王面前。國王是一定要他死，你參加暴動了嘛，這就是第三次生死關頭。他一下子撲倒在國王面前，吻他的腳，苦苦哀求，說了很多很卑微的歌功頌德的話，說我總是在歌頌你，你現在卻要我死，你殺了我不要緊，可是你殺死了一個天才。國王聽不懂他的話，只覺得他是個吵人精，就說算了，讓他走，眞是吵死了。他一聽到讓他走，高興得一下子就昏過去了。

他就是這麼一個人，很快樂很快樂。他也在研究這個世界，他的方法與克羅德不同，克羅德是從書上獲得，他是從生活中學習。他和艾思米拉達、卡西莫多看世界也不同，那兩個是神性的本能，他是從人性出發。他是個非常感性的人，且非常現實主義。他認爲自己對世界的研究、對美的崇拜經歷了三個階段：首先他是從女人身上發現美，然後到禽獸身上發現美，最後在石頭身上發現美。女人指的是艾思米拉達，他迷她是迷得不得了，艾思米拉達救了他，讓他做她的丈夫，並且瓦罐摔下來摔成四瓣，規定他們必須要做四年夫妻，他幸福極了。他覺得他和這麼美的女人在一起，他可以領悟到世界的美，對於一個詩人來說，這簡直是一個太好的課堂。想不到艾思米拉達根本不讓他靠近，他就只好退一步了，算了，我就從禽獸身上研究美吧，禽獸是誰？是那小山羊佳里，所以我們經常看到他抱著小山羊，非常親熱。自從他跟了艾思米拉達之後，就由他來負責照顧小山羊了，他和小山羊在一起就像兄弟倆一樣，所以他說我在禽獸身上發覺美。再接下來，艾思米拉達和小山羊進了巴黎聖母院，不能出來，他便開始研究教堂了，這就是從石頭身上發現美的階段。就是這樣一個現實主義者，敢於直面現實，適應變故，他和克羅德完全不一樣，克羅德是務虛的，而他是務實的。即便是詩，對於他也是非常實在，他覺得詩裡每一樣東西都是實實在在有的，他覺得它們都是眞實的存在。他使我想到美國現代詩人惠特曼。

這一界裡又一個重要的人物就是弗比斯。他的身分是貴族，應屬於剛才所說的第一界的人物，他是國王的近衛隊隊長，很顯赫的人物。他已說好一門親事，是近衛隊前隊長的女兒，貴族之間的世襲聯姻，可他心裡對這門親事，這位嬌滴滴的小姐一點興趣都沒有，而是被艾思米拉達所吸引。因爲無知淺薄，也因爲膽大妄爲，他把艾思米拉達看作是一個漂亮、性感的普通姑娘。他實際上是個大俗人，有著一顆平民的粗野的心。他有許多俗世的屬於市民階級的愛好，他喜歡女人，喜歡喝酒，喜歡撒謊，自私膽小，碰到事情他是往後縮的，不會往前進的，出了大事，便束手無措，聽天由命。讓他結婚他也只能去結婚，小說說到他的婚姻時用了這麼一句話，「這是一個悲劇性結局」。他只能去和他的貴族小姐結婚，可他確實在他的生命過程中散發出一種很蓬勃的市民社會的朝氣，這叛逆的面目，是鬼鬼祟祟的，但確也露了幾下頭。

還有一個人物就是若望，克羅德的小弟弟。他和克羅德是完全不同兩類人，他就是我們所說的街頭青年小流氓，無視於一切權威，一切宗教，一切道德，像一個一無所有的人，胡來胡鬧，可他享受生命。他對生命享受到什麼程度？享受到可以輕易把它拋開，絕不受累於它。當他去死時，他是很快樂的。他也參加了那場暴動，盲目地，也不知是爲什麼，他甚至於對艾思米拉達毫無印象，對巴黎聖母院也沒有什麼好感，人們暴動，他也跟在裡面湊熱鬧。在暴動中被卡西莫多倒提著雙腳，把他的衣服一件件剝掉，最後剝成一個裸著的他從上面扔下來，扔下來這一瞬間他還非常快樂地唱著流行歌曲。

這一界裡有許多奇妙的人，像那個襪店的老闆，他是愚人節上紅衣主教的使臣之一，當別人介紹他時，爲給紅衣主教留一點面子，說他是書記官的祕書，但他自己出來否定說我根本就是一個襪店的老闆，襪店有什麼不好？他就是這種態度。還有就是乞丐王國，這王國是非常粗野，不講道理，野蠻，骯髒，也有犯罪，可它自由自在。他們展現於我們的場面，都是載歌載舞，像歌舞劇那麼歡快。這是一個世俗的社會，新鮮而有力量的一界。

第三界就是神界，它的現實名稱叫做愛情。這個神靈世界我們前邊已說過很多了，他們兩人的結合是那樣的一種：在現實之中完全不能實現，在現實中艾思米拉達不能看卡西莫多，她不能看，她害怕他，她看一眼就掃興，可卡西莫多是這麼愛她，爲她可以背叛一切，背叛他的恩人，他的巴黎聖母院。在現實中這兩個神靈是永遠不能得到結合，只有在靈界裡才能結合。當他們終於在靈界中結合，這扇靈界的門一旦被我們俗人打開，世俗的風吹進去，他們馬上就化爲灰燼。儘管他們爲塵世所排斥，但事實上他們又是這塵世的一道靈光，一種昇華。

這一個靈界和克羅德的世界有著相似的表面：都有虛無的特徵，但虛無的內容是不同的。克羅德的虛無是走到這世界的邊緣上一腳踏空了，一種落下去的虛無。而靈界的虛無是超凡脫俗，往上升騰的。我們可以講他們都是虛無，但虛無有各種各樣的出發和歸宿。克羅德所屬的那個最腐朽的界卻與具有超凡力量的界有著這樣一種關係。這腐朽的界似乎是爛作泥土，化爲世俗的一界，再由世俗的一界培育出兩個異種，升上靈界。這最低級的一界與最高級的一界似有著一種否定之否定的關係。因其關係，才呈現出一種表面的接近。因其接近，克羅德就極被這兩個神人吸引。而俗世裡的人被這兩人的吸引卻是盲目的，或者說是出於本能的，因他倆就像他們的一雙兒女。被艾思米拉達吸引是由於她的美，被卡西莫多吸引是畏懼他，這也是種吸引，證明他打動了你，否則你便無動於衷。反正他們兩人不會使一切人處之泰然，所有的人都會對他們生出強烈反應。而克羅德是眞正理解他們的，他用思想和智慧理解他們，最終克羅德是死在他們倆手裡，他對自己悲劇的命運也是有預知的。

回過頭去，看那描寫巴黎聖母院的獨立一章，作家那麼滿懷熱情地，把它一層一層往上描繪，爲什麼巴黎聖母院這麼重要？它是神的一座房子，他們這些神是住在這房子裡的，它其實是這個神靈世界的外殼。當我們走到巴黎聖母院最上面，接下來一章就是「巴黎鳥瞰」。雨果非常仔細地告訴我們巴黎的過去和今天，最後一段他是這麼寫的：「白天是巴黎在說話，夜晚是巴黎在嘆息，巴黎的歌唱是什麼？就是聖母院的鐘聲敲響的時候。」是誰把鐘敲響的呢？是卡西莫多，雨果描繪這鐘聲是非常偉大和美麗的，他使你的肉體沉靜下去，使你的靈魂上升，上升。這就是神對我們塵世的愛和關顧。

然後我說一下我爲什麼這麼強調關於印刷術的一章。印刷術是雨果將這個虛無的神靈世界化爲眞實存在的工具和武器。當地牢的門一開，塵世的風吹進去，艾思米拉達和卡西莫多就化爲灰燼，可是有一樣東西能把他們挽留住，就是印刷術，就是雨果他自己的工作。他用小說把他們挽留住，使之證明這個神界的確實存在，也向我們證明了小說究竟是在做什麼。

就是這麼個世界。我覺得《鐘樓怪人》應該好好讀一下，它給我的印象非常深刻。

左拉是一個很好的作家，巴爾扎克也是個偉大的作家，他們向我們描繪現實世界是什麼樣子的，這世界是怎麼會變成這麼罪惡，這麼醜陋的。左拉的剖析尤其細緻，看過《酒店》的人，都會記得這些窮苦的人是怎麼自甘墮落，尤其寫那個女人到後來怎麼樣沉浸在吃東西裡面。他告訴我們這個世界墮落，是因爲我們人墮落，它才墮落。左拉、巴爾扎克把這世界的皮都剝開來了，一層一層地暴露出這世界的眞相。

可雨果不這樣，他告訴我們這世界之上還有一個靈光照耀的世界，這是個永恆的世界。在那三界之中，第一界是個腐朽的界；第二界，塵世的界，是很興盛的，充滿生命活力的現實的界；第三界，神靈的世界，它是永恆的。雨果向我們描繪的，就是這個永恆的神界，或叫靈光的界。和前兩堂課講的張煒、張承志的小說相比，雨果所描畫的心靈世界顯然要比《心靈史》和《九月寓言》都更要複雜和豐富，他們那個心靈世界比較簡單，而《鐘樓怪人》的則是複雜得多，他所使用的現實世界的材料，也要比他們豐富複雜得多。在張承志的小說裡用了一個教史材料，在張煒的小說裡用了當代社會政治和經濟生活的一些零星材料。雨果的材料相當龐大，他幾乎是用了法國幾百年的歷史、文化、宗教革命，來作材料，不是一磚一瓦，而是大塊大塊的巨石，所築成的宮殿便要宏偉得多了。

第 六 堂課

《復活》是一個罪人的世界，

蒼茫的西伯利亞是他們永恆的流放地。

政治犯集團是具有自贖傾向的人群。

聶赫留多夫和瑪絲洛娃是一對互助的覺醒者。

托爾斯泰使用的是最巨大結實堅固的建築材料，

因此他的心靈世界是廣闊和宏偉的。

今天講托爾斯泰（一八二八～一九一〇）的《復活》。

寫這本書，托爾斯泰共花了從一八八九年到一八九九年整整十年的時間。我們讀起來會感到沉悶，它不是那種令人愉悅的讀物。我們所看到的《復活》的電影，是把它的比較世俗化的一面，作爲主要的部分，看起來自然比較好看。可是讀這本書的時候，你會感到很累，它不像《鐘樓怪人》那麼豔麗，歡樂，熱鬧，那麼響亮，這東西看起來就有點悶了。我常常想一個問題，二十世紀出現了許多文學流派，非常之多，它們都是以獨特性取勝的，非常具有特徵。而這種特徵性其實大有問題，它們經不得別人來摹仿它，但它們又非常易於被摹仿，因爲它們特點突出。一旦被摹仿，它們的特徵性就被抹殺。然後大家就需要坐下來談判，誰是第一個，好像價值就在於第一個。二十世紀的藝術潮流都有這麼個問題，好像思想和形式的地盤都被占領了，不得不獨闢蹊徑。於是我們便陷入這樣一個困惑：什麼才是我們的理想，究竟什麼是藝術的理想。而我覺得像托爾斯泰、雨果他們是沒有特點的，我覺得越好的作家越不具備特徵性，至少，特徵性在他們是極其不重要的。他不是以特徵性取勝的，他靠的是什麼呢？靠的是高度。我想托爾斯泰永遠不會怕別人去摹仿他，也不用怕別人去擠他的地盤，因爲他超出地面，站在高處。我看托爾斯泰的東西，特別感到激動，我覺得他站得那麼高，可卻像你人生的夥伴，在你最困難時他可以幫助你，他總是要告訴你一個理想，這個理想你很難達到，可有了它在，事情就不同了。我特別想告訴你們我讀它的感想，但是今天我們不能感情化地議論它，我們的任務是要分析它。

先把故事敘述一下，這故事也是我們大家都知道的。我不知道你們看沒看過電影，我看電影時覺得有一個場面是很好的，很有概括性的，表現了托爾斯泰《復活》的世界。這是一個怎樣的場面呢？就是流放的人群在西伯利亞茫茫的天地之間，大風雪中行進的場面。這場面給我的感動是：我們每一個人都是罪人，在這蒼茫的天地之間，我們不知道哪是開始，哪是結束，我們那麼茫然、盲目，那麼痛苦，那麼受折磨，但我們必須走下去，走下去靠什麼呢？靠什麼支持呢？

這個故事的情節實際上很簡單，大家都知道它的主人公有兩個，一個是聶赫留多夫，還有一個是瑪絲洛娃。我們依然像以前一樣，故事發生的背景年代我們不談它，直接切入內容。聶赫留多夫是個貴族，瑪絲洛娃是在他的兩個老姑姑家做使女的。他的兩個姑姑是兩個未出嫁的老姑娘，她們有莊園，是地主。瑪絲洛娃的母親是個女農奴，有許多私生子，父親各不相同。瑪絲洛娃的父親是個茨岡人，也就是吉普賽人，所以她是個漂亮的混血兒，黑頭髮，黑眼睛。在一個偶然的情況下，她的東家，也就是兩個老處女中的一個到傭人的房裡來，看到這個漂亮的嬰兒，動了惻隱之心，說我來做她教母。從此，她就有了個有錢的教母，漸漸地她長成一個活潑伶俐的少女，進了老處女的內室，做了貼身丫頭。她的地位就處在傭人和養女之間。這種身分使她生出一種虛榮心，她習慣了過好日子，她在貴族的大房子裡過的日子顯然比農奴要好。她十六歲時家裡來了個客人，從大城市莫斯科來的，是兩個老處女的侄子，那就是聶赫留多夫。一個大學生，年輕，英俊，善良，純潔，信仰進步的英國社會學家赫伯斯・斯賓塞，一個無政府主義者，在土地問題上主張民主和平等，他的思想對年輕的聶赫留多夫留下很深的烙印，可說是他的信徒。他就懷著這樣的信仰和感情到了莊園，生活了一個月，和瑪絲洛娃產生了愛情。

度完暑假他回到莫斯科，三年以後才又來到莊園。這時他已是個軍官，一個王室的軍官，馬上要去打仗，路過姑姑家，就住了幾天。三年後的聶赫留多夫完全變了，從前的信仰在他看來非常可笑。他年少時曾經從他父親名下繼承很小的幾塊土地，在斯賓塞的信仰下，他把土地還給農民了。三年後他回想這一舉動則覺得非常幼稚。他學會玩女人，也學會喝酒，他在兵團裡沾染了所有軍官都有的壞習氣。這些軍官的生活是怎樣的呢？他們都是貴族，專門有人侍候他們，幫他們刷馬，擦武器，他們只是喝酒，玩笑，他在這環境裡已變得荒唐了。當他見到瑪絲洛娃時，他年輕時的感情一下子撲面而來，但情形卻變得複雜了。一方面那種純潔性使他感覺非常愉快，另一方面又覺得愛情如果是這麼純潔的話簡直是一無所得，因此在他離開莊園的前一天晚上，他就和瑪絲洛娃發生了肉體關係。就在這一晚，瑪絲洛娃懷上了他的孩子，而聶赫留多夫一去不回。有一天，她聽她的養母說這個侄子可能要路過這兒，她日夜等著這一天，好告訴他懷孕的事情。可到了這天，他卻來電報，說他有緊急事情不能下車了。這天晚上她跑到了車站，找到了這列車，她甚至看到了聶赫留多夫坐在非常溫暖的車廂裡，在喝著酒。外面下著雨，地上是泥濘，她喊他，可他沒聽見，最後車開走了。從此後她陷於絕望，她不能好好幹活，總發脾氣，她的身孕也一天天顯出來了，最後她就被兩個老處女趕出來了。她離開了她東家，也是她養母的家裡，到處流浪。

這女孩長得非常漂亮，地位卻很卑微，於是她到哪裡都有一種同樣的命運等著她，就是引起男主人的邪念，然後把男主人或女主人得罪了，最終被趕出來，她總是逃不了這樣的命運。最後她用聶赫留多夫留給她的一百盧布在一個農戶住下來生下了孩子，孩子一下地就死了，她自己也得了產褥熱，在死亡線上掙扎，終於熬了過來，身無分文地再去找工作。還是那樣的結果，被男主人占有，被女主人趕出來。無奈中到了城裡，投奔她的一個姨母。她姨母過著城市貧民的生活，自己開了個小洗衣作坊，希望瑪絲洛娃能當個洗衣女工。可是瑪絲洛娃已沾染了貴族習氣，她不習慣做工，不習慣貧苦的生活，所以她又去做女傭人，又重複以前的遭遇。幾次三番後她遇到一位太太，其實是個皮條客，去給有錢人找情人的。她最初的情人是一個作家，作家很忙，經常把她獨自個兒丟在小公寓裡，她便和院子裡的一個鄰居好上了，產生了近乎是愛情的情感，結果這個小職員卻把她給甩了。她的命運總是這樣：男人迷上她，又把她拋棄了。但經過這一系列風月場上的經歷，她變成了一個時髦女郎，喜歡穿好衣服，吃好東西，喜歡喝酒，喜歡抽菸。她姨母的生活顯然不能適應她，她能做什麼呢？這時她能做的唯一的一件事情就是去做妓女，於是她就到了一個很大的妓院裡做了妓女，成爲一個風月場上非常老練的女性。

附近有一個旅店和她們妓院有生意上的關係，客人需要妓女，這旅館就到她們妓院裡來找人。這個旅館的茶房和她挺熟的，有一天來妓院找她，說我們今天來了個客人挺有錢的，你來陪他吧。她去了，這個客人已經半醉，該做的一切都做好之後，就回到妓院。半夜裡卻被鴇母叫醒，老鴇說這個客人又從旅館跑到了妓院，喝酒，打鬧，酒喝到什麼程度？喝到身邊錢都沒有了，可他還要喝。老鴇就對瑪絲洛娃說，你去過他旅館的房間，現在你去他的房間把酒錢拿來，他已經醉得走不動了。她到了旅館從他錢包裡拿了酒錢，回到妓院。想不到這客人非要把她再帶回他的旅館，她眞是被搞得疲勞透頂。這時兩個茶房，一男一女，就給她出主意，要不要給他吃點藥？我這兒有安眠藥，你給他吃點藥讓他睡覺吧。瑪絲洛娃一聽挺好，就把安眠藥放在他的酒杯裡讓他喝了，想不到這是毒藥，客人喝下去就死了，死後警方發現錢包裡的錢都沒了，其實是被兩個茶房拿走了。但藥是她放的，她也獨自動過錢包，沒有話說，就上了法庭。

很意外的，聶赫留多夫是這個案子的陪審團成員，在法庭上他看見了這個女人。他忽然想起很多年以前他和這個女孩子之間發生的事情，這事情對於他很遙遠，後來的生活又很豐富，所以他根本不可能記得這麼一個鄉下丫頭。其時他是在一種什麼樣的生活裡呢？他已經成年，他開始考慮結婚，成了這個城裡正當婚齡的貴族小姐的目標。因爲他有很多田產，他母親去世後，他繼承了大批大批的田地、莊園，而他已不再是當年那個英國無政府主義者的信徒，他不會再把土地還給農民了。他過著非常舒適的生活，他的形象也日益具備成熟的魅力。他正捲入一場男女關係的糾葛之中。完全是因爲羞怯，引起了一個無聊的貴族夫人的好奇心，貴族夫人把他勾引上手，而且緊緊抓住，不放他去。他幾次提出和她中斷關係，她都不幹，甚至以自殺相威脅。他心裡面很受道德譴責，因爲他每年都要到貴族夫人封地所在的縣裡去參加選舉，盡貴族該盡的責任，這夫人的丈夫是這縣裡的首席貴族，他難免要和他打交道，一打交道就覺得內疚和骯髒。這事纏著他，使他非常苦惱。其時又有一個公爵小姐，對他追求得很厲害，他不覺得她有什麼不好，也不覺得她有什麼好，他只是覺得她作爲一個結婚的對象是可以接受的。她的身分、門第、教養都合乎規矩，合乎他的規範。但是他明白如果他要和公爵小姐結婚的話，他必須要了結和貴族夫人的關係。

就是在他糾纏於這麼一堆亂七八糟的男女關係中，在這種情形下，他看到了瑪絲洛娃。她使他回想起他純潔的年輕時代了，那時候他那麼年輕，那麼純潔。這種回憶使他非常觸動，更使他觸動的是，他感覺到這女孩子的墮落是與他有關的，這使他自責。從此後他就開始爲她奔走。在陪審過程中他知道她的案情是冤枉的。然而因爲陪審團的一個忽略，這個忽略是由很多無聊的原因造成的，一個小小的忽略，就決定了她將終身成爲苦役犯，流放西伯利亞。他對她的內疚更是雪上加霜，由此他產生了很多懺悔。他決定做兩件事：一件是把他的土地還給他的農民。另一件是把瑪絲洛娃拯救出來。

這本書分三卷，第一卷迅速地把所有這些過節交代完畢，然後進入拯救瑪絲洛娃的運作過程。他首先去找律師，又去找副省長開特許探望證，然後和瑪絲洛娃見面，再和有關官僚打交道，爭取到上訴權，瑪絲洛娃的案子終於上訴到了樞密院。第二卷是從聶赫留多夫到彼得堡開始的。他到樞密院去活動，在活動當中，接觸了很多官僚、貴族，深入到權力機構的心臟裡去。他看到這架國家機器是怎樣運作，在運作過程中犯下怎樣的罪過，看到了這案子因爲怎樣的無聊小事而受到阻礙，最後還是決定維持原判不變。無奈之中他告了御狀，就是把這案子告到了皇帝那裡。在此同時流放隊伍就要出發上西伯利亞了，他還不時地要去監獄探望。他這個貴族出現在監獄裡，引起了犯人的注意。因爲他在監獄裡的特殊地位，就有很多犯人託瑪絲洛娃：我這案子你託你的貴族朋友去問問看，甚至連政治犯都通過看守遞條子給他請他提供幫助。所以他就不僅爲瑪絲洛娃，而是爲很多犯人很多案子在奔跑。他到彼得堡去時，身上是帶了好幾個案子的。第二卷結束時，瑪絲洛娃已經走上了去西伯利亞的道路。

第三卷，按照我們普遍對長篇小說的界定看是非常累贅的一卷。這一卷裡基本上都是聶赫留多夫和犯人，尤其是和政治犯的接觸的描述。這一卷有許多人都看不下去，可我覺得最重要的就是這一卷。這一卷很簡單，沒有情節了，情節已經基本完成，聶赫留多夫上了去西伯利亞的道路，坐著馬車，跟隨著流放的隊伍。每天晚上他都去看瑪絲洛娃，爲了替她改善待遇，將她調到政治犯的隊伍裡，因此他接觸到了很多政治犯。在流放途中，他鄭重向瑪絲洛娃求婚。同時，一個叫西蒙松的政治犯，愛上了瑪絲洛娃。這兩個男人都很崇高，等待著瑪絲洛娃的選擇。瑪絲洛娃最終選擇了西蒙松，爲什麼？因爲她心裡明白，實際上聶赫留多夫是在爲她作犧牲，他已經爲她做得太多了。最後的情節是瑪絲洛娃和西蒙松結婚，御狀批下來了，依然是判有罪，但不幸中之大幸，把瑪絲洛娃的苦役刑改成了流刑。苦役刑要做苦工，流刑則可以選擇在西伯利亞任何地方安居下來。然後聶赫留多夫一個人從西伯利亞回來，與瑪絲洛娃最終分了手。大體上就是這樣一個情節線索。

我還是像以前一樣用一句話來概括一下，《復活》是怎樣一個心靈世界：它的世界是一個贖罪的世界，罪人的世界。關於原罪的概念，我想是基督教的概念，人生到這世上就是帶著罪惡的。那麼，托爾斯泰的罪人世界與此又有什麼區別，有什麼更高的價值呢？讓我們站在這個觀點的立場上再次審視托爾斯泰的《復活》。托爾斯泰是把這個罪人世界作了非常仔細的分析和描述，相比之下，原罪的概念便太抽象空泛了。但讓我們暫且借用一下「原罪」這個概念，就是說這世上生來就有，或者說是從聶赫留多夫生來已規定好了的罪人的世界，這個世界由兩類人組成：一類是貴族，另一類是相對於它而存在的農奴的群體。聶赫留多夫和瑪絲洛娃的糾葛可說是集中了這兩類人的罪過。

但在《復活》所展開的遼闊的罪人世界背景上，還有一些派生的情節，發生在貴族的群體。一是公爵小姐對聶赫留多夫的追求，這件事情總起來說是一句話：吃飽了飯沒事做，極其無聊。他們有足夠的田地供他們做一些荒唐的男女遊戲。這些遊戲做得像眞的一樣，其實裡面充滿了虛僞，可是卻眞的投入了他們的一生在做。公爵小姐很有心機，她把聶赫留多夫看成她的獵物，用盡一切手腕。還有就是聶赫留多夫和那有夫之婦的一段男女之情，也是集荒唐、無聊、卑鄙、虛僞於一身的。再有卡明斯基決鬥案。在第二卷裡，聶赫留多夫帶了瑪絲洛娃及好幾個案子到彼得堡樞密院，上下活動。他走到哪裡都聽到，這城裡剛發生一個決鬥案，轟動了彼得堡，所有的貴族和上層官僚都在談論這件事情。卡明斯基是個年輕軍官，一次在酒吧裡和幾個軍官聚在一起聊天，所屬另一個軍團的軍官開始攻擊卡明斯基所在軍團怎麼怎麼不行，爲了維護自己的軍團，卡明斯基起來就給了那人幾個耳刮子，那人便提出決鬥。決鬥的結果是，卡明斯基死了，但他爲他的軍團爭得了光榮。凶手拘留兩周後，活動活動，就得到釋放。當時的彼得堡，宮廷裡，辦公室裡，客廳裡，都被這案子激動了起來。這一群吃飽了飯沒事幹的人，在世上創造一些荒唐的業績，而無論罪孽有多大，都是不被指責的。當聶赫留多夫在彼得堡活動瑪絲洛娃的案子時，他家族的一個伯爵夫人對他說，這事你一定要去求瑪麗葉特，她丈夫管這事，你和她說了就行了。這瑪麗葉特是個敗落貴族家的女兒，嫁給一個官運亨通的官僚，由於生活寂寞，非常渴望與人調情。爲了替瑪絲洛娃翻案，聶赫留多夫只得和她百般周旋。

農民群體中的派生情節是這樣一些：因爲瑪絲洛娃的原因，聶赫留多夫進入到監獄這麼個充滿罪惡與懲罰的地方，他接觸到了許多平民的罪人，那都是些勞苦的民眾，無錢無勢。有一個明肖夫，是個農民，年輕農民，他的故事是幾千年來從未斷絕的故事。他的新婚老婆被地主勾引，他就到地主家裡去索討他的妻子，他把妻子帶回家，那邊又把他妻子帶回去。幾次反覆後，他就跑到地主家大鬧，鬧得非常厲害，結果是他被地主狠狠揍了一頓。當天晚上地主的家被燒了，很自然就懷疑到是明肖夫和他母親幹的，儘管他有非常有利的證人，當天晚上他確實是在他教父家裡，教父可以做證，而事實上這地主卻有著很大的嫌疑，因爲他剛剛把他的房子投了保險，很可能是想騙取保險費。就這麼個案子，明肖夫母子被判西伯利亞流放。瑪絲洛娃把這案子託給聶赫留多夫，她說你幫他這個案子也爭取重新審理一下。聶赫留多夫和明肖夫談了話，他覺得這完全是一個無辜的人，當然也是個不很開竅的人，有點愚蠢，有點遲鈍，但完全夠不上判罪。還有一個費多霞，是個年輕漂亮的姑娘，有雙藍眼睛，頭髮是淡黃色的。她十六歲時就結婚，結婚的晚上她非常恨她丈夫，她還是個孩子，根本不知道結婚是怎麼回事，她給她丈夫嚇住了，居然想害她丈夫，給他吃了毒藥，幸好沒死，但法院以公訴罪，把她抓起來了。在取得候審的八個月裡，她依然生活在丈夫家，和丈夫朝夕相處，一起勞動，吃飯，睡覺，她居然深深地愛上她丈夫。可是八個月過去了，她的案子要審了，又把她抓起來，而且定了罪。家裡人苦苦哀求，想把這案子撤掉，人也沒死，感情也很好，家裡又很缺勞力，可是不行。最後是她丈夫和她一同踏上流放之路。還有一個教派信使案，也是瑪絲洛娃託給聶赫留多夫的。在一個小村莊裡，一群人常在一起讀聖經，讀祈禱書，官員認爲他們沒按東正教的方式解釋聖經，便定他們是邪教。他們作了很多解釋，但也不行，他們所有的罪證就是一本祈禱書，是個證據很不確鑿的案子。這一個群體全是由於麻木和愚昧犯有過失的人，生活在沒有教育、沒有開化的野蠻境地中，犯罪幾乎不可避免。

這兩個「原罪」集團可說是相輔相成而存在，是由於壓迫和被壓迫，剝奪和被剝奪而形成。聶赫留多夫與瑪絲洛娃分別是這兩個集團的代表人物和覺悟者，這在以後我還將談到。我所以要借用「原罪」這一概念，是因爲至少在《復活》的世界裡，它們已是被規定好的，是一切罪行的基礎。然後，在前者的權威和後者的過失之下，一個懲罰人的集團產生了，那就是我們所說的國家機器，一個官僚集團，它是由一些什麼樣的人組成呢？托爾斯泰花了很大的篇幅去寫他們，非常仔細地描繪了他們。當他一走上法庭，意識到瑪絲洛娃的案件他所負有的責任後，就開始進入了線索。最初進入的是法庭的陪審團。這天，瑪絲洛娃的案子審理排在幾個案子後面，等挨到瑪絲洛娃時，陪審團已相當疲憊，他們的公正心、良心、正直心都處在一種麻木的需要休息的狀態。於是，他們開始瞎聊天了。聶赫留多夫很著急，他盼著陪審團能達成一個比較公正的意見，因為陪審團的意見很重要。但他又感到心虛，覺得自己好像與這個女犯人有什麼關係，自己出來說話不妥當，因此他只能焦慮地等待著他們走上正題。他們終於扯到這上面了，並且總算是認為瑪絲洛娃無罪，可當他們起草意見書的時候，卻留下一個重要的疏漏，他們認定瑪絲洛娃沒有謀財、竊財的用心，他們卻忘記了寫下瑪絲洛娃自然就沒有殺人的用心。這麼一來好像是她殺了人，可她沒拿錢。這完全是個邏輯上的技術疏漏。陪審團的意見一送上去嘛，好了，你反正是殺了人，我管你為什麼不為什麼殺人，就判她有罪。

以前聶赫留多夫參加陪審團從來不動感情的，可是這次不同，他動了感情。因為他和這法庭上的人有著種私人的關係，有著種使他去留心去關心的理由，他開始發現陪審團的麻木沒有同情心，可是卻掌握了決定別人命運的權利。這是懲罰人的集團中的一個重要的組成部分，是國家機器轉動起來的一個有力的部件，他們的工作可說是第一次推動。然後聶赫留多夫開始奔走，他首先去見了瑪絲洛娃。他去見她也是一個觸目驚心的場景，他從沒有進過監獄，從來不知道那裡的人是生活在怎樣一種情形之下。兩道鐵絲網，中間是獄卒在走來走去，他們在這邊，犯人在那邊，隔著鐵絲網喊來喊去，原來這就是探監。當他從這麼個地獄般的地方回到公爵小姐的客廳裡，他忽然發現了這種高尚生活的偽善。然而等他終於和瑪絲洛娃面對面坐在一起的時候，卻沒有料到，他心目中那個惹人憐愛的好姑娘已變得矯揉造作，風情畢露，即使在這種場合裡還沒忘記向他賣弄風情，他不由感到深深的失望。即便是這麼個受迫害、受剝奪的弱者的集團，托爾斯泰也並不爲他們開脫，他決不濫施同情心。瑪絲洛娃是個女罪人，托爾斯泰不是從社會和司法的立場，而是從人性的立場判定。她任何時候都想著要向男人賣弄風情，任何男人，警察也好，犯人也好，或者像聶赫留多夫這樣一個曾經和她有過純潔感情的人。有那麼一個片刻，聶赫留多夫懷疑自己這樣做是不是對，可他還是克制了厭惡的心情，繼續爲她奔走，要爲她找個好律師。

他找到了莫斯科最大的律師，叫法納林。他進入了法納林家的客廳。法納林住著一幢非常豪華的房子，宮殿一樣，種著高大的植物，有著暴發戶的氣味，在他辦公室門口，坐了很多很多人，排隊等待接見。聶赫留多夫把他的名片遞交進去，於是沒經過排隊，律師就接見他了。法納林一見他就指著前一個訪客的背影說，你看那個人，錢多得不得了，可是他居然說上天無門。他就這樣議論他的主顧，其實也是一種暗示：你只要有錢，什麼都能得到。聶赫留多夫對法納林再反感，也得求他，別無他法。法納林看了瑪絲洛娃的案宗，覺得案子確實很棘手，陪審團的意見寫得清清楚楚，你這等於要把整個陪審團意見推翻，重新來過，但我們當然要幫你辦啦，我們先上訴，上訴不行再告御狀，但我也事先告訴你，上訴如果不行的話，事情就大局已定了，告御狀一般是告不出什麼結果的。接著，就指導聶赫留多夫，每一步驟內所應該去拜見的人物。臨了，聶赫留多夫又請教他如何取得特許證，能在任何時候探視瑪絲洛娃。他說你這個事情，我可以告訴你找誰去辦，找誰去敲這個圖章，找一個副省長，名叫馬斯連尼科夫。

這人倒和聶赫留多夫是老朋友了，他們曾在一個軍團共過事。他是個怎樣的人呢？他應該說是個厚道人，而且他奉公守法，沒什麼歪門斜道，一個規規矩矩的軍團會計官，可是他興趣狹隘，沒有個性，他的一切都是按部就班，沒什麼幻想，但他確實不是壞人不會去算計別人，他甚至可稱得上是個好人。他娶了個老婆，很有錢，很精明。這個精明的老婆，設計了他的前途，那就是辭掉宮廷職務到地方上當官。在地方上他果然升得挺快，當上了副省長。聶赫留多夫到他家去，覺得非常受罪，夫婦倆都是那麼乏味，沒個性，一個典型的官僚生活面貌。但馬斯連尼科夫確實很幫忙，他的特許證很快就開出來了。後來，這個馬斯連尼科夫還幫了他一個忙，有個政治犯託他辦事的同時也給他提了個建議，說監獄其實是個大染缸，到處是刑事犯，好人都要變壞的，我建議你通過路子把瑪絲洛娃弄到醫院裡去工作，醫院很缺看護，那兒環境比較好，比較有秩序，人也比較正派，對女性比較好。聶赫留多夫就去求了馬斯連尼科夫，馬斯連尼科夫也在規定的許可下滿足了他。於是，瑪絲洛娃調到醫院裡去了，在那裡瑪絲洛娃學會了一點技能，而且在這一個較為正派的環境裡，開始認識到取悅男人的無聊和罪惡，這是瑪絲洛娃新生的一個契機，聶赫留多夫為她創造的契機。他們兩個人的復活和新生，就是這樣在一種相互作用裡面。這些相互作用的過程中他們兩人都不斷地積累著認識和覺悟的準備。

在律師法納林的指導下，聶赫留多夫到了彼得堡，在樞密院開始活動。他首先找的一個樞密官是專門管上訴的，直接針對他這個案子，叫沃爾夫。沃爾夫也是個正派人，並且他很以正直爲自豪，他所謂的正直是他從不受賄賂，可他從來不以爲他拿到的薪水有什麼不合理的地方，他沒有頭腦去懷疑自己。他不受賄，而且對受賄的人非常厭惡。他也娶了個很有錢的老婆，老婆帶給他每年一萬八千盧布的收入，所以他並不缺錢。他的官位是因爲努力工作得到的，是一個勤勤懇懇，兢兢業業的官。他爲政府辦事盡心盡意，而且合情合理，他也同樣沒有頭腦去懷疑他的忠誠與勤懇所造成的惡果。那是在一架向著錯誤方向運作的機器上的有力的部分。他有個兒子，非常厭惡自己的家庭，這是個很苦悶的家庭，家裡的人都沒有人性，說的都不是人話，於是孩子很小便開始酗酒，欠了許多酒債，沃爾夫爲他兒子償還了兩筆債務後，就和兒子斷絕了父子關係，從此兒子就離開了家庭。這個官僚是要參加終審瑪絲洛娃上訴案子的一個重要成員。

終審小組裡面還有個重要成員，是一個副檢察長，叫謝烈寧。這倒是個非常有性格的人，他長得很漂亮，很瀟灑，是聶赫留多夫的大學同學，又是朋友，他很聰明，有理想，對社會有責任感。他不是那種庸庸碌碌的官僚。他有信仰，對人民也有感情，而且他自信自己還是有才能的。但事與願違。他以爲要爲社會工作最好的方式就是進入國家機器，進入國家機關，這樣才能直接爲社會工作。然而一旦進入國家機關，他發現什麼都不對頭，都是些事務性的工作，這些事務在他看來那麼無聊，徒勞無益，充滿了文牘氣，官僚氣。他在這環境裡非常不適應，和上下級關係也不好，他不斷調動工作，每到一個新環境，就決心要好好工作。他認爲這麼做是對的，可是心裡面又覺得不對頭，總有一股抗拒的力量，他卻沒有勇氣正視這股力量，所以他還是這樣順其常規地去做他所謂應該做的事。他的婚姻也是這種不對頭的婚姻，和他的妻子結婚他也認爲很正常，好像如果不和這麼一個富有的、聰明的、有身分有容貌的人結婚是不可以的，簡直是太不正常了。一切行爲都要符合這個社會的正常規範，可他心裡的抗拒力量始終在唱反調，始終使他痛苦。後來有了個女兒，女兒的舉止、打扮、氣質也是和他內心的願望不一樣，好像這孩子不是他的。他在家庭裡也是感到很隔膜，又不曉得一切錯在什麼地方。他的一切都按照這個社會的正常去做，可就是覺得不對頭，職業不對頭，家庭不對頭，而最不對頭的是在宗教上。他在年輕時和聶赫留多夫一樣，有叛逆精神，是憤怒的反抗的青年。他們渴望把現有的一切砸碎，使社會變得更好，他們難免有時會是盲目的，可卻充滿了眞實的熱情。他們把宗教信仰砸得粉碎，他們懷疑宗教，他們在懷疑一切的年紀裡做了他們所能做的一切。可當他成爲一個成熟的人，走進社會，感到不對勁，需要精神上的支援的時候，他發現他沒有宗教了。宗教是一種可支持大多數人正常生活，走入人群的東西，可他沒有了。他就是這樣一種斷裂層裡的人，生活分裂了他。大家終於坐下來談這案子了，翻案的理由是很充分的，而且還有大律師到場，爲瑪絲洛娃作出種種辯護。沃爾夫和謝烈寧的態度還算是明朗的，只是一個很微妙的原因，使得有一部分樞密官很反感這個案子。反感的原因是一個貴族去爲一個妓女這麼奔走，他們覺得這裡面一定有些什麼私情，是一種曖昧的、不光采的事。他們堅持原判，理由也非常充分，要尊重地方的法庭判決，尊重陪審團的意見，最後還是維持原判。

還有一個人物，叫托波洛夫，他也是彼得堡上訴局的，專門管宗教案子。聶赫留多夫所以去找他，是爲前面說過的那個教派信使案。托波洛夫看到這案子心裡就一跳，這案子其實他知道，曾經有一度是要翻過來的。那麼雞毛蒜皮，而且沒什麼證據的一個案子，可就是有那麼些熱心的主教在奔走，如若翻過來還會驚動皇上，皇上就會對他們上訴局不滿，怎麼你們辦了個冤案呢？他們的工作就將受到皇上的懷疑。他感到很爲難。托波洛夫的工作是個非常矛盾的工作，首先他好像是宗教的化身，是執行上帝的不可動搖的意志，但事實上他卻運用人爲的，包括暴力的方式來管理教會。但他是個老練的官員，他知道這案子非常棘手，他和聶赫留多夫說：好了，這我管，你別問了，這事由我來負責了。打發聶赫留多夫心存希望地走了。這個懲罰人的團體就是由這些人組成的。在懲罰罪行的同時，又犯下了新的罪行，於是便加入了罪人的行列。

這裡還有一個特別的人物，當流放隊伍終於到達西伯利亞邊城時才出場，他就是城防司令，一個將軍。其時，聶赫留多夫收到了謝烈寧的信，告訴他告御狀有結果了，把瑪絲洛娃的苦役刑改成流刑。這是個很好的消息，聶赫留多夫很興奮，馬上跑去監獄要求放人，監獄裡的人對他講我們沒收到文件之前，不能亂放人，看到文件，一分鐘也不會多留，馬上放人。他就跑到城防司令家，請求將軍注意文件，有了文件儘快通知監獄放人。在將軍家他感受到一種非常特別的氣氛。這將軍是個很聰明的、很有正直心的人，他實際上很明白他周圍發生的一切事情，他看得非常清楚，而且是個自由主義者和人道主義者。他曾經有種幻想：認爲自由主義和人道主義和他的職業是能夠調和的，他年輕時這麼相信，絕對以爲他們的工作是在實行人道主義和自由主義。但到老年後，他不相信了，懷疑了。他天性聰明、善良、而且很有學識，當他意識到這不可改變時，他就借酒澆愁，他是一個酗酒的人。可他酗酒從不至於使他太胡來，所以不妨擬他升到一個高位，在高位上坐得還挺穩固的。聶赫留多夫對將軍很有好感，他看到他花了那麼多力氣，走過那麼艱苦的路途所看到的一切，這將軍基本上都看到了，而且總結得非常清楚明白。將軍對他說，你會不會英語，我晚上要接待個英國客人，是個旅行者，傳教士這樣的人物，他對監獄感興趣，他要參觀全世界的監獄，於是就來到西伯利亞，你會英語的話，今晚就來參加我家的Party，大家在一起聊天，你也可作作翻譯。這天晚上的Party也使他深感安慰，經過這麼多月的辛勞跋涉，老是在監獄裡和犯人在一起，看到的都是最骯髒最可怕最折磨的景象，來到將軍的客廳裡，他感到往昔的生活在向他招手，這往昔的生活是剝去了偽善的外衣的，不是公爵小姐家的那種，而是單純、清潔、溫暖的本質。在這個遙遠的邊城，居然還有這麼一種文雅的、溫柔的、寧靜的生活。尤其是將軍的女兒和女婿，那麼熱情那麼純潔，眞是有種世外桃源的感覺。在宴會將要結束，他準備告辭的時候，那位女兒很羞怯但又很勇敢地對他說：「先生你能不能去看看我的孩子。」她幸福地把他引到兩個睡著的嬰兒那裡，嬰兒睡得那麼安詳，那麼甜蜜，他忽然之間就感到一種很平易、很眞實的幸福。他明白和瑪絲洛娃去度過她的流刑期幾乎是不可能的，這種犧牲不禁帶有著虛假的成分。而將軍的生活有一種溫和的折衷，在以前那種無聊的、荒誕無度的生活和瑪絲洛娃的艱辛、折磨的生活之間，還能找到一種比較人道的，比較道德的，不犯罪的，可愛的生活。於是，很多尖銳矛盾就在將軍家得到一種緩和。他從將軍家出來後，他對瑪絲洛娃的心情有點變化，他以前迫不及待希望瑪絲洛娃接受他的求婚，而現在，聽到瑪絲洛娃說她選擇了西蒙松時，他感到一種很溫暖很充滿愛意的釋放，他終於被她的譴責釋放了。這對瑪絲洛娃也是靈魂的脫生，她放開聶赫留多夫，也就是決心承擔和負責自己的命運，這使她感到安寧。而聶赫留多夫在感激的同時也深感到自己確實及不上西蒙松。

現在我們開始談西蒙松這一個群體，這是一群什麼樣的人呢？我想托爾斯泰最大的感情和希望是放在他們身上的，那就是政治犯。在這一個罪人的世界上，唯有這群政治犯是有自救傾向的人，他們是渴望自救的人。當聶赫留多夫走完了流放西伯利亞的路程，參觀了監獄，走出了監獄，回到住所，開始回想，開始分析思考，到最後他發現無路可走，只有一條自救的路。你也救不了我，我也救不了你，就像他救不了瑪絲洛娃，瑪絲洛娃也救不了他，他們最終的分手其實是分別走上自救的道路。而這群政治犯則是自救的榜樣，是最崇高的人。

他最初接觸的政治犯是一個叫維拉的女人，一見面才發現這維拉他是認識的。他曾經到某處去打獵，當地一個平民女教師要求見他，求他資助她上教育學院，這就是維拉。其時，她在獄中，她托聶赫留多夫去營救一個女孩子，名叫蘇斯托娃，和革命政治根本沒關係，她只是幫助她的姨母收藏了一些書籍，然後就被抓了起來，是個很年輕很年輕的女孩子。維拉說，聽說你到彼得堡去爲瑪絲洛娃的案子奔走，你是不是能把這案子過問一下，把蘇斯托娃放出來，因爲這女孩實在太無辜了。他們自己也很內疚，完全是因爲他們這些革命者行爲的失誤，使這小姑娘受了罪。維拉給他的印象不是很好，他覺得她思想非常激烈，又很糊塗，她思想的鋒芒射向四面八方，卻不曉得目標是什麼。他一向對政治犯不以爲然，覺得他們製造恐怖主義氣氛，無端激烈而且相當狹隘，他所接觸到的第一個政治犯維拉且又是個神經質的人，激烈的思想像一隻困獸，需要衝出去，可是沒有方向。但她確實給了他某種刺激，使他貼切地知道世界上有這麼一群人在這麼生活。

他眞正認識政治犯，是在第三卷，即我所說最重要的一卷裡。就是維拉建議把瑪絲洛娃弄到監獄醫院裡去的，她還建議讓瑪絲洛娃和政治犯待在一起，因政治犯待遇比較好些。在流放途中，政治犯是可以坐車的，刑事犯必須走路，但因爲車上位子不夠，瑪絲洛娃還得走路，可不管怎麼她每天和他們食宿在一起。有兩個政治犯和她一起走路，一個就是西蒙松。他放棄坐車，是因爲他覺得這是不平等的。這是個民粹黨人，他是什麼背景呢？他是個軍需官的兒子，這上大學時接受了民粹思想，然後就到農村去做教員。他的行爲還根據他的宗教性的世界觀，這是他在農村教書形成了一種世界觀，他認爲世界上萬物都是活的，我們認爲是死的或無機的東西，其實是我們不能夠理解的，它們也是一個宏大的有機體的某一部分，所以這世界是一個一元世界，人作爲這有機體的一部分，必須維護有機體的生命，他的宗教觀使他覺得每個人對這世界都是有責任的，就是不能使這世界死下去，而是活下來，每一個人都必須使他的活力起作用。其實這是個很宏偉的世界觀，是經過很認眞的實踐和深刻的玄思而形成的。他在愛情上則持柏拉圖觀點，他不結婚，也不贊成性愛，他認爲最最崇高的是精神。後來他所以向瑪絲洛娃求婚，是他認爲他能解除瑪絲洛娃的厄運，他覺得這女人太不幸了。這女人吸引他的最重要原因，是她太苦難了，是個受苦的人，而他有責任去解救她的苦難。實際上他對瑪絲洛娃的女性的魅力，絕對是受到影響的，可他自己不願承認。這是個可尊敬的人，他身上沒有一點卑鄙的東西。

另外一個步行的政治犯是位女性，叫瑪麗亞，聶赫留多夫在監獄裡就見過她，在心裡留下深刻印象。她長得很漂亮，有雙羔羊一樣的眼睛，氣質非常高尙。她把她在車上的座位讓給了一個懷孕的女刑事犯，此外，她手裡還抱著個流刑犯的小女兒。這流刑犯戴著手銬，所以不能抱自己的女兒，瑪麗亞就抱著他女兒走在去西伯利亞的路上。她出生在一個將軍的富裕家庭，受到過很好的教育，會三國外語，但她從小就喜歡和貧苦人在一起，喜歡在傭人的房間裡，這是使她成爲革命者的重要條件。她十九歲就離開家庭去做女工，然後去農村，再度回到城裡，她的住處就成了一個祕密印刷所。有一次她的寓所在活動時遭到搜查，她們的一個同志很不謹愼地開了槍，結果她站出來說是她開的槍，其實她連槍都沒摸過，她就是這麼一個具有犧牲精神的人物。他們都有很崇高的信仰，都是俄國民粹派成員。她也同西蒙松一樣，反對婚姻愛情，覺得任何說得好聽的婚姻愛情都是建立在欲念上的，而欲念是不純潔的。但她有一次居然也準備結婚，是爲了挽救另一個政治犯，克雷里佐夫，他得了很重的結核病。瑪麗亞就寫信給聶赫留多夫，希望他幫助活動使克雷里佐夫留在當地看病，而她作爲他的妻子留下來照顧他。

西蒙松和瑪麗亞是這政治犯團體，也就是人類的菁英團體裡的典範。他們集中了可以自救的人們的最完美最可貴的品質，是聶赫留多夫在這罪人和贖罪的世界裡所看到的一線光明。當他跟隨瑪絲洛娃走上去西伯利亞的流放道路時，他認識了這個團體裡的許多人，比如瑪麗亞準備與其結婚的年輕的克雷里佐夫。他是南方大地主的獨生子，大學裡，有幾個同學向他爲某項公共事業募捐，他知道那是有關革命的，並不引起他的興趣，只是出於同學情誼和面子觀點，捐了些錢，不想卻因此受牽連被捕。獄中的經歷教育了他，使他成了一個眞正的革命者。出獄後，他加入了民意黨，擔任一個小組的領導人，進行恐怖活動，然後再次入獄，被判了終身苦役。還有艾米麗雅・蘭采娃，她是由於愛情而走上革命者的道路。她十六歲時，愛上彼得堡大學的學生蘭采夫，十九歲結婚。丈夫捲入學潮，被逐出了彼得堡，她便也放棄學業，同他一起出走。

在政治犯中，有兩位平民出身的革命者引起了聶赫留多夫的興趣，一位是納巴托夫，一位是瑪爾凱爾・康德拉契耶夫。前者是一位農民，在鄉村學校受的初級教育，然後半教書半讀書地完成中等學業，獲金質獎章，七年級時卻決定回到鄉村去，身體力行「從人民中間來，回人民中間去」的民粹派口號。他在村子裡做文書員，在農民中辦生產消費合作社，朗讀一些非法油印的小冊子，經歷過數次被捕、釋放、判刑、逃跑的過程。他是一個樸素的唯物主義者，注重實際和行動，對任何玄思性的理論不感興趣。在流放途中，就是他發現前面過去的流放犯留在一堵牆上的字跡，告訴後來者，一個重要的革命者涅維羅夫在喀山瘋人院裡自盡的消息。瑪爾凱爾・康德拉契耶夫是一名工人，十五歲就進廠做工，深感階級的不平等，二十歲時，有位著名的女革命者來工廠做女工，對他進行了教育，於是，他在三十五歲的時候參加了革命。他是在領導工人大罷工中被捕的，流放西伯利亞。這是一個狹隘的，偏激的階級觀念者，在流放途中，認識了諾沃德沃羅夫，繼而成爲他的信徒。諾沃德沃羅夫是一個有著過人智力的知識者，所以在組織裡占據高位，但實際上他卻是一個自私的人，將革命看作實現虛榮心的手段，爲了標新立異可以改變觀點，並沒有堅定的信仰，因此他便推崇暴力，急於推出自己的綱領，而確定位置。這是政治犯裡的低級人物，同樣等級的還有女政治犯格拉別茨。她是高等女校的青年學生，並無凸出的頭腦，對革命也十分冷漠，然而由於時尚的影響，牽連進某個事件，被判流刑。即便是在這麼一個革命者的群體之中，她生活的主要興趣也只是在男性方面取得成功。

托爾斯泰非常詳細地分析和描繪這個他認爲是具備自救傾向的集團，分出它其中的優中劣等。他不像法國的浪漫的雨果，可以爲他的理想創造一個神界。托爾斯泰是嚴謹的、苛求的，他特別特別要求甚至強調他所使用的現實世界材料的眞實性和全面性，所以他的困難也就格外巨大，那就是要用如此具象的材料去創造一個不眞實存在的世界，其間的幅度是多麼大啊！也就因爲此，托爾斯泰歷來被無可爭辯地定位在一個現實主義作家的位置上，凡是無法以現實主義理論作解釋的部分全稱作是他的局限性。其實我們犯了大錯誤，我們把它的手段看作它的目的，把它的材料看作它最終的建築了。托爾斯泰是從相距最遠的此岸和彼岸過渡，所以他的心靈世界是最遙遠，儘管貌似接近。而他建築心靈世界的材料也是巨大的結實的堅固的，因此他的心靈世界也是廣闊和宏偉的。

第七堂課

克利斯朵夫是三世紀的一位著名的聖者，
傳說他身材高大，專門背人過河。
約翰・克利斯朵夫經過本能，理性，
以及本能與理性融合這三個成長階段，
從黑暗混沌走向光明混沌。
他終於和聖者克利斯朵夫合而爲一。

我們現在開始講《約翰·克利斯朵夫》。

這個作品非常長，有四部。有趣的是，我了解到，在法國文學界對這部作品的評價不是很高，對羅曼·羅蘭（一八六六～一九四四）這個作家的評價也不是很高。但是這部由傅雷先生翻譯的作品，在中國的影響非常巨大。有人說，中國的《約翰·克利斯朵夫》是傅雷「寫」的《約翰·克利斯朵夫》。因爲我們無法去看原文，我們不知道問題出在什麼地方。語言的鴻溝是難以逾越的。比如，福樓拜在法國文學史的地位非常高，可是由於文字的隔閡，我看福樓拜的東西怎麼也領會不到那種精緻的語言上的魅力。因此翻譯的作用是很大的。所以我今天不去談羅曼·羅蘭，就談現在的中譯本《約翰·克利斯朵夫》。

這本書我準備分四步來說。第一步是爲《約翰·克利斯朵夫》的心靈世界命名。第二步簡要描述一下故事的內容。第三步詳細地分析這個心靈世界。第四步是要解決那個關係問題。以前我們的提問是，現實世界和心靈世界的關係是什麼。在這部作品裡，我要換一種提問方式，就是一部眞正的傳記和這部虛擬的傳記的區別在什麼地方。很多人都說這部作品是爲貝多芬作傳，隨後便以傳記的眼光去看它。我就想告訴大家它和眞正的傳記的區別在什麼地方，這個區別就是我一直強調的現實世界和心靈世界的關係。

第一步是爲它命名。我用一個很現成的名字，就是「一個天才的世界」。

第二步是簡述故事的內容，即這個天才走過的成長道路。用一句話概括，就是從混沌走向混沌。他是從混沌出發，那就是一個嬰兒剛剛睜開眼睛的時候，這世界是黑暗的，蒙昧的，在他眼睛裡全是一些光影，光刺激他的眼睛，影子是很神祕的。他又聽到鐘聲，他覺得鐘聲裡包含了很多內容，可他一點也不了解。他覺得世界是一團霧。當他走到生命的終點，他看到愛和恨，朋友和敵人，天和地，將來和過去，全都又融爲一體，又成爲一個混沌。這個混沌就是永恆。聽起來很像是中國哲學的天人合一的境界，可是這裡面有根本的區別。這個境界在中國哲學裡是靠頓悟來發現的，而無論發現不發現，它總是存在的，是永存的現實。而在約翰・克利斯朵夫是怎樣達到的呢？他是經過行動，一口氣都不停的行動，倘若他有一片刻軟弱下來，他就達不到這個混沌一體的世界，這是個終極世界。於是，混沌到混沌之間便充滿了奮鬥。

第三步將是個漫長的過程，我將要詳細分析這個天才世界的形成。他經歷了三個階段。第一個是生理、心理的成長階段，我把它看作是一個物質性質的成長階段，就像是一個盛器、一個碗，它做好了。它是怎麼樣鑄造成功的呢？全書分爲十卷，我以爲前三卷是寫這一過程。我再給它一個命名，就是本能的形成。這個孩子出生在萊茵河邊的一個歷史久遠的小城，從他的祖父開始就是宮廷裡的樂師。他的祖父是個善良的老人，他應該說是有天才的，可是他的天才像光一樣，一閃即逝，他沒有能力把這些閃爍的靈感連接成章。天才的靈感在他身上就像周期出現的病症，折磨他，他想抓總是抓不住，他內心很痛苦，可是他是眞的明白什麼是好，什麼是不好。他的父親和他的祖父正好相反，是一個很有生命力的人，可是他的生命力卻很盲目，所以他呈現出的是瘋狂的狀態。在他那種蓬勃的熱情一湧而上的時候，他愛上了一個廚娘，違背他家庭的心意娶了這個廚娘，生下了克利斯朵夫和他的兩個兄弟。可當他們眞正結合以後，他卻把他的愛情忘記掉了，好在他心底還是善良的，因此他對這個家庭也還不壞。克利斯朵夫就生長在這樣一個血緣之下。這個血緣第一是有生命力的，第二是有天才的，可是這兩者在此之前始終不能在一個人身上完滿地結合，始終沒有獲得結合的契機。我們中國有句話叫水到渠成，而他們好像總是水不到渠不成，就差那麼一點火候。但是克利斯朵夫生下來了，等待他的是怎樣的命運，我們都不知道。

他睜開了眼睛，聽到了萊茵河邊教堂的鐘聲，那一團渾渾濁濁的光和影逐漸清晰，他慢慢地醒過來，看見了一個和諧的世界。但這和諧很快破裂了，他遭到了第一次打擊。一個孩子總是非常自然地感覺到他的家庭是合理的，他的爸爸媽媽是受人尊敬的。當他有一次穿著母親給他做的整齊的衣服，到母親工作的地方去看他母親，他發現他母親只是在廚房裡工作，恭恭敬敬地聽主人使喚。那個主人讓克利斯朵夫和他們家的孩子去玩，那家的孩子一眼就指出克利斯朵夫身上的衣服是他穿舊的衣服，他和這些孩子起衝突的時候，他母親又當著眾人的面揍他，讓他認錯。這一切給了他非常大的打擊，他認識到世界的不公平，認識到父母的軟弱，認識到自己的不幸。在這個和諧的世界在他面前開始破裂的同時，有一樣東西也為安慰他而降臨了，那就是音樂。他們家有一架鋼琴，他有一天很偶然地，手觸摸到了琴鍵，他聽到了琴鍵發出的聲音，感到非常地喜悅，感到很寧靜。這些聲音是斷斷續續的，不成章，不成句的，使他感覺到神祕，覺得這不是人間的聲音。當他在擺弄鋼琴的時候，他父親的熱情又上來了，他想我可以把這個孩子培養成一個神童，讓他去為家族爭得榮譽。於是就開始訓練他彈鋼琴。一旦進入訓練，克利斯朵夫便覺得他那個音樂的世界破滅了。他不知道他每天坐在那兒是幹什麼，可在他父親的拳棒之下，他必須要這麼做，練音階，練琶音，練練習曲，這一切的訓練都非常枯燥乏味，將他所領略的來自天國的聲音消滅掉了。但此時有一件事情，幫助他承受了枯燥的訓練。他時常到祖父家去，總喜歡一邊玩一邊瞎哼哼，有時候會發現祖父在門外偷聽，他沒有在意，可是有一天祖父把他帶到鋼琴旁邊，給他一份樂譜，說：「克利斯朵夫，你彈一彈上面的曲子。」他就開始彈，彈出以後他發現這個樂曲非常熟悉，可是他實在想不出在哪聽到過，就問這是誰的曲子。祖父說克利斯朵夫，這就是你寫的，當你在玩的時候，哼的時候我就把它記錄了下來。祖父很傷感地說，這些東西我追求了一輩子都沒有得到，你會成為一個非常偉大的人，成為一個神童。於是克利斯朵夫沉浸到一種極大的虛榮心裡去，他練琴就有了目的，他的祖父和父親開始策畫在宮廷裡召開他的作品獨奏會。可是他的天性是完全不受束縛的，他有著不被自己所知覺的對音樂的理解，所以勤奮的練琴又不時被他內心的反抗而擾亂。經歷了很多亂七八糟的掙扎、哭泣、吵鬧，音樂會上演了，結果雖然掃興，可他確實成了這個小城有名的神童。

我以為在這時候，他經歷了兩件足以影響他的事情。第一件事是祖父帶他去聽大歌劇，一開始他很為那些女演員和布景分心，但慢慢他開始沉浸到音樂裡去了，覺得非常興奮、激動。祖孫兩人非常滿足地走在回家的路上，他祖父告訴他這個歌劇的作者是某某人，他一聽就大吃一驚，他說這難道是人寫出來的嗎？我曾經碰到一個景頗族的孩子，他給我講他的故事，讀中學的時候住在鎭上，在一個棺材店裡寄宿，每天晚上有個漢族的老師給他們講故事，他們就坐在棺材板上聽，有一天老師說現在我給你們講曹雪芹寫的《紅樓夢》，這個孩子一下子跳起來了，大聲問道書是人寫的嗎？這其實是一個非常動人的蒙昧時期，以爲一切存在都是神聖無上，都是神製造的，從來也沒想到人也有機會，也有可能，也有使命承擔神的義務。爺爺所說的這個簡單的事實，使克利斯朵夫感到有一天也會輪到他去做神明而造物。這是一件於他很重要的事情。

第二件重要事情是由於他的舅舅，一個四海爲家的小販，有時會到他們家裡小住幾天。他們全家除了他母親都是自視很高的人，父子們都以耍弄舅舅爲樂事。這個舅舅卻以非常安詳的態度來面對這一切，從來也不生氣，只是默默地坐在一邊，懷著一種冥冥之中和誰在對話的表情。有一天克利斯朵夫胡鬧夠了，就開始賣弄地大聲唱他的那些曲子，舅舅靜靜地聽完之後說，可憐的克利斯朵夫，這眞是難聽啊。他很不服氣，又唱另一首更好的，舅舅說這個更難聽。舅舅看著他沮喪的樣子，憐憫地問，可憐的克利斯朵夫，爲什麼要寫這樣的東西，誰逼著你去寫呢？他回答說因爲我想成爲一個偉大的人。他舅舅又問爲什麼要成爲一個偉大的人呢？他說因爲我要寫好聽的東西。他舅舅就說，你這樣就像一條追著自己尾巴跑的小狗。這使他想起了他最初在鋼琴上按下琴鍵時候的聲音，音樂是這樣的，而現在的情況卻是那樣的。這兩件事情都是在幫助他調整他與音樂的關係，爲他的成長奠下基礎。

他慢慢長大，祖父死了，母親非常善良，可是她的智商和才能只是一個廚娘，父親酗酒更加厲害，越來越沒理智，兩個弟弟都是壞孩子，和他沒有話說。他在這個家庭裡非常孤獨。而他這樣小小年紀也到宮廷裡做了一個提琴手，爲了能夠掙點錢養活撐持這個家庭。他的童年進入了這麼一個滲澹的時期。但是他所繼承的血緣是強壯旺盛的，他身體非常棒，經得起折磨，而且非常怕死，渴望生活，所以這一切都不會妨礙他健康地成長，長成一個強壯的孩子。然後，戀愛的時期到了。

他的戀愛走過漫長的道路。首先是一次預演。他有一次去參加一個親王的Party，在渡船上遇到一個男孩子，名叫奧多。奧多出生在一個中產階級家庭，他認出了克利斯朵夫，因爲他已經是一個小名人了。克利斯朵夫生來缺少朋友，一下子遇見一個男孩子，而且是個乾乾淨淨有禮貌的男孩子，對他那麼巴結，自然非常激動。這兩個孩子就開始了比愛情還要熱烈的友誼。他們倆在同一個城市裡，可是還要互相寫信，他們信上寫的話比情話還要情話，他們互相稱呼對方「我的靈魂」、「我的我」，說「你來殺我吧，你把我殺死了，我的靈魂還留出一線光明來愛你」。因爲他們倆的純潔，這些過火的表達卻也並不顯得肉麻。其實他們完全是兩種人，只是在這共同的年齡裡有一種共同的感情需要，這份需要把他們的眼睛全都蒙住了。他們的關係最終是被克利斯朵夫的兩個弟弟破壞的。這是兩個很庸俗，很卑鄙的小子，偷看了他倆的情書，嘲笑他、諷刺他，把他哥哥的這種感情說得非常污濁。克利斯朵夫天性是有潔癖的，他絕不能容忍這種污辱，所以就和奧多斷了關係，這是一次熱烈的友誼，其實也是一次愛情的前奏。

接著，他得到一次愛情的操練，就是他的初戀。他們家附近的空院子裡，有一天搬進了一對貴族母女，母親是一個寡婦，女兒叫彌娜，和克利斯朵夫一般大，那位母親請克利斯朵夫給她女兒做鋼琴教師。這個女孩子很驕橫，也很無聊，但她也很可愛、嬌嫩，喜歡做媚眼，好像為她將來走進社交圈作準備。這些媚眼落在克利斯朵夫身上自然是產生一些影響了，有一次克利斯朵夫給她上課時情不自禁地在她手背上吻了一下，從此以後，這個女孩子就等著克利斯朵夫再來吻她一下手背，克利斯朵夫可是嚇壞了，再也不敢了，這女孩子就非常勇敢地把她的手背貼到他嘴唇上。他們就這樣愛上了，非常熱烈。這是一次很正式，也很完整的愛情，從熱戀開始，以失戀告終。彌娜的母親非常冷靜地觀察著事態的發展，並不橫加指責，但是以一種極度的禮貌，使他清楚認識到自己的卑微地位，因此他們的愛情只是遊戲，是玩笑。這種態度對克利斯朵夫的刺激是很強烈的。他的第一次愛情遭到失敗，同時他的父親又死了，雙重打擊之下他不禁陷入迷茫。在他陷入迷茫中是誰來救他呢？還是他的舅舅，他的舅舅就像承擔了一個先知的使命。這時他是來告訴克利斯朵夫你的責任還沒完成，你必須要生活下去，你還不能垮下來。克利斯朵夫心裡的力量是很強的，他不會垮下來的，但必須有人不斷提醒他，才能使他清醒。因此他又把這個難關咬著牙過來了。

建構他身心的硬件部分還有兩個任務沒有完成。一個任務是宗教。克利斯朵夫是一個虔誠的教徒，只是他自己並無意識，因為這於他是件再自然不過的事情。父親死了以後，他們家境一下子衰落得很厲害。兩個弟弟都跑了，一個跟著親戚去學做生意，另一個不知去哪裡浪蕩了，只剩下他和母親兩個人，又孤獨，又傷心。他們離開了老房子，搬到一個比較小的房子裡去，房東姓于萊。和于萊這一家作鄰居，使他進入了這個小城的貧民生活。在這些底層的生活裡，他開始去想宗教是怎麼回事。于萊這一家人的特點就是吵鬧，每天天一亮就聽到他們吵鬧的聲音，好像他們有著很重大的人生任務。實際上他們的人生任務只不過是要把地板擦一擦，可是卻喧譁得不得了。他常常想他們爲什麼而生存。于萊家裡有一個男孩子，長得非常清秀，很孱弱，很安靜，是一個在神學院學習的學生。克利斯朵夫就對這個孩子感到很奇怪，在這麼一個嘈雜的，充滿了俗世的繁瑣事務的人生裡，有一個人在潛心學習宗教，必定是這個宗教給予了他什麼指示，使他來承受這種生活。有一天晚上他就和這個男孩子作了一次非常懇切的促膝談心。這個男孩子看到克利斯朵夫平時這麼驕傲，傲慢，這時卻願意和他說話，感到很高興，也就滔滔不絕，很願意說話。一上來他就說「太吵了」，這句話眞說到克利斯朵夫心裡去了，他已經被這家人吵得沒有辦法了，聽到他們自己家裡人能說出這句話來，覺得眞是找到知音了。接著他就問男孩是怎麼來看待宗教、上帝的，這個男孩子就向他敘述了上帝給他的東西。上帝給他一個安寧的世界。因爲這個世界太嘈雜，太沒有秩序，太亂了，而上帝使他到達一個很和諧，很美麗，很有秩序的天地裡去。克利斯朵夫感到非常失望，他想這算什麼宗教？這個宗教那麼軟弱，甚至於比于萊一家的生活更軟弱。他覺得這個男孩所要藏身的和諧的世界甚至比嘈雜的世界更沒生命力。他覺得如果宗教是這樣的話我就不信上帝了。這完全是一種逃避。他讓男孩子敘述他在那個宗教世界裡看到的景色，他看到的都是很虛幻的景象，看到雲端，看到一片祥和。克利斯朵夫絕對不是一個虛無主義者，當他從混沌走向混沌，也可以說是從虛無走向虛無，在此過程中他要求非常嚴格，絕對不允許有一點可以含糊過去的說法，須是實打實的，看得見，摸得著。所以，這個男孩子的宗教絕對不是克利斯朵夫能認同的。男孩的宗教完全不足以抵抗人生，因爲人生的壓力是很沉重的，而他這個上帝太軟弱了，所以克利斯朵夫要找一個更強大的上帝。但這時候他不知道他的上帝在哪裡，所以他唯一能做的就是把這個上帝扔掉，拋棄掉。這是他在宗教上的建設，它是以一種喪失的形式出現的。

身心建設的最後一項任務是欲念。這個欲念任務是由兩個女人來幫他完成的。第一個叫薩皮娜，是一個有夫之婦，開了一個小雜貨店，賣賣鈕扣，針頭線腦。小雜貨店正對著他的窗口。這個女人具有一種典型的女性氣質——那就是懶。她就像一隻貓一樣老是在睡著，從來沒看她把衣服穿整齊的時候，任何一件衣服在她身上都像是一件睡衣。老是見她在那兒梳頭，可是從來也沒有把頭髮梳好過。別人來買扣子，因爲放在高架上她就回答別人說沒有。就是這樣一個非常慵懶的形象。她非常有吸引力，非常打動克利斯朵夫的欲念，但是他最終沒有和薩皮娜眞正地做愛。他們有過一次機會，那是去郊遊，因爲下雨在外留宿。他們的房間中間隔了一扇門，可誰都沒有勇氣推開這扇門。人走向欲念其實很不容易，克利斯朵夫的欲念是眞正的欲念，不像我們平時所說的上了床就是的輕薄之舉，他是經歷著很強烈的情感。結果薩皮娜就在這天晚上受了涼，死了。她幾乎是一種幻覺，像煙霧一樣，一碰就散掉了。但她已經完成了她的使命，那就是從心理上啓發克利斯朵夫的欲念。緊接著就有一個女人在生理上來開啓他的欲念，這個女人叫阿達。一個店員，有著豐滿的身體和鮮紅的嘴唇，徹頭徹尾的一個小市民——健康，粗魯，精力旺盛。她很渴望也很熟練地和克利斯朵夫上了床，她把克利斯朵夫欲念的蓋子眞正地揭開了。等到他和阿達的事情做完以後，我以爲克利斯朵夫生理、心理的基本建設就完成了。如果說這是一個器具的話，這個器具就已經做好了，接著就要看我們往裡面放什麼東西了。這時他的物質性的準備都已做好。這些準備：親情、愛情、宗教、性愛、包括音樂，全都是以喪失爲結局的，可是，要做的都做成了，而且非常堅固。這種製作方式，帶有著鍛打和錘煉的性質。

接下來是第二個階段，我叫它「思想的成長階段」，我給它的另一個名字就是「理性」。他將開始尋找思想，把思想輸入健全的身心中去。我覺得書中的四、五、六、七卷是描寫這個階段。他首先經歷的就是否定的過程。這是很自然的，每個人在他少年的時候總是力圖反抗，並且往往是從最身邊的反抗起。他也是從最身邊的反抗起，他反抗他的祖國。他認爲德國的思想全都是腐朽的垃圾，根本不能供給新鮮的血液。他四處看去都是痛苦，簡直不能忍受。他苛刻地評價德國的歷史、文化、政治，德國成爲他少年時代反抗的對象，他必須要找到一個對象，如果他生活在法國他就反對法國了。他對德國的要求實際上是一種自我要求，是一種非常嚴格的自我否定。克利斯朵夫在這裡說過這樣一句話：他無情無義地把從母親那邊得來的武器去還擊母親，將來他才會發現他受到了母親多少好處。這種反抗就好像是一種蟬蛻，舊的軀殼小了，要掙脫它，換一身大的軀殼。

他否定了他的德國，當然還須尋找一個能夠替代的東西作他的思想。他很盲目地到處亂找。首先他找到猶太民族。他認識了一個猶太人，他很想到這些猶太的家庭裡去，看看這個民族能不能給他一些新鮮的、有刺激的，可以幫助他的東西。可當他和他們接觸下來，卻感到非常失望。他發現這些在德國的猶太人比德國還德國，將來他還會發現在法國的猶太人比法國還法國。他發現這個民族非常能接受它所在的環境的特性。所以當他和他的猶太朋友結下友誼，深入到他的家庭去以後，他對這個民族就再也不抱幻想了，他認爲這個民族不可能給他什麼東西，於是他就退了出來，重新投入茫然的尋找中。然後就發生了具有預兆性的事情，一個法國的戲班子巡迴演出到這個小城裡來了。他對法國並沒什麼好感，他覺得法國人是一種很輕飄的人。但因爲它演出劇目裡有歌劇《哈姆雷特》，當然莎士比亞的東西他總是要去看看的。他很快就被演奧菲利亞的女角吸引住了。這個女演員給他極有才氣的印象，他看了戲以後就去找這個女演員。他發現她天性裡就有一種對戲劇，或者說對音樂的領悟力，她根本不學習，不用功，不想問題，只是玩，只是吃，只是談戀愛，可她有藝術的天性。這個女演員就像一個孩子，一個洋娃娃，卻是一個很有生命的洋娃娃，那麼熱情，很會調情。她的調情克利斯朵夫根本不懂，他是一個認眞的人，對他來說要就是愛，要就不是，沒有調情這一說。所以她和他調情便得不到回音，她也並不生他的氣，反和他結下了很愉快的友誼。然後這個女演員對他說我下一站要去法蘭克福演出，你來看吧。其實她只不過隨便說說而已，說過就忘了，但是克利斯朵夫很認眞地接受了邀請。

這裡還須回述一個情節，就是他去看這個法國戲班子演出，是他那有錢的猶太朋友給他的包廂票子，他在戲院門口看見一個等退票的女教師樣子的法國女孩，就把這個法國女孩子一塊帶到包廂看戲了，其時他並沒有對這個女人留下印象。他從法蘭克福看完演出，在回去的火車上，當兩列火車並排在一個站頭上臨時停車時，他卻看見了另一列火車裡坐著那個與他一同看戲的女教師。這交臂而過的一瞬間，卻給他留下了很深刻的印象。他覺得法國以兩個面目出現在他面前，一個是活潑的，熱情的，充滿活力的，無憂無慮的；另外一個則是那麼憂鬱，那麼深沉，那麼安靜。法國是以這樣不同的兩個女性出現在他的印象中，從此他對法國就懷有了一種嚮往。

然後這段時間他是在混亂中度過。他去給《社會黨報》寫文章，他根本不了解《社會黨報》和王室唱對台戲的背景，他一直是拿著王室樂隊的薪俸，卻去給《社會黨報》寫文章。親王非常憤怒，把他叫去狠狠地訓了一通。他也不知道應該說一些道歉的話，覺得這是我的自由，我想在哪兒發表文章就在哪兒發表文章，於是就和王室斷了來往。《社會黨報》的人則趁虛而入，又來找他，他自然說了很多親王的壞話，報紙上立即登出來了。就這樣莫名其妙地捲入了無謂的政治糾紛。而他發現忽然之間冒出了那麼多的敵人，那是因爲失去了王室的保護。他又是一個性子非常暴躁的人，難免到處樹敵，搞得焦頭爛額。

在這些孤獨的日子裡，他四處尋找著可以支持他的東西。他去探望一個兒童時期非常崇拜的作曲家，這個作曲家在他兒童時代的印象中英俊、聰明、瀟灑、才華橫溢，充滿激情。他把他的希望寄託在這個作曲家身上。他坐火車去他住的城市，找到他家，經過多少次閉門羹之後，終於見到了這位作曲家，可是作曲家已經完全不同了。他還保持著一股銳氣，可是他這股銳氣只是埋怨、牢騷和不滿，而且什麼都看不上眼，年輕人、音樂會、新作品全都看不上眼，百般指責。自視很高，可是創造力已經消退了。他對克利斯朵夫也表示了露骨的蔑視。爲什麼蔑視他？只是因爲他蔑視所有的人，雖然心裡對他的作品是有好感的。實際上他們兩個人有很共同的地方，他們都是有才能的人，都是銳利的人，孤獨的人，想要自由的人，但是他們倆都因爲情緒化的影響沒有成爲朋友，失臂而過。他從他童年偶像那兒離開的時候，感到很傷心，他唯一的渺茫、脆弱的偶像都沒有了。

回家的路上他忽然想到一個曾經給他寫信的音樂愛好者住在這兒，就給他發了一份電報。這個音樂愛好者是一個大學教授，沒有孩子，妻子死了，一個人很寂寞地生活，唯一的安慰就是克利斯朵夫的音樂，他非常喜歡他的音樂。一收到電報，馬上就在約定時間到火車站去接。他想當然地到頭等車廂接，但克利斯朵夫是坐四等車廂，兩人就錯過了。然後這個音樂愛好者就滿城地去找，找到田野裡，看到一個人躺在大樹底下，很優閒。他覺得這個人有點像，但也不敢冒昧地打招呼，就悄悄地走近他，唱克利斯朵夫的音樂——「來吧，來吧」，克利斯朵夫一下子跳起來，他們就這樣見面了。接著他就陷入了一群音樂愛好者的包圍。這些人都做著普通的職業，在鄉村裡生活，長得也粗俗，胃口且非常旺盛。其中有一個大胖子，宣布要演唱克利斯朵夫的曲子。克利斯朵夫頓時感到災難來了，他想盡一切辦法阻止他唱，可是辦不到，因爲這人是被他們遠道請來專門演唱的，他必須要唱。他唱出來的第一個聲音卻把克利斯朵夫鎮住了，他怎麼會那麼理解他呢？他唱得非常好，是心靈裡的聲音。他的讚許的眼光鼓勵了胖子，胖子開始大加發揮，事情開始變糟了，克利斯朵夫爲了使他停止，差不多就快打起來了。在那裡他過了很愉快的幾天，又回到他的小城裡，依然一無所得。這時候他心裡有一個嚮往漸漸清晰了，他要去法國。可是他走不了，媽媽不讓他走。母親半夜裡起來走到他床邊說，現在只有我一個人了，你走的話，我就完了。

可是沒料想的，機會來了。這一段時間他就像一個遊魂，一個幽靈，一個無家可歸的流浪者一樣地到處亂走。有一天他走到一個鄉村，這個鄉村正在舉行晚會，喝酒，跳舞，唱歌，他就參加進去了。然後來了一群大兵，和農民因爲爭奪一個女孩子起了糾紛。克利斯朵夫是那麼騷動，心裡憋了一股熱情和力氣沒有地方用，就一下子挑起了毆鬥，並且打得非常勇猛，造成了慘案。這時候整個村莊的人開始怨恨克利斯朵夫，說如果不是你在裡面挑，這事情很快就過去了。很小的事情，經常發生的，軍民之間的一點小衝突，可是你進來之後事情變得複雜了。只有那個因她而起事的小姑娘感激他，說我幫你走，你不能回德國，你再也不能回你的城市了。她把他送到邊境，然後讓他過了境，這時候他迫不得已，只能走了。當他踏上開往法國的列車，對著他要去的方向大聲喊道：「巴黎，救救我！救救我的思想！」這時候他終於掙脫了他的反抗時期，去往巴黎，開始他的尋求和建設了。

他要找法國，找法蘭西的精神，可是法蘭西的精神在什麼地方呢？在這裡我特別想說一點，羅曼·羅蘭寫了整整三卷關於他尋找法國的故事，但是我以爲他絕對無意要對法國的歷史、政治、文化作什麼評價，他只是要把法國這個地方作爲克利斯朵夫思想或者精神的救援，他只是讓法國承擔這個援助的任務。而我覺得法國在那個時代足夠有條件，有資格成爲克利斯朵夫的思想家園。因爲它是一個藝術的國家，聚集了很多藝術家，是一個藝術大都會，有著悠久的文明。

他進入法國是由表入裡。他一下火車看到巴黎的情景感到非常傷心，滿目淒涼，是那種日常抑鬱的生活，馬陷在泥漿裡拉不動車，婦女提著籃子匆匆忙忙地走路，天非常地陰沉……他不知道他要到哪裡去尋找法國，可他知道他必須要在這裡尋找。他身邊沒幾個錢，只有兩個認識的人在這兒，一個就是從小和他進行過愛情預習的奧多，這時候已經成爲一個商人，已經不能習慣克利斯朵夫那種粗聲大氣說話的方式，那種過分的熱情，完全沒有紳士的風度，所以對他很冷淡，可以說是把他拒之門外。他只得再去找另一個熟人，高恩，是個出版商，專門出版通俗小說，什麼黃色他出版什麼，所以生意做得挺大的。這個人其實對克利斯朵夫也受不了，況且明顯就是找他吃口飯的樣子。可是擺脫不掉，因爲克利斯朵夫那麼熱情。不得已高恩帶他見了一些音樂家。可是克利斯朵夫那麼傲慢，他完全沒有意識到自己是個流亡者，別人叫他去教小姑娘彈鋼琴，他覺得是對他的污辱。但是不管怎樣，他把這個高恩給纏上了，高恩帶著他進入了法國的音樂界。法國音樂界給他的印象是什麼呢？「音樂在巴黎就像兩個窮苦的工人合租一間房子，一個人從床上起來，另一個人就鑽進他的熱被窩。」就是這樣一種情景，到處都是音樂會，多得簡直是氾濫了。每個人都在聽音樂，演奏的也是那麼回事，但是沒有想像，就憑著幾千年積累下來的機械的技術在那兒演奏。整個的情形就像趕集，一個星期裡同時有好幾個地方在舉行音樂會，每天晚上都有音樂會的海報，到處都是製作和弦的鋪子。音樂在法國變成一種遍地皆是的，工匠性質的技術，因此整個空氣裡都充滿了音樂。法國的音樂批評界也是很熱鬧的，到處都掀起很激烈的爭辯，流派簡直多得嚇死人，其實都很無聊，譬如說有橫讀派和豎讀派（音樂總譜有十幾行，和弦是豎的，旋律是橫的）。也湧現了很多當代的新藝術。他非常認眞地去聽當代的新藝術，這些東西卻給他重複的感覺。他總是對高恩講你再帶我去看看。高恩說你要看什麼。他說，我要看法蘭西。高恩說你看到的不就是法蘭西嗎？他說這不是的，一定有更好的東西，否則我不能解釋爲什麼有這麼多文化在這兒誕生。他非常執著地去找。

他拋開音樂界，進入了文學，情形同樣令他掃興。他很刻薄地諷刺法國當紅的女作家，說這些女作家不過是把在客廳裡撒嬌的方式拿到書本裡來撒嬌，向她的讀者傳送媚眼，把她的私人小事像雨點一樣灑給讀者。整個文學界充滿了這樣的女性的氣質，一種委靡的、衰退的、傷感的氣質。他也不能忍受，覺得文學和音樂同樣糟糕。但是他也承認在這麼亂七八糟、像趕集一樣鬧烘烘的情景之下，古典藝術還是始終支撐在裡面。是一片廢墟，那也是古典藝術的廢墟，也是羅馬的廢墟。可是他還是不滿意，和高恩講你還是要帶我去看，我還是覺得沒有看到法蘭西。高恩說那麼你只能自己去看了，我沒有辦法再帶你了，我已經盡我的力把我所有能夠企及的藝術界的東西都向你展覽了，而你還是不滿意。從此以後，克利斯朵夫只能單槍匹馬自己去看法國了。他能看到些什麼東西呢？

他首先走進了一些沙龍，去研究女性。他發現這些形象各異的女性說到底只有一種類型，就是漂亮、時髦、擅長談情說愛，但缺乏鮮活的生命力。他也接觸了猶太人，就像前面說的，他覺得法國的猶太人比法國還法國。他認識了社會黨人，參加到社會團體的陣營裡去，參加他們的一些瘋狂的討論。他就發現在這些政治裡充滿了資產階級虛僞的氣味，平民全都給資產階級腐蝕了。

後來他生病了。睡在一所公寓裡，孤苦伶仃，所有的朋友都斷絕了來往，只有一個住在頂樓的女傭人來照顧他。這個女傭人是一個沒有什麼人生目的，對生活也不去思考，只是憑著本能在那兒勤勤懇懇，認認眞眞地生活。她說了一些很簡樸的話，譬如說，你看到的法國是一些有錢人的，而我們才是眞正的法國，她只會說這些很淳樸的話。這使我想起張賢亮的小說《牧馬人》，一個右派考慮了那麼多，受了那麼多苦，怎麼都不能解決問題，一個四川逃荒來的小姑娘，說了兩句很簡單的話：犯了錯誤改就行了，以後我們不犯就是了，問題就解決了。在這裡情況也有點相似，克利斯朵夫就是從一些非常淳樸的人生裡開始領悟到法國精神的微光。但是不同的地方在於克利斯朵夫是從這種最低級狀態，最淳樸狀態起步，他還要出發的。可是《牧馬人》就到這兒爲止了，永遠是那麼樸素的道理要來解答我們這麼複雜的人生，其實是不可能的。這是一個很大的區別。而克利斯朵夫就在這個女傭人給他的啓示上重新出發了，他終於找到了出發點。以前都在浮面，而現在終於找到了根，從根上重新出發尋找法國。

然後他在一個Party上認識了一個青年，是個詩人，很敏感的氣質，叫奧里維。他覺得奧里維和他似曾相識，在哪裡見過。後來才知道他的姊姊安多納德，就是前面所說的法國戲班子來德國小城演出時，他帶去包廂看戲的那位法國女教師，後來在一個車站，火車交車時，他們又見過一次。她的姓叫耶南。作者這麼描繪這個家族：「耶南是它的姓，耶南是那些幾百年來駐守在法國的一角，保持著純血統的舊家庭。雖然社會經過了那麼多的變化，這等舊家庭在法國還比一般預料的爲多，它們與鄉土有多多少少連自己也不知道的根深柢固的聯繫。直要一樁極大的變故才能使它們脫離本土。」安多納德家的家史幾乎可以說是法國的近代史。最初他們的祖先是農民、佃戶，然後作了工匠，或者鄉下的公證人。她的爺爺是一個很精明的買賣人，最終成爲一個銀行家，他很頑強，很規矩，很正派，喜歡享受，頭腦很實際，也很瀟灑，然後把這個家業傳到她父親手裡。她父親人緣很好，感情充沛，對政治沒有興趣，作爲一種時髦而反教會，他把他所有的財產都投資在一件投機買賣裡，結果破產。他自殺了，留下妻子帶著安多納德和奧里維姊弟倆到了巴黎。他們是眞正的貴族，被巴黎的粗魯嚇壞了。這麼亂，這麼多的人，馬路上的馬車聲、人聲，就像一個咆哮的大海。他們在旅館裡住下來，然後去投奔親戚，親戚都非常冷淡，將他們拒之門外。於是只能去找工作，貴族的面子又拉不下來，覺得他們去做家庭教師很丟人。母親只能去修道院教彈鋼琴，收入非常低，勉強維持三口人的開銷，最後母親去世了，將姊弟倆孤苦伶仃地拋在巴黎。安多納德爲了能使弟弟受高等教育，就到德國去做家庭教師掙學費。這就是我們前面所說的克利斯朵夫在德國的家鄉遇到安多納德的背景。當他在法蘭克福回去的路上，從並列停車的車窗內看見這個女孩子的時候，安多納德正是被她的東家解雇了回法國。因爲她被克利斯朵夫請進去的包廂，正是她東家的包廂。東家的包廂裡坐著他家的女教師和一個狂妄的音樂家，被認爲是小城裡面一件很大的醜聞，完全不能接受，就讓她回家了。姊弟倆苦苦掙扎，他們的貴族氣質在平民的生活裡壓榨到極點，地位、財富、尊嚴、驕傲，一切都沒有了，可是卻保留了貴族血統裡最好的氣質，那就是精神的高貴。安多納德她才是眞正體現了法國的精神，然而這種精神的生命實在是太微弱，時間延續得太久，變故消耗得太劇烈，他們姊弟兩個人的生命力只夠一個人用的。安多納德把她全部心血傾注於弟弟一身，結果她死了，奧里維一個人活著。當克利斯朵夫看到奧里維時，他從奧里維的眼睛裡看到安多納德的眼睛。這時候法國開始向克利斯朵夫展現它的面目。這裡我還要說一句，事實上克利斯朵夫遇到過很多女人，可眞正有過愛情的是安多納德，也正因爲這是愛情，所以他們永遠沒有握過一次手，只是在包廂裡看過一場戲，隔著車窗和隔著馬路見上一面。安多納德是寄託在奧里維身上，與克利斯朵夫相愛。這是靈魂之愛，只有天才才配領受，卻是以痛苦與寂寞爲代價的。

法國終於向克利斯朵夫展現了面目，主要有這麼兩大段情節。第一段是，他和奧里維認識後馬上就變成很親密的朋友，兩個人在貧民區裡租了一間公寓，公寓住的全都是平民。於是他看見了法國的平民精神，這種平民精神是以貴族精神作底的，所以它有一種永遠不會墮落的性質，再難，再掙扎，也總是立著。他周圍有電氣工人，有受過羅馬教庭處分的神父，工程師和他的家人，他們互相不來往，保持著精神的孤獨，這是法國潛藏的生機。這使克利斯朵夫感覺到法國的優秀分子其實是隱藏在暗處，這是一種收到盒子裡的精神，收斂起來的。法國貴族的傳統全都被現代工業打碎了，流落到了巴黎就藏在一個個盒子似的公寓裡。他終於接觸到了法國。

第二段是與奧里維的長談。專闢一章，寫他們兩人在房間裡，整整八天，足不出戶，討論法國的精神。奧里維向他敘述了法國，法國有美麗的靈魂，但法國的生命力卻慢慢衰微，由於它缺乏行動。這時候克利斯朵夫開始意識到德國的優勢，德國具有一種強悍有力的平民的力量。法國具備了優美、高貴、精神的想像，而德國充滿了現實的力量。我是這麼來看的，當羅曼・羅蘭塑造克利斯朵夫時，他想讓德國作他物質性的盛器，裡面盛的是法國的思想精神。其實，無論是法國也好，德國也罷，只是個命名而已，其間的內容給它命名什麼都可以，按照羅曼・羅蘭的方式，我們暫且稱它爲德國和法國。這時克利斯朵夫的思想已經基本形成，他已經找到了精神的家園，就開始了他成長的第三個階段。

第三個階段我稱之爲「理性和本能的合作」。他的整個物質性的本能和他的精神思想在雙方都成熟的時候，是嚴重起著衝突的，要把它們協調起來，必須經歷一個艱難的，痛苦的融合過程。這就好像把新鮮血液輸進身體，會產生強大的排斥力，何況克利斯朵夫又是一個本能極其健全和粗野的人。他是怎樣達到靈與肉的合二爲一的呢？首先他經歷了一系列的女朋友們。

有專門的一卷，卷名就叫「女朋友們」。這些女人實際上都沒有可能成爲他的歸宿，只是作爲他的一個暫時停泊地。我想女性是和本能與精神都有直接關係的，她們往往會成爲本能實現的載體，同時她們又具有精神化的虛無的特質。所以，這時候，他很希望在他的女朋友裡找到一個使他的精神和肉體能夠結合，寄存的家園。這些女朋友各種各樣。先是雅葛麗娜，也是一個貴族，很嬌弱，有很多幻想，最後她和奧里維兩人結成了夫妻。他們倆的愛情純潔、高貴、美麗，可是這兩個眞正的法國人是沒有生命力的，所以最後他們是互相折磨。兩人的婚姻以失敗收場，留下了一個孩子。這個女朋友吸引過克利斯朵夫，但他覺得她太柔弱，有一些無聊。又有一個女朋友叫賽西爾，是個鋼琴家，像個工匠一樣的機械，可是以她的技術也能達到很好的境界，能把音樂表達得相當完美。她的才能是和技術連在一起的，她給予克利斯朵夫安寧的心境。有一晚她和克利斯朵夫睡在兩個房間裡，中間只隔了一層薄薄的牆壁，互相之間也沒有一點騷亂。可是她對於克利斯朵夫來說，欠缺了激情，還是無法安置他的靈與肉。然後他碰到一個法國女演員叫弗朗索阿斯。這弗朗索阿斯很有才氣，經歷過苦難，心裡充滿了騷動。可是這個女人和克利斯朵夫實在太相像了，在一起是騷動加騷動，痛苦加痛苦，都是做加法的，沒有一點互相替補和緩解，也不行。還有一個悄然露面又悄然消失的女朋友。她的露面是有預示的含意的。那是在一個奧地利大使館的晚會上，克利斯朵夫作爲一個著名音樂家也被邀請參加，他在一面大鏡子裡看見了一個女人的面容，覺得很面熟。長期以來他一直感到有一個人在支持他，幫助他，在批評界給他開創局面，其實就是這個女人，叫格拉齊婭。我們最後再說，她的含意要在最後才體現，但是她已經在這時候登場了。就這樣，他接觸了很多女朋友，可始終沒有得到一個身心合一的境界，但是他也沒有付出太大的痛苦。

太大的痛苦緊接著就要來了。他參加了工人運動，而且把奧里維也帶了進來。在一次激烈的暴力行動裡，奧里維喪身，他被迫逃亡，逃到靠近瑞士的邊境地帶，投奔一個鄉村醫生。鄉村醫生的妻子叫阿娜，是個虔誠的天主教徒，不苟言笑，呆板，嚴肅，足不出戶。他們沒有孩子，生活得很平靜。克利斯朵夫來了後，激起她極大的熱情。這其實是克利斯朵夫很虛弱的時候，奧里維的死和逃亡生涯使他身心分離，一切空虛，阿娜就此進入了他的生活。阿娜是個非常虔誠的天主教徒，這種通姦的事情是她深惡痛絕的，可是她阻止不了這種熱情。而克利斯朵夫天生是有潔癖的，滿心都是對她丈夫的感謝，他的道德，他的良心都不允許他做這種事情，可是也同樣阻止不了噴薄而發的熱情。他們倆的偷情眞是太痛苦了。再加上他們家有個女傭人，非常愛管閒事，有一天晚上克利斯朵夫到阿娜房間去，發現地上鋪著很細很薄的沙子，他們就知道是這個女傭人幹的，企圖抓到證據。他們感到非常緊張，愚人節緊接著就要來了，在愚人節裡允許人們把最醜陋的東西都揭露出來，可以用玩笑、調侃的方式來揭露，而且他們已經感覺到這個女傭人和她的朋友在設計讓他們當眾出醜的節目了。他們只能決定去死。一切準備都已做好，手槍也偷到了，可子彈生了鏽，打不出來，死也死不成。最後阿娜病倒，他只能逃走，逃到瑞士的山裡，住在一個農民的小屋子裡，誰都不見。他和這塵世斷了一切的聯繫，什麼都沒有了。

而就當他絕對孤獨的時候，他身心開始結合，就像是從煉獄裡脫生。他覺得有一個力量在驅使他，他停不下來，必須寫作。他完全不去考慮寫出的東西是好是壞，只感到身心的一種衝動使他必須寫。我想，此時此刻，克利斯朵夫終於達到了理性和本能的融合，在他離開了所有的女朋友，在他孤獨一人的身上，兩者協調起來。而緊接著，死亡來臨了。

在他死亡以前他回到了人間，回到了巴黎，也回了自己的家鄉。這時候他已經成為一個老音樂家，以前攻擊過他的報紙開始吹捧他，而且以他來壓制下一代的音樂家。劇院的音樂會裡到處在奏他的音樂，他已經被推崇為一代宗師了。可是他對這一切毫無感覺，他已經無所謂了。他知道什麼是好什麼是不好，這些都無法左右他了。奧里維死了，可是奧里維有一個小朋友成長起來了，也開始在寫詩。這是個工人的孩子，是個駝背，他的祖父是個鞋匠。他的詩裡透露出奧里維的靈光。奧里維的孩子也長大了。他心裡寧靜下來了。我們前面所說的格拉齊婭，再一次地也是正式地登場了。這個女孩子在很小的時候就愛上了克利斯朵夫，她以一個兒童的心去愛他。她出生於一個義大利世家，她具有寧靜、和諧、高尚、純潔、仁慈的特質，她是克利斯朵夫心目中的羅馬女神，而羅馬始終被克利斯朵夫認為是最高的藝術殿堂。克利斯朵夫非常想和格拉齊婭結婚，可是格拉齊婭始終不同意。她說我非常慶幸我們兩人始終是很好的朋友，沒有成為夫妻，而成為夫妻後那種日常的瑣事會把我們的感情磨蝕掉的，而我們現在卻保持得非常好。克利斯朵夫只能承認這種關係，和她做一個好朋友。在克利斯朵夫臨近死亡時，格拉齊婭和他說了一句帶有總結性的話：你已經越過火線了。

現在，我可以進行第四步，也就是爲我的分析作出結論。我的結論是，《約翰・克利斯朵夫》不是爲某一個具體的天才，比如通常以爲的貝多芬作傳，而是寫一種自然力，這是所有的生命裡最好的一種生命力，原力裡面最好的原力，是自然力的菁華，它的光輝使它超越了眞實，成爲一個神話。

我還想要再進一步地證明一下我的結論，我覺得在那個時代，在二十世紀開始之前和開始之初，藝術家是下苦力下死力的，而不是技巧性的。今天的藝術，則是另闢蹊徑。就像扛一個重東西，以前都是用力氣來扛的，後來發現了槓桿的原理，學會了巧力。因此在《復活》、《約翰・克利斯朵夫》這類作品中，你很難找到顯著的特徵來表明構造的用心和含意，一切看上去都那麼日常和眞實，但是我覺得還是能找到一些提示，來證明我剛才的觀點：不是寫一個具體的天才，而是在寫一種永恆的、自然的、生命的最菁華。

書中給了我們幾點提示：

一是這個名字，「克利斯朵夫」實際上是一個聖徒的名字，這是在三世紀的一個著名的聖者。主人公克利斯朵夫經常想到在古羅馬教堂門前的聖者克利斯朵夫的浮雕像，他想到哪一天才是他生命的終點：我和這個浮雕像合而爲一的時候就是我的終點。聖者克利斯朵夫傳說他身材高大，專門背人過河，有一次他背一個小孩過河聽到一個聲音說，你背負的是全世界和創造世界的基督，他在宗教裡是旅行者的主保聖人。約翰・克利斯朵夫接近死亡時，腦子裡最後的幻象是他背著一個孩子，這孩子拉著他的頭髮，一直在說「向前走，向前走……」，他說「咱們到了，唉，你多重啊，孩子，你究竟是誰呢？」這個孩子說：「我是即將到來的日子。」

第二點提示是，克利斯朵夫忠誠地勤懇地毫不偷懶地走完了生命的全過程。書中有許多人，好人、善人、軟弱的人，都是早死的，夭折的，不等走到生命終點就死了，而克利斯朵夫頑強地努力地走到了生命的終點。在他最後死亡時，他還看到了古教堂門前聖者克利斯朵夫的像，下有拉丁文銘文：當你看到克利斯朵夫的面容之日，是你將死而不死於惡死之日。用中國話說是善始善終。他忠誠地走完了生命的全過程，沒有「早退」，終於和聖者克利斯朵夫合二而一。

第三點提示，作者爲克利斯朵夫規定的輝煌的定義是：音樂。音樂可說是一切創造物中最最虛無的東西，它最難物化，它是附在時間的流程上，轉瞬即逝。而它的聖靈之光也就在此，它最具有神的特徵和靈魂的特徵。

我要說的觀點在分析它的全過程中已經說明了，但我要找到提示性的東西作爲我們的引導。現在我可以更肯定無疑地說它不是一個具體人物的傳記，不是一個反映現實的作品，而是創造聖者的神話。

第八堂課

愛情的題材是具有超生的飛翔力的材料。
《咆嘯山莊》的愛情故事是人類和永恆自然對峙的故事。
愛情消滅了肉體，
又化腐朽爲神奇。
它用貌似神話的現實，
再製作一個神話作爲愛情的材料，
可說是物盡其用。

今天我們是講《咆嘯山莊》，它的作者是艾蜜莉．勃朗特（一八一八～一八四八）。我們終於談到愛情了。我想花點時間，先談談愛情這個題材，我想愛情對於一個嚴肅的藝術家來說，其實是一個危險的題目。

我記得老舍在一篇文章裡說過：愛情的題材往往是兩類作家寫的，一類是九流作家，還有就是最好的作家。我想它爲什麼會成爲九流作家那麼熱中的題材呢？那是因爲這些九流作家的任務是製造人生的美夢，愛情爲他們提供了材料。因爲愛情帶有幻象的特徵。但是我要特別強調：九流作家所創造的人生的美夢，和我說的心靈世界有根本的區別，雖然它們都帶有不眞實的虛無的表面。

區別在何處？我想這就好比宗教和迷信的區別。他們看起來都是同樣的活動方式，在寺廟裡燒香，在教堂祈禱，但迷信是有著非常現實的目的。他們請求：給我分房子，婚姻如意，財源滾滾，讓我生個孩子……最遠的企望，也就是來世了。它是很現實的，求的是現世現報的，來世雖遠，在迷信的眼睛裡，也是可見的現實。那麼宗教又是什麼呢？宗教也是幫我們解決問題的，幫我們解決一個無可逃避卻無可解決的問題，那就是生死的問題。這是一個困難得多，也高級得多的問題，它沒有現實的手段可以使用，它靠的是艱苦的玄思。我覺得九流小說家製造的人生美夢和我們所說的心靈世界的區別就在這兒。他們的故事再神奇，也是滿足現實的心。比如那些言情小說，波瀾迭起的情節，欲生欲死的愛恨，然後是甜蜜的結局。它帶有消費的性質，讓我們缺什麼補什麼。日常生活那麼枯燥、乏味，沒有奇遇，那麼在小說裡面作作夢，補償一下現實的缺陷。而眞正的心靈世界它解決不了任何問題，手頭的問題它一個也解決不了，它告訴你根本看不見的東西，這東西需要你付出思想和靈魂的勞動去獲取，然後它會照亮你的生命，永遠照亮你的生命。話再說回去，愛情，因其幻象的特質，確是給製造美夢的作家提供了非常現成的材料。

然後，我要說那些嚴肅的作家，怎麼對待愛情這個題材。眞正嚴肅的作家對愛情題材非常謹愼。這個題材弄得不好就掉到言情小說的深淵裡去了，寫愛情題材就好像在刀刃上走路一樣，非常危險，因爲嚴肅的作家都是不給人生作夢的。他們非但不給人生作夢，還要粉碎人生的美夢。如上海有個作家陳村，他的小說寫得很好，往往觸到了人生的痛處，人們便埋怨他，說：「陳村啊，我們的生活已經夠痛苦了，你使我們更痛苦。」當這類作家勇敢地面對愛情的時候，則是要揭開愛情的帷幕，把甜蜜的面紗揭掉。這一類作家非常之多，也做出了很大的貢獻。比方說著名的勞倫斯，他提出了愛情裡的「性」的問題。我並不認爲勞倫斯創造了心靈的世界，但我覺得他是一個非常嚴肅的作家，他撕破了布爾喬亞愛情的羅曼蒂克僞飾，看到在這底下更爲眞切和結實的東西，什麼呢？性。關於性的文章後來是越做越多，越做越深，當做到最徹底的時候，人們發現在性的底下還有更爲實質的東西，那麼，再揭開一層，在異性相吸的底下，還有著什麼，於是就有同性戀故事的出現。這種愛情就更爲純粹了，因爲它取消了性雙方根本的也是表面的差別：男與女，只留下一個單純的性事實。

我最近看了一個電影：《亂世浮生》，它又更進一步了。故事寫愛爾蘭共和軍，抓到一個人質，然後向政府要脅。有一個共和軍看守和人質漸漸交上了朋友。人質說：「看來我是必死無疑了。我有一件事很不放心，我希望你能夠幫我照顧一個人，這是我的最愛。」他拿出一張照片，是一個年輕的黑人女性，非常漂亮，那看守情不自禁地說：「這個女人並非你愛，所有的男人都會愛她的。」人質說：「我希望你來照顧他。」後來人質眞的死了，共和軍看守便拿了照片，到他所說的理髮店去找那女人。兩人很迅速地發生愛情，可是當他們準備做愛的時候，他發現這個女孩子其實是個男性。他感到非常噁心，跑到廁所嘔吐起來，男孩子痛苦而且震驚，他說：「我以爲你知道，大家都知道。」他知道男孩的性別，非常噁心於他的行徑，他堅持沒有成爲同性戀，自始至終是個異性戀，可是他依然深愛他，他要求並且幫助這個男孩恢復其性別。所以這裡又出現了第三種情況，非同性戀的，非性的一個男性對另一個男性的愛情。在此，到了更爲極端的時候，結果又再一次地取消了愛情中的性。嚴肅的作家在面對愛情的題材的時候，就是這樣孜孜不倦地要找到愛情的眞實面目，他們一層層地揭，一層層地揭。嚴肅作家和九流作家的區別在於，後者爲人生製造美夢，迷惑我們，讓我們得到一種暫時的休息，或說麻醉吧。嚴肅作家則是把眞實揭開給你看，要我們清醒。

可我覺得最好的作家，是最富有浪漫氣質的，他們絕不滿足於揭露現實，描繪現實，剖析現實的工作，而是力求從現實中昇華上一個境界。這個境界就是我第一堂課所給予了那麼多定語的世界，一個心靈世界。這類作家會非常鍾情於愛情題材，因爲愛情具有心靈的特質，同時又具有現實的面目，是創造心靈世界的好材料。這題材是非常具有飛翔力的，你要有力量，可以使它飛得非常高，可你必須要有力量。這飛得高絕不是做美夢，作那種不切實際的又可安慰我們枯竭心靈的夢，它是從現實土地往上飛的東西。這種力量是少數藝術家才具有的才能。愛情在現實中就可以使心靈超生，用這樣的超生的原材料創造出的心靈世界可說是超生再超生，是心靈的心靈。所以這實在是偉大的題材。愛情故事多得不得了，可是眞正使我們感動的，使我們在愛情之上看到神靈之境的，實在不可多得，而《呴嘯山莊》是一個。

我很想向大家推薦一篇文章，維吉尼亞・吳爾芙（一八八二～一九四一），一個英國女作家所寫的一篇短文，題目叫〈《簡愛》與《呴嘯山莊》〉。她把這兩部作品作了一個對比，對比得很有意思。她說《簡愛》是這樣一部作品，它非常強烈地說我愛，我恨。而《呴嘯山莊》說的是「我們，整個人類」和「你們，永恆的力量」。她說：《呴嘯山莊》「有愛，但不是男女之愛」，那麼是什麼愛呢？我們將會分析，來證明她的觀點。然後維吉尼亞・吳爾芙說《簡愛》確實有非常強烈的感情，但沒有超出我們一般人的經驗之上，還是一個比較常規的、現成的經驗。而《呴嘯山莊》是什麼呢，是艾蜜莉「她朝外望去，看到一個四分五裂、混亂不堪的世界，於是她覺得她的內心有一股力量，要在一部作品中把那分裂的世界重新合爲一體。」她已經把人類的正常經驗全都打碎了，我們這些正常經驗對於她來講完全不能提供什麼參照，或給她一個現成觀念，這是一個破碎的世界——在她眼睛裡面，她要重新組合。維吉尼亞・吳爾芙還有一段話：「正是對於這種潛伏於人類本性的幻象之下而又把這些幻象昇華到崇高境界的某種力量的暗示，使這部作品在其他小說中顯得出類拔萃、形象高大。」這段話中最重要的兩點：一是「人類本性的幻象」，二是「把這些幻象昇華到崇高境界」。這是非常重要的兩點。然後還有一段話說得很有意思，她說：「艾蜜莉似乎能夠把我們賴以識別人們的一切外部標誌都撕得粉碎，然後再把一股如此強烈的生命氣息灌注到這些不可識辨的透明的幻影中去，使它們超越了現實，那麼她的力量是一切力量中最爲罕見的一種。」她說可以識別的外部標誌，就比如我們的五官，四肢，性別，種族，衣著，這種大家公認的普通的提供認識的資料，艾蜜莉都撕得粉碎，她看見的是人類本性的幻象，這是一些不可識別的幻影，而她注入了強烈的生命力，使得這些玻璃樣的幻影活動起來了，變成了可信的現實生活，但其實質已超越了眞實。

我再談一下《簡愛》和它的區別。《簡愛》可以說是家喻戶曉的作品，非常有影響，大家提到勃朗特姊妹總是提到《簡愛》。倘若不是人物的嚴肅性，《簡愛》其實也是個美夢。簡愛和羅切斯特的愛情，那麼奇遇性的，且又充滿了哥德式的夢魘的懸念，閣樓上隱藏著一個瘋子。這個故事可說爲後來的很多通俗小說家提供了完美的藍本。它的重要性其實在於簡愛這個人物。如果簡愛不是這麼嚴厲的，不好看的，拘束於宗教的教義的，缺乏女性魅力的，如果簡愛是漂亮的，甜蜜的，嫵媚的，和順卻遭受不公平對待而委屈的，那麼就又是一個灰姑娘的故事了。舉個例子。前幾年有個電視劇，叫《愛你沒商量》，很多人不喜歡，我曾經對王朔說，你們違反了一個通俗故事的原則，那就是創造了一個不招人喜歡的使人掃興的女主角。滿好的一個女孩子，長得挺漂亮，很有前程，結果你讓她生了病，眼睛瞎掉，又使她的性格變得這麼醜陋，直走下坡路，結果人家那邊那樣豪華地結婚，你們倆在小屋裡這樣的結婚，這太不是美夢了，太違反群眾的要求了。而簡愛呢，是這樣一種形象，那麼嚴格的，那麼不委婉的，她的生長環境，從小的經歷，都是非常嚴酷的，不存一點夢想的。但是終於有一點東西使冷峻的人生變得美好了，那就是她和羅切斯特的愛情，雖然百經磨折，但究竟還是有情人終成眷屬，使這部作品保證了甜美的結局。維吉尼亞說的沒有超出我們一般人的經驗水平，就是我要愛，我要不對任何人負疚的愛，不能違反我的宗教原則，我的良心原則，還有我的平等原則。因爲你那麼有錢，我沒有錢，當我有了錢，你的老婆又死了，愛才能實現。這種愛的經驗是優秀的，卻是通常可以解釋的。

而《咆嘯山莊》不同，它的愛情不是那種客廳裡的愛情，不是梳妝檯前的愛情，也不是我們女人針線簍子裡的愛情，總之它不是掌握在我們手裡的愛情。它是一種力量，這種力量已變成與我們人類對峙的力量，幾乎就要打敗人類的，那就是維吉尼亞說的，「我們，整個人類」和「你們，永恆的力量」。永恆的力量指什麼，就是指愛情，而我們人類，是那麼脆弱而又頑強。整個故事就是在寫永恆的力量——愛情，在和我們肉體的人作戰的故事。愛情是那麼強烈，它可以把人摧毀，把你的理智摧毀，把你的肉體摧毀，而它永遠存在。艾蜜莉所創造的是那麼可怕的一個愛情，完全不是我們以前看到的甜蜜的，有趣味的，玩於股掌之間的那種愛情。

那麼我現在就要如同往常一樣，先爲這世界作一個命名。首先，從情景上說，這是一個狂風呼嘯的沼澤地帶，這題目譯得非常好：「咆嘯山莊」。不見人跡的，只有愛和恨，而且不是愛即是恨，沒有妥協，沒有調和。我要爲它命名的一句話是：愛情消滅了肉體，同時愛情又化腐朽為神奇。肉體在愛情的面前那麼無力，那麼軟弱，終於是死亡的結局，可由於不死的愛情，你的肉體雖然消滅，靈魂卻匯入了永恆。我想這就是我們整個人類和你們永恆的力量之間的對峙的結果。到了這一步，你已不覺得這愛情是男女之間的關係，它是一個蠻橫無理的法則，你處在和它對抗的位置。法則必將戰勝你，也正是因為這戰無不勝的法則，你將得到永生，所以你雖敗猶勝。

現在我還是按我們的慣例，把這故事作個大致的描述。故事發生在兩個家族之間。住在咆嘯山莊的是恩肖家族，有父親，母親，兒子名叫辛德雷，還有我們的女主角，小女兒凱瑟琳。這個家庭所處環境非常荒涼，舉目看不見人家，只有沼澤地和峭拔的岩石，離他們最近的城市，是一個名叫吉默吞的小鎮，有教堂，如果要作彌撒，就到那裡去，還有一個鄉村醫生巡迴在四周看病。這是接近於荒蠻的一個地方。他們這家人沒受過什麼教育，住在這麼個荒野之處，離文明的影響很遠，對宗教也沒什麼特殊感情，他們家的宗教事務，都是由一個傭人來督促的，叫約翰夫。他是個虔誠而無知的教徒，宗教對於他是折磨孩子的武器。這家庭對政治也是不關心的，與社會隔絕。他們自成一體，衣食無憂，有馬、有地、有農奴。這個家庭裡的成員有一種共同的古怪性格，什麼呢？熱血奔騰，反覆無常。他們經常會有突如其來的情感，使他們做出突如其來的舉止，卻不去負責後果，這也是一種野蠻的性格。父親有一次去利物浦，在街上看到一個流浪兒，不明國籍也不明種族，他先是帶了他，去尋找願意收留他的主人，可是找不到，乾脆就把他帶回家來了，給他起名叫希刺克厲夫，他就是我們的男主角。這家的父親出於一種奇異的不明來歷的感情，對他特別寵愛。由此，使得長子辛德雷十分嫉恨希刺克厲夫，想方設法報復他，他們之間就結下了仇恨。就這樣，希刺克厲夫處於一個很奇怪的環境裡，主人對他非常寵愛，誰要是欺負他，便暴跳如雷。可是其他的人都恨他，因爲他奪走了主人的愛，於是都討厭他，都罵他，都仇視他。只有一個人愛他，但這人因爲經常外出和日益衰老，對他的保護又是脆弱的。他生活在這種不正常的狀態下，驕傲和自卑一起長成，實際上是很危險的。而只有凱瑟琳與他有著正常的親切的情感，他們一起長大，形影不離。有一次希刺克厲夫和辛德雷發生了激烈的爭執，父親發火了，把辛德雷送到外面去讀書，使他離開這個家。待到父親去世，辛德雷帶著新婚的妻子重新回到咆嘯山莊，多年的仇恨終於爆發，希刺克厲夫立即被貶到傭人的位置，他原來的厚待一下子全沒了。

距離咆嘯山莊四英里處，有一個畫眉田莊，住著林頓一家人，同樣是父親，母親，兩個孩子：哥哥埃德加，妹妹伊莎貝拉。這家人比較正常，過著人們所尊敬的中產階級生活：有規律的宗教生活，每個禮拜去做彌撒，父親在社區擔任了一定的社會職務，做一個裁判官，是一個紳士，孩子們的教育也是按部就班的，隨了年齡增長日益完備，家庭的氣氛是穩定而和平的，感情也處於一種甜蜜的狀態。

在一個偶然的情況下，這兩戶人家結識了，然後產生了最常見的事情，凱瑟琳和埃德加戀愛並且結婚了，拋下了深愛她的希刺克厲夫，悲劇拉開了帷幕。

希刺克厲夫是個什麼樣的人呢？我給他定了個名：「孤魂」。他沒有父母，沒有國家，甚至沒有確切的種族：有人說他是吉普賽人，也有人說他是印度人。他像是私生子，也像是被販賣後丟掉的人，所以，他還是來歷不明的。很偶然地進入了咆嘯山莊，他既不是個傭人，又不是個主人，他連身分都沒有。他是一個非常孤獨的人。在這孤獨的境遇裡，他只有一個朋友，就是凱瑟琳。甚至到辛德雷回家後，希刺克厲夫正式變成了傭人，不能到正房來，境遇發生了這樣的變化，他們還依然是好朋友。而到了林頓家族參加進來，事情才有了改變。凱瑟琳始終是搞不懂自己感情的一個小姑娘，她有很強的虛榮心，她原先還不自覺，因爲他們家裡是毫無規矩可言的，穿的衣服也是亂七八糟，沒有任何教養的。當她傷了腳，在畫眉田莊住了幾星期後，她才明白了一個小姐、一個淑女應該是怎麼樣的。她目睹林頓家族井然有序的生活，很受教育。最重要的是她很喜歡埃德加。埃德加是一個文雅的男孩子，藍眼睛，金頭髮，是她從未接觸過的優雅細膩的男孩。他和她在一起時，那種甜蜜的溫和的情感也使她覺得非常新鮮。所以她以一種很大的熱情去發展和林頓的愛情，可是等到埃德加向她求婚，她也接受了求婚之後，她卻感到非常難過和惶惑，她不曉得發生了什麼事情，似乎是，她感到自己闖了個大禍。茫然無措之中，她到廚房裡和女僕耐莉說了一番話，大有深意。她說她覺得自己做錯事了，可也不覺得做錯了。這時候，她終於想起了希刺克厲夫。

希刺克厲夫似乎是永遠在她身邊，毋需去想他的存在與不存在。而現在，她開始分析對兩個人的不同的感情，她怎麼分析呢？她說我很愛埃德加，我能看見他的感情，從他身上也能折射出我的感情，我能夠很清楚看到這一點，沒有他就體會不到我的愛，看不見我的愛，也看不見人家對我的愛。這使我感到很愉快，我能體會到我的存在。而希刺克厲夫是什麼呢？他就是我，他和我是一體的，看不見他對我的愛，也看不見我對他的愛。這時耐莉發現一個很要命的事情，凱瑟琳實際上對婚姻一點也不了解，她以爲婚姻只不過是和一個人結婚了，而希刺克厲夫是永遠和她在一起的。她說希刺克厲夫和我就好像是岩層一樣的，永遠在那，永遠不離開，他永遠在我心裡，他不給我什麼樂趣，我並不感到什麼愉快，可他必須在，他不在不行。而林頓是有樂趣的，他的存在可使她感覺到自己的存在。她問耐莉一個人結了婚之後生活是否可不要改變，能不能做到。她完全不明白這是怎麼回事，她只是忽然發現自己做錯事情了。她覺得希刺克厲夫是她心裡最大的痛苦，因爲他們兩人是一體的，於是她根本感覺不到他的愛，而她非常渴望看到自己的愛情，也看到對方的愛情。埃德加卻在她對面，他們是兩體的，愛和被愛都看得很清楚的。然而，要命的是，這天晚上她才有了一種新發現，發現什麼呢？那就是如果希刺克厲夫在，那我就什麼都能看見，一旦希刺克厲夫不在，我什麼都不能看見。就因爲他們是一體的，缺了他，等於缺了自己的一半，生命是不完全的了。這是她對希刺克厲夫的感情。

而希刺克厲夫對她是什麼感情呢？這個世界他只能看見一樣東西，凱瑟琳。對於凱瑟琳來說，世界是廣闊的，希刺克厲夫則是提綱挈領的，如果沒他，這世界就沒有意義，有了他一切都有意義。希刺克厲夫對她可不是這樣，他只有一個世界，就是凱瑟琳。除了凱瑟琳，什麼都沒有意義。他們的區別在這兒，就是因爲這個區別，造成了他們永遠的分離。當凱瑟琳死了之後，他就開始憎恨這個世界，這世界所有的一切都討厭到透頂。甚至有人說，你對凱瑟琳的女兒應該好一點，因爲她的眼睛非常像母親，在她身上至少可以看見一半的凱瑟琳。他覺得這理論荒謬透頂。他說我要看見她幹什麼，這個世界裡我石板上看到的是凱瑟琳，水塘裡面看到的是凱瑟琳，牆上看到的是凱瑟琳，我照鏡子看到的不是我自己，而是凱瑟琳，對於我來講整個世界都是凱瑟琳，這個混帳對於我有什麼意義？他完全不能接受那種感情的轉移，而是一條胡同走到底，直走進絕望。他們兩人的愛情，本質上是非常一致的，可是在認識上有著差異，到底是走到兩股道上去了。

當凱瑟琳向耐莉訴說她的心情時，她說到爲什麼不能嫁給希刺克厲夫的理由，因爲她是一個上等人，而希刺克厲夫是個下等人，嫁給他是不體面的。講到此時，她又很痛恨她哥哥，她說是辛德雷使我有這種感覺的，這種感覺已經進入到心裡，她也無法摒除。希刺克厲夫聽見了凱瑟琳的話，他非常憤怒並且絕望，於是當夜就離開了咆嘯山莊。他跑掉之後，凱瑟琳就得了場大病。她自己也不知道，希刺克厲夫對她的重要性。他不是一個丈夫，不是一個情人，甚至不是一個朋友，什麼也不是，但她必須要和他在一起，沒有他不行。當他走了，她再也找不到他之後，她得了場大病，危及生命，而且爲她以後的身體種下了病根，最終死於這病。這一回她暫且恢復了健康，然後和埃德加結婚了。埃德加很愛她，把她當作自己的生命去愛的。但埃德加是個軟弱的人，或者說是個正常的人，他的感情就像河道裡走的水一樣，而不像希刺克厲夫和凱瑟琳，他們是漫流的水，滔天大水。當希刺克厲夫回來後，要去看凱瑟琳，耐莉勸阻他說，你不能去，她已經是有丈夫的人，埃德加很愛她。這時希刺克厲夫說了一句，「這麼一個軟弱的人，他哪怕愛她八年，都比不上我愛她一天。」這就像拳擊一樣，不是一個量級的，一個是輕量級，一個是重量級。他覺得埃德加怎麼能去愛凱瑟琳呢，凱瑟琳是個海，埃德加只是溪流的河床，你怎能去盛這個水呢？盛不下的呀。可是當希刺克厲夫未出現時，他們倆還是和睦的，畢竟他們也是有愛，還有寧靜，他們在一起生活了平安無事的幾年。

可是，希刺克厲夫回來了。他的回來產生了兩個影響。一是激起了凱瑟琳的活力，她覺得她的生命回來了，一下子活躍起來了。她沒有意識到希刺克厲夫對她婚姻的影響，她就覺得他回來好極了，她甚至希望他也和埃德加作朋友。可是埃德加做不到，他恨希刺克厲夫，因爲他看見了希刺克厲夫對凱瑟琳的影響。他的回來所產生的第二個影響是，伊莎貝拉一下子愛上了他。伊莎貝拉是那類浪漫劇裡的女主角，對愛情抱著甜美的幻想，卻一點不懂得愛情的殘忍和可怕，生活的圈子且非常狹小，一輩子也沒見過什麼男人。希刺克厲夫出現在她身邊，這樣強壯、慓悍、野蠻，和她的常識完全起著牴觸，她愛上了他，她心裡還有種把握，他也會愛上她，這眞是不知道愛情的厲害。當凱瑟琳知道伊莎貝拉愛上希刺克厲夫時，她的憤怒竟使她失控了，她拚命諷刺伊莎貝拉，甚至當著希刺克厲夫的面，緊緊拉著伊莎貝拉，出她的醜，說：希刺克厲夫你看，她愛你了，愛你愛得這麼深，我們倆剛剛吵得像兩隻貓在打架一樣，她拚命說她的愛要超過我，她正在發表她的愛情誓言呢，她認爲我是她的情敵，如果把我這個情敵撬掉得話，一定會得到你的。希刺克厲夫於是也極盡刻毒，說你要讓我和這樣的人住在一起，起碼每天早上我要給她蠟做的臉上畫上畫。他們倆就這樣輪番羞辱伊莎貝拉。可是緊接著，忽然之間，希刺克厲夫動了個什麼念頭，他開始勾引伊莎貝拉，自然很容易就上手了。在一個夜晚，他把毫無準備的伊莎貝拉叫出來，伊莎貝拉連件衣服也沒帶的，就這麼跟著他走了。從此，伊莎貝拉的悲慘生活開頭了，凱瑟琳則一病不起，一切都在走向瘋狂和死亡。

希刺克厲夫為什麼要娶伊莎貝拉，目的很明白，首先他要折磨凱瑟琳，你結婚我也結婚，激起她的妒忌心。其次，他要折磨埃德加，因為他知道他們兄妹感情非常好，折磨他妹妹等於折磨埃德加。但這一切折磨都比不上他對自己的折磨，看不見凱瑟琳，是比死亡更折磨。當凱瑟琳死後，他向耐莉敘述他的心情，他說我怎麼都不覺得她死了，我也不曉得我這是到處在找她，當我跑到外面時我覺得她已回到家，在她的房間裡，我就匆匆忙忙奔回來，可是房間裡沒有她的人，於是我又覺得她在外面等我，我就跑到外面田野上去，也沒有她的人，我老是不停地跑啊跑，總覺得她在某一個地方等我。這種折磨，不是一寸一寸的，而是像頭髮絲似的一絲一絲的。他總是感覺到凱瑟琳在他窗下遊蕩，凱瑟琳從前的臥室，他不允許任何人進去，因為他覺得她會回來，他覺得凱瑟琳是以幽靈的形態喚起他的希望，使他永遠心存幻想。他想死也死不掉，他的身體非常健壯。當他們小時候，凱瑟琳的父親，也是希刺克厲夫的恩人故世時，兩個小孩子哭得很傷心，他們一邊哭一邊熱情地描繪天堂的景象，互相安慰。他們把天堂描繪得非常美麗，即便是最好的神父也不能把天堂描繪得這麼美。這實際上是在為他們將來的結合設計一個歸宿。凱瑟琳死後，希刺克厲夫一直熱切地等待他死的這一天，他迫切到什麼程度？他去把凱瑟琳的棺材撬開，為了看凱瑟琳是否還在，她是否在等他。等到埃德加死了，下葬在他妻子的墓邊，希刺克厲夫就把凱瑟琳挨著埃德加一邊的棺木完全封死，在另一邊爲自己留下了一個墓穴，再把她這邊的棺木撬開一點，那天來到時，她一定會從墓穴裡跳出來，他們倆就能結合。他帶著一種瘋狂的幻覺在等待，時刻在等待，無奈他身體非常好，死也死不了，他又不能自殺，因爲天主教認爲，如果是自殺的話便上不了天堂。雖然他不是個天主教徒，他卻也接受了這一上帝的指令，他決心他們一定要同上天堂，所以他不能自殺，他一定要挨到這一天，去和凱瑟琳會面。在這焦慮的等待中，他能做什麼呢？他就是恨，你們想知道他有多麼愛的話，你們就看看他有多麼恨，而他所有的恨都加起來也還是沒有辦法和愛作平衡，愛太沉重了。

當他把伊莎貝拉帶到咆嘯山莊的時候，咆嘯山莊已成爲一個瘋人的世界。希刺克厲夫把辛德雷拖到賭博裡去，等他上癮後，他這個賭博老手就在牌桌上把辛德雷的咆嘯山莊全部贏來了。辛德雷在家中反成了僕人，也變得很瘋狂。伊莎貝拉在結婚的那一夜已經被她丈夫變成一個瘋子了。這兩個瘋子終於有一天要做弄他們的主人了，在他最虛弱的時候，凱瑟琳死的那天。那天，他一直站在畫眉田莊的樹底下，他一直等著，等埃德加離開時他能進去，看一眼死去的凱瑟琳。停柩時，有那麼一瞬間，埃德加實在撐不住打了個盹，女傭人耐莉很敏感地發覺希刺克厲夫進來過了，他把他的一簇黑頭髮放進了凱瑟琳的胸盒。然後，希刺克厲夫又產生了幻覺，他感覺到凱瑟琳在他的臥房裡等他。他就拚命地跑，跑回了咆嘯山莊，可是這時伊莎貝拉和辛德雷正在做一件惡作劇，就是把門都鎖上，不讓他進房間，他簡直要瘋了。他已經看見凱瑟琳坐在他房間裡等他，可就是進不了門。這個晚上是非常悲慘的。也就在這天晚上，伊莎貝拉明白她不能再住在咆嘯山莊了，她非得逃跑，否則就會被希刺克厲夫打死。她連夜動身逃到很遠的地方，生下了她和希刺克厲夫的孩子。

第二代的生活怎樣呢？辛德雷和他的妻子生下了一個兒子哈里頓。埃德加和凱瑟琳留下了一個女孩子，叫凱蒂。伊莎貝拉和希刺克厲夫也生了個男孩，起名叫林頓。當三個孩子全部成長起來後，希刺克厲夫便想把這三個孩子重新導演成他們當年的悲劇：埃德加、凱瑟琳和希刺克厲夫的悲劇。他首先把哈里頓調教成個野孩子，不給他受教育，不給他溫情，這孩子生來只會說一種話，就是髒話。只會做一件事情，就是農田裡的活，僕人的活。非常像希刺克厲夫的童年。在他訓練的過程中，他對哈里頓非常滿意，覺得這男孩很有力量，生命力和熱情都很充沛。有時他甚至遺憾這不是他的孩子，而是他仇人的孩子。而他自己的孩子林頓，卻沒有一點他的東西，只有母親伊莎貝拉身上的東西，那種嬌小姐的東西。他是個男孩子，可他比女孩子還嬌，怕冷、怕餓、怕累，一天到晚無精打采，病病歪歪，總是抱怨，百般折磨僕人。希刺克厲夫也就讓僕人聽他的，順從他，他要把他培養成埃德加那樣軟弱的人。他小小年紀，身心就已經流露出衰竭的跡象，成天披一件大衣坐在那兒，小口小口像貓一樣地喝一杯飲料，然後罵罵僕人，發發牢騷：天眞冷，眞累啊。一點火力都沒有。而凱蒂就是凱瑟琳的女兒，非常像凱瑟琳，活潑熱情。當他們剛剛開始成年，希刺克厲夫就著手進行悲劇的導演，他撮弄林頓和凱蒂好。他很恨林頓一點都不積極，林頓對愛，對感情沒有什麼願望，他一個人坐那兒不受冷不挨累就行了，你要他去散步他就感到負擔。但希刺克厲夫很有威力，一定要他們兩個好，並且要激起哈里頓的妒忌。最後是，凱蒂雖然並不喜歡林頓，她對林頓很失望，提不起興趣，可她非常善良，她願意幫助他。完全是在一種被誘騙的情況下凱蒂進了他們家，被希刺克厲夫鎖在林頓的房間，被迫簽下了結婚證書。就這樣結了婚，完成悲劇的開頭部分，形成了年輕人中間的三角關係。同時，希刺克厲夫還著手進行兼併畫眉田莊的陰謀。畫眉田莊立的遺囑非常奇怪，如果埃德加有兒子，就傳兒子，如埃德加沒有兒子就全給伊莎貝拉及她的後代，所以這財產是傳給林頓的。而林頓病病歪歪，說死就會死。搶在林頓死之前，希刺克厲夫強迫他立了遺囑，將財產全交付給父親希刺克厲夫，這樣兩個田莊全到了希刺克厲夫手裡。於是，這三個沒有財產、沒有獨立能力的孩子，便在他的權力之下，困在痛苦折磨的三角愛情之中。

這就是他在下一代中設計的悲劇。然而結局是什麼樣的呢？林頓早早地死了，哈里頓和凱蒂慢慢地好起來了，因爲年輕的力量非常強大，愛情的力量非常強大，而希刺克厲夫則老了。他地生命在萎縮，在十八年的仇恨和報復中消耗得奄奄一息。他感覺到好像自己快要到頭了，他最後和耐莉說的話是很悲慘的：有時我都不知道爲什麼，當我親手導演的悲劇很快就要實現時，但我心裡並不高興。我看他們倆在我手裡，像兩個僕人那樣生活，作爲我的仇人的孩子那樣生活，我也沒什麼高興，我感到我就要死了，我的好日子就要到了。在這裡，我們能看到維吉尼亞．吳爾芙所描繪的人與愛恨對峙的景象——「我們，整個人類」和「你們，永恆的力量」。愛情尋找到年輕有力的生命，開花結果，拋棄了衰老的，耗乾了活力的生命，這就是

「永恆的力量」。

故事的結構是這樣的：一個過路人，他借宿在田莊時聽女傭人耐莉講述這故事的前半部分，當他過了許多年後再來到此地，咆嘯山莊的情形已經大變樣了，耐莉告訴他這故事的結局。他便跑到田野上去找他們三個人的墓，最後找到了。我覺得這一段寫得非常非常好，有一股驚心動魄的力量。是這樣寫的：凱瑟琳因爲最早死，她的墓已經埋在了草裡，埃德加・林頓第二個死，他的墓剛剛和爬上碑腳的草苔的顏色調和，希刺克厲夫的墓則是光禿禿的，還來不及長草，好像希刺克厲夫還沒有停止他的追逐，在地底下不停地追趕凱瑟琳。最後的一句是：我眞難以想像在這麼平靜的墓地底下，是有著很不平靜的睡眠的。

我覺得這是一個強烈的愛情故事，其實也是個很簡單的故事。我曾經說過，古典主義作家不是技術主義者，不是想方設法給你安扣子，設懸念，製作一個巧妙的東西，他們不搞這些的，他們就憑死力氣，就是把事情寫到極端，把愛，把恨寫到極端。把事情寫到極端是很不容易的，這裡面沒有一點可以幫忙的東西，比方說我們爬高，不用梯子，而是把磚頭一塊一塊壘高，是很費功夫的。我現在向大家介紹的這些書全都是憑著死力氣壘磚頭。大家可以回想一下，前幾堂課上講的《九月寓言》和《心靈史》，你會看到它們是用了一點技巧的。《心靈史》找了個替代物；《九月寓言》設計了一個寓言。而《復活》、《咆嘯山莊》、《約翰・克利斯朵夫》都是在拚死力氣。他們一點都不設立一些使你操作方便的東西，或替代、或象徵、或暗喻，它要寫愛，就寫怎麼怎麼愛，這愛是怎樣走向非凡，完全是作加法，一步步加上去，不來乘法。所以對於它的故事，你無法概括，你必須一步步讀它，才能一步步體會到凡人的愛情是怎麼樣走到了超人的愛情。

然後我談一個結論性的也是最重要的問題，現實世界和《咆嘯山莊》世界的關係。《咆嘯山莊》的世界很奇異，你乍一看很像一個童話，像個民間傳說。它的地點那麼孤立和封閉，發生什麼事你都可以相信的，其時間、年代，也是沒有意義的。儘管它有著很明確的時間標誌：一八〇一年，可是一八〇一年裡，世界發生什麼，英國發生什麼，利物浦發生什麼，卻無從知曉，也沒有意義。因此，時間上也是孤立的。這裡面的人呢？咆嘯山莊的人都是一批瘋子。他們的婚姻很奇特，他們的愛很奇特，他們的恨也很奇特，還有著幽靈的傳說，經常有孩子哭著回來說，我在那邊放羊，看到兩個人，一男一女，手攙著手在荒野遊蕩。這種環境和故事都帶著種詭祕的氣氛，像一個神話，但在這神話中偏偏存在著現實的法則。比如說，婚姻中的門第觀念，資產階級的虛榮心，妒忌引起的仇恨，都是非常現實的法則。還有眞實的死亡，雖然有幽靈的傳說，但事實上它的死亡並沒產生奇蹟性的結果，譬如我們的神話「梁祝」的「化蝶」，它沒有。人死後不能復生，活著的人不能和死了的人對話，都是自然的法則。所以我們便看到了這個世界的兩層，第一層是一個詭祕的故事，神奇的故事，第二層是現實的法則，然後第三層，第三層則是從現實的法則中又脫身而出了，脫生出一個神話性質的法則：愛情毀滅肉體，又使肉體超生為永恆。這個法則已經由方才的全部分析證明了。這個神奇的法則，是一種超出常規、超出自然的神力，但它們也具有著現實的名稱。比如凱瑟琳和希刺克厲夫，大家都叫他們瘋子，瘋子是出自我們這個現實世界的命名。可是在這兩個瘋子的內部，隱藏著一種東西，一種不是由一個人的熱力，而是由幾十、上百甚至全人類的力積聚起來的能量。他們心裡這種超常的能量，使他們所做的一切都那麼不符合人間常情，使他們在人群中顯得古怪，偏執，極端，且符合著我們現實世界的瘋狂的原則。但在這條瘋狂的原則底下，其實是有著超凡脫俗的原因。

所以，《咆嘯山莊》的心靈世界與作爲建設材料的現實世界的關係是一種類似否定之否定的曲折關係，它是從神話到現實再到神話的關係，它是用貌似神話的現實材料，再製作一個神話。作爲愛情這麼一種特殊的材料，它可說是物盡其用。這樣，我們所看到的《咆嘯山莊》就是這樣一個景象：我們先是聽見一個傳說，遙遠的地方有一個古怪的傳說，然後我們走近去，卻看見它的存在和發生合情合理，沒有違背常規的地方，其實是一樁現實，我們便很自然地邁步其間，不由身處其境，這才發現它的現實已上升爲一個幻景。

第九堂課

布恩蒂亞家族的血緣有兩股力量，
一股是向外的開拓，結果是喪失獨立；
一股是向內的發展，結果以亂倫而消亡。
這一幅生命的運動景象是在地平線下方開拓黑暗的深淵。
這是二十世紀藝術家的處境，
它終究難以擺脫現實的羈絆。

今天我們講《百年孤寂》，它的作者是哥倫比亞的馬奎斯（一九二八～）。

首先我要畫張家譜表。我想這幾乎已成定論了，《百年孤寂》是寫一個叫馬孔多的小鎮上的一個家族，其六代人的命運。我要把這個家族的族譜表畫出來，這樣大家就基本上了解這是一個什麼樣的家族了。

這個家族是由兩個人源起，一個叫霍阿．布恩蒂亞，他是生長在某個印第安村莊裡的西班牙人後裔，是個白種人，不是土族。他的妻子叫烏蘇娜，烏蘇娜的家鄉在里奧阿察，哥倫比亞某個靠海邊的地方，她們家上幾輩遭到了海盜的襲擊，爲了逃避海盜逃到了布恩蒂亞所在的印第安人村，在那兒安居下來。他們是這印第安人村歷史悠久的兩家人，由於他們是菸草公司的生意夥伴，所以他們很早就開始了聯姻。傳到霍阿．布恩蒂亞和烏蘇娜這一代時，他們已經是表親了，他們兩個人是表兄表妹的關係。他們倆結了婚。在這兩個家族通婚的歷史上，已經因爲近親繁殖而發生過生下帶尾巴嬰兒的事情。等他們兩人結婚的時候，他們便非常怕生孩子。烏蘇娜做了條貞節褲，怎麼也不讓布恩蒂亞碰她，所以他們多少年來始終沒有做愛，一直沒有生育。村莊裡的人就嘲笑布恩蒂亞，以爲他沒有生育能力，在嘲笑最激烈的時候，布恩蒂亞把罵他最惡毒的人殺了，然後回家強迫烏蘇娜和他發生了關係，他們就有了第一次做愛。而那個被殺的人的鬼魂則不停地對他們進行騷擾，爲躲避這鬼魂他們離開了這印第安人村莊，來到了偏僻的小地方馬孔多。他們到了馬孔多，開始繁衍生存，慢慢地，馬孔多發展成了一個不大不小的村莊。

布恩蒂亞家譜表

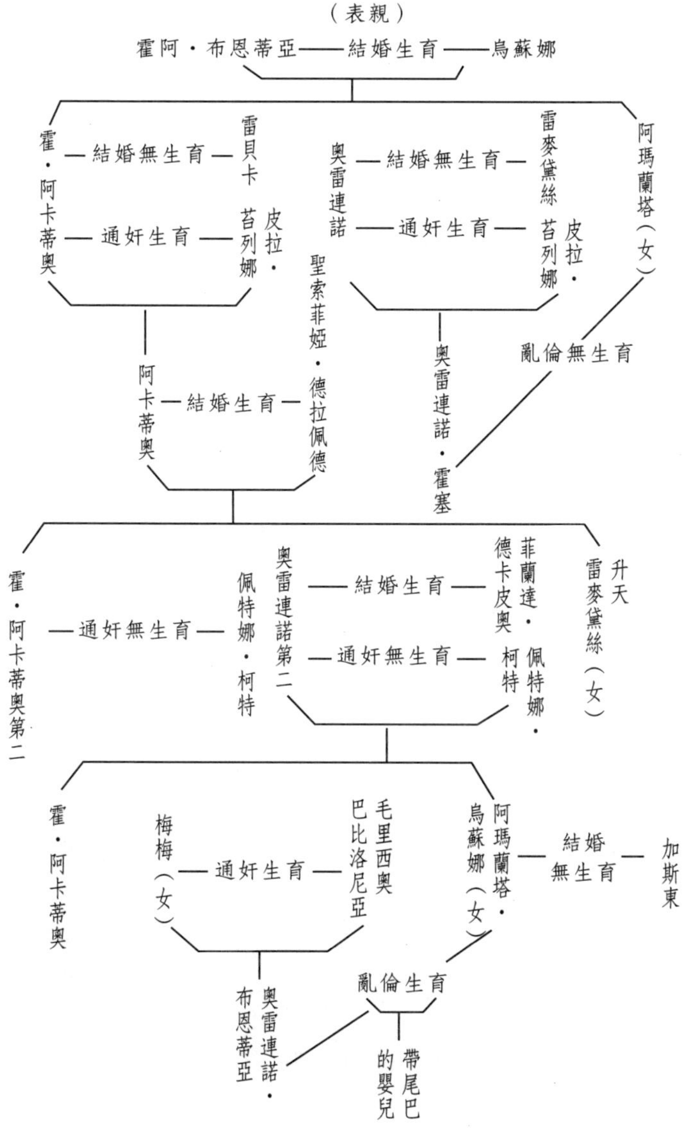
（表親）
霍阿・布恩蒂亞
結婚生育
烏蘇娜
霍・阿卡蒂奧
結婚無生育
雷貝卡
通奸生育
皮拉・苔列娜
奧雷連諾
結婚無生育
雷麥黛絲
通奸生育
皮拉・苔列娜
阿瑪蘭塔（女）
阿卡蒂奧
結婚生育
聖索菲婭・德拉佩德
奧雷連諾・霍塞
亂倫無生育
霍・阿卡蒂奧第二
通奸無生育
佩特娜・柯特
奧雷連諾第二
結婚生育
菲蘭達・德卡皮奧
通奸無生育
佩特娜・柯特
升天
雷麥黛絲（女）
霍・阿卡蒂奧
梅梅（女）
通奸生育
毛里西奧・巴比洛尼亞
阿瑪蘭塔・烏蘇娜（女）
結婚無生育
加斯東
亂倫生育
奧雷連諾・布恩蒂亞
帶尾巴的嬰兒

他們兩人生了三個孩子，第一個叫霍・阿卡蒂奧；第二個孩子叫奧雷連諾；第三個是女孩，叫阿瑪蘭塔。第一個孩子霍・阿卡蒂奧是和他們家的一個養女，叫雷貝卡的結婚，但沒生孩子。和他生育孩子的女人叫皮拉・苔列娜。二兒子奧雷連諾，和他結婚的女人叫雷麥黛絲，他們也沒生孩子，和他生育孩子的也是這個皮拉・苔列娜。皮拉・苔列娜是從外村過來的女人，她十四歲時就委身於一個男人，她一直等著和這人結婚，但這人一直不要她，直等得不耐煩了，她就離開家鄉，到了馬孔多。這次愛情給她什麼樣的影響呢？由於她非常非常愛她這個情人，於是她把全世界男人都看成是她的情人，在他們的身上施加她的愛。當然她也要選擇，她認爲值得發生關係的，她才和他們去睡覺。所以凡是被她挑選上做愛的，就像是獲得一個榮譽。很奇怪的，她挑選的對象，基本上都在布恩蒂亞家族周圍，或者親戚，或者朋友，慢慢地就在家族周圍形成了一個圈子，幾乎大家都是堂兄弟或者是表兄弟。這個女人，就造成這樣的局面。女兒阿瑪蘭塔沒有結婚。這一代的婚姻生育，我們可以看出，他們的傳宗接代都是以通姦的關係，全都是情欲的結果，並且來源於同一個女人，這是布恩蒂亞家的第二代。

接下來呢，霍・阿卡蒂奧生了一個孩子，叫做阿卡蒂奧。你們會發現他們家裡男孩子只有兩個名字，一個叫阿卡蒂奧，一個叫奧雷連諾。奧雷連諾也生了一個孩子，叫奧雷連諾・霍塞，除此，他還和十七個女人生下了十七個孩子，這些私生子在全書中沒起什麼作用，所以，我也沒有列入家譜表。然後，在這第三代裡，阿卡蒂奧結婚並且生了孩子，他的妻子叫聖索菲婭・德拉佩德。他其實是有亂倫傾向的，他試圖和他的母親皮拉・苔列娜通姦，但皮拉・苔列娜到底覺得不對頭了，因此她就把聖索菲婭・德拉佩德引進了他的生活，使他有了正常的婚姻，並使家族往下傳代。奧雷連諾・霍塞沒有結婚，他只做了一件事，和他的姑姑阿瑪蘭塔亂倫，但沒有造成後果。

現在你們可以看出，從此，傳遞的任務就交給阿卡蒂奧一個人，他單槍匹馬往下傳遞著布恩蒂亞的家族。他生了三個孩子，其中是一對雙胞胎，男性的，大的叫霍・阿卡蒂奧第二，小的叫奧雷連諾第二，第三個是女孩子，叫雷麥黛絲。霍・阿卡蒂奧第二沒有結婚，他只和佩特娜・柯特通姦。奧雷連諾第二是結婚了，結婚的對象叫費蘭達・德卡皮奧，同時他還和佩特娜・柯特通姦，同他兄弟共一個通姦的對象，但是他們的通姦都沒有生育孩子。你們可以看見他們現在通姦都沒有結果了。至於女孩子雷麥黛絲，她根本沒結婚，也沒情人，她升天了，她是個超凡脫俗的美人。大家看得出來，在這一代裡也只有一個人有生育能力，就是奧雷連諾第二，他和妻子菲蘭達・德卡皮奧生了三個孩子。菲蘭達・德卡皮奧是個貴族，她受過非常好的教育，有很多規矩，但沒有情欲，她生孩子只不過是她應該生孩子，她對她的三個孩子管束很嚴，實施著她的教育方針。大孩子叫霍・阿卡蒂奧，然後是兩個女孩子，大女孩叫梅梅，小女孩叫阿瑪蘭達・烏蘇娜。這個霍・阿卡蒂奧對什麼都感到恐懼，臉色蒼白，極其厭世，對女人沒什麼興趣，所以他沒有結婚，也沒有通姦，什麼也沒有幹。梅梅呢，她有一個私生子。當時有個外國人發現馬孔多盛產香蕉，就在這兒開了個香蕉公司，梅梅和公司裡的一個工人毛里西奧戀愛，不被母親允許，生下的孩子只能是個私生子，這孩子叫奧雷連諾・布恩蒂亞。因為是個私生子，所以被講究體面的外祖母藏在房裡不給人家看見，他從未出過門，他和他的阿姨阿瑪蘭塔・烏蘇娜亂倫通姦，生了個帶尾巴的嬰兒，這嬰兒最後給螞蟻吃掉。

他們家的家世就是這樣的。從這張家譜我們基本可以看出，他們的傳宗接代都是由於情欲的關係，到了第四代，即奧雷連諾第二兄弟這一代，他們的情欲已經沒有生育的功能了。他們與佩特娜・柯特的通姦，霍・阿卡蒂奧第二無所作爲，奧雷連諾第二只是讓牲口繁殖。他們的情欲已經衰退，生育的任務轉交給名正言順的婚姻。但奧雷連諾第二與費蘭達・德卡皮奧婚姻的結果是，男孩子不生孩子的，女孩子或是生私生子，或是亂倫。因此，這個家譜顯示出這個家族的繁殖力日益衰弱，幾近殆盡。從這張家譜上，還可以看出一種傾向是貫穿首尾的，就是向內的傾向、亂倫的傾向。尤其是這家的女性都對外人非常排斥，凡是叫阿瑪蘭塔的女性，都是亂倫者。第一個阿瑪蘭塔曾有過兩次戀愛，一次是和一個義大利的技師。因爲他們家裡買了很多現代家用電器，公司派來技師爲他們調試自動鋼琴時，就和他們家的養女雷貝卡戀愛了。阿瑪蘭塔硬是把他們的婚事撬掉，自己和義大利技師好了，可是臨到結婚的時候，她又不幹了。這是她的第一次戀愛。第二次是在軍事起義當中結識了一個上校，這上校也是他們家的世交，她又是和上校戀愛到最後一分鐘，甩手不幹了。阿瑪蘭塔總是在走出家門的最後一步時，收住腳步的。這家族最後的毀滅，就是由於又一個名叫阿瑪蘭塔的女性，她的亂倫導致了長尾巴嬰兒的出生。女性成員中還有一條路線，那就是凡是叫雷麥黛絲的，都是那種精緻漂亮的，可是卻脆弱沒有生育力也沒有情欲的女性，可是漂亮得出奇，以早夭和升天爲結局。他們家的格局，大家看得出來，都是經過歸納的。

我剛才說過，他們家的男孩，只有兩個名字，阿卡蒂奧和奧雷連諾，他們家的男性基本上都是這個名字，只不過是前面後面加點花頭而已。在這張家譜上也體現出這麼一點：這兩個名字都各有一些共同的特徵。凡是叫阿卡蒂奧這個名字的，他們的婚姻都具有私通的性質，他們的婚姻都很像私通，私通的對象，又往往是家庭內部成員。你看第一個阿卡蒂奧，他的妻子雷貝卡，是他們家的養女，這養女是從哪裡來的呢？她是烏蘇娜娘家的親戚。她的父母是烏蘇娜的表妹之類的遠房親戚，所以也是他們家的親戚。他的情人皮拉·苔列娜也是兄弟的情人，也是和家庭內部成員有關的。聖索菲亞·德拉佩德，第二個阿卡蒂奧的妻子，她是阿卡蒂奧的生母皮拉·苔列娜引進的，爲要轉移他勾引他的生母的念頭，實際是作他母親的替身。再下一代的「阿卡蒂奧」，即霍·阿卡蒂奧第二，就是雙胞胎裡的一個，他的情人佩特娜·柯特，也是他兄弟的情人，還是和他兄弟共享一個情人。所以阿卡蒂奧這個名字的男孩都有這樣的特徵，首先婚姻都是私通性質的婚姻，還有就是都和家庭內部成員有情欲關係，通姦也好，婚姻也好，都和家庭內部成員有關係的。再有一點，即他們具有傳宗能力，但是兩代以後衰落了，而他們一旦衰弱，布恩蒂亞家便走上了下坡路。所以說到了霍·阿卡蒂奧第二和奧雷連諾第二這一代時，生育任務轉到了奧雷連諾第二手中，他的兒子霍·阿卡蒂奧根本對愛情不感興趣了，布恩蒂亞家便也到了頭。這就是阿卡蒂奧們的命運。

這家男孩另一個名字叫做奧雷連諾，他們的特徵是什麼呢？就是具有很強的行動能力，他們有對外的開拓精神，他們的婚姻都是對外的。第一個奧雷連諾，他的婚姻是和雷麥黛絲，馬孔多第一任鎮長的女兒。第一任鎮長代表著馬孔多開始進入國家體制，有了行政組織。這個聯姻使奧雷連諾走上了政治舞台，走上政治舞台的結果是把整個馬孔多捲入政治風雲裡面，而使馬孔多失去了自然狀態，喪失獨立和主權，成爲一個附屬國。另一個奧雷連諾的聯姻是和菲蘭達・德卡皮奧，剛才已經說過，菲蘭達・德卡皮奧是一個西班牙貴族，她家裡規矩很多，講衛生，講禮貌，她一進到他們家就訂了很多規矩，包括不能隨時隨地做愛，於是這個奧雷連諾就開始通姦。他和佩特娜・柯特通姦，通姦的結果是帶來了牲畜的繁殖。他們情欲越高漲，牲畜就繁殖得越興旺，羊啊，牛啊生了很多很多，他把這些牲畜賣了，掙了錢去投資電氣和鐵路，使得馬孔多在經濟上開始繁榮起來，吸收了商品經濟的因素，資本主義的因素。尤其是鐵路的開通爲他們送來了外面的世界，包括送來了一個先生，這個先生一來就發現馬孔多盛產香蕉，就在此地開了個香蕉公司。這個奧雷連諾的行動帶來了什麼結果呢？帶來了馬孔多經濟上的繁榮，是以破壞自然經濟爲代價的。最終喪失了經濟上的獨立，成爲經濟的殖民地。因此這兩個奧雷連諾，他們的開拓行動的結果是使馬孔多失去了獨立，一個政治上的，一個經濟上的。由此可見，這個家族的成員，向內發生關係的，是承擔著傳代的任務，結果是日漸衰退；而向外發生關係的，是爲改變馬孔多和家族的處境，結果則帶來喪失的命運。獨立喪失了，變成了政治和經濟的奴隸，傳宗中止了，毀於亂倫，補充一句，奧雷連諾還有著亂倫的特性。因此，這個馬孔多的家族走向滅亡就是無可避免的了。我們已經可以看到，這些人物都是擔任著規定的使命的，不像我們所說的現實主義小說裡的人物，做什麼，說什麼，是憑著具體的個別的日常的邏輯推動。而這裡的人物，他們行動的邏輯都是被抽象歸納過的。這個家族內部的情形基本上就是這個樣子。然後在這家族周圍還有著許多外人，這些外人對這家族的作用是什麼呢？

這些外人中有些是比較重要的。一個叫梅爾加得斯。他是個流浪的吉普賽人，年紀非常大，似乎永遠不會死，是個永生的人，他給這個家族注入了外面世界的氣息。這是他們家第一代宗祖布恩蒂亞的一個摯友，也是布恩蒂亞的思想、智慧、創造力的源泉。布恩蒂亞非常善於吸收新的事物，給他灌輸影響的主要有兩個人，一個就是這梅爾加得斯。所以梅爾加得斯死了的時候（他曾經有過一次死亡，在新加坡死的），這時候，布恩蒂亞就喪失記憶力了。另一個開發他智力的是義大利技師，帶來了科學和技術。當布恩蒂亞喪失記憶時，他苦思冥想，要利用義大利技師教給他的科技製造一種記憶的機器，幫助人腦記住很多東西。等梅爾加得斯沒過多久又復活了回來時，布恩蒂亞的記憶力又恢復了，而最終梅爾加得斯徹底死的時候，布恩蒂亞就瘋了，被家人綁在一棵大樹底下，度此殘生。梅爾加得斯將布恩蒂亞的智力開發的結果是，喚起了布恩蒂亞對外面世界的嚮往，他非常渴望離開馬孔多，無奈他的妻子烏蘇娜一定要把大家留住，想盡了一切辦法。她在馬孔多造了一座大房子，接待八方來客，外面來了流浪漢總是住在他們家。她還創造出糖動物的製作，開發了馬孔多的自然經濟。總之，她給馬孔多製造了歌舞昇平的景象，令人留戀。所以，梅爾加得斯對布恩蒂亞的智力開發給他帶來的還是痛苦。與此同時，他給這家庭留下了一卷羊皮手稿。這家的每一代男性都躲在房間裡研究羊皮手稿，這上面的文字根本看不懂，很難破譯，他們一直在研究、研究，直到最後的一代人，奧雷連諾・布恩蒂亞，在這家族即將告終的時候，他終於研究出羊皮手稿上寫的是什麼。寫的是像讖語一樣的話，說這個家族的第一個人被綁在大樹下，最後一個人被螞蟻吃掉。這就是這家族的歷史，是由梅爾加得斯來宣布的。我們還可以發現一件有趣的事情，最初的一代名叫布恩蒂亞和烏蘇娜，他們最怕生出長尾巴的嬰兒，有幸避免。而到了最後一代，生下長尾巴嬰兒的兩個人，一個叫阿瑪蘭塔・烏蘇娜，一個叫奧雷連諾・布恩蒂亞，第一代的名字又重現了，而終於完成了生育帶尾巴嬰兒的使命。結局其實是從開局時就決定的。這梅爾加得斯一邊促進布恩蒂亞走出命運，一邊又預言布恩蒂亞家族必將滅亡的結局。他其實是眞正介入了布恩蒂亞家族的歷史，這就是梅爾加得斯和布恩蒂亞家的關係。

還有一個介入布恩蒂亞家歷史的外人，就是皮拉・苔列娜。她爲他們家的傳續作了貢獻，關於這一點，我們已經了解了。她也是有預言能力的，她用紙牌預言，因此介入這個家庭歷史的兩個外人全都有預言能力。梅爾加得斯預言的工具是他的羊皮手稿，皮拉・苔列娜的預言工具是她的紙牌，他們兩人的預言都非常準確。

他們家另有一些外人，就是他們家的女婿們。這些人和布恩蒂亞家的聯姻最終都破產了，並且凡是和他們家女兒沾上邊，命運都很慘，他們家女兒不嫁人，只會折磨人。那個義大利技師就是如此，他本來和雷貝卡好，卻被阿瑪蘭塔撬掉，阿瑪蘭塔奪過他又拋棄他，他最後傷心而死。那個上校，也是落了個被阿瑪蘭塔始亂終棄的下場。最後的那個女孩子阿瑪蘭塔・烏蘇娜有過一次婚姻，丈夫叫做加斯東。加斯東是個開飛機的，飛機在阿瑪蘭塔·烏蘇娜就讀的修道院的女子學校上空時，看到了阿瑪蘭塔·烏蘇娜，一頭栽下來，兩人就開始戀愛了。後來，阿瑪蘭塔·烏蘇娜就把他帶到了馬孔多。一旦回到馬孔多，阿瑪蘭塔·烏蘇娜就不想走了。這家的女孩子一回到馬孔多都不想走。她以特別大的熱情建設她的家，買來各種各樣的新東西。加斯東很愛她，總是跟著她跑東跑西，而且他也很想建設馬孔多，他的願望是建立一個航空郵政服務機構，航空信件的來往，可以加強馬孔多和外面世界的接觸。他就建造了一個飛機降落場，然後到法蘭克福訂飛機。但他定購的飛機不知爲何老是運不到馬孔多，說是已經到了某個地方，又說是上船運到了另一個地方。加斯東始終在等他的飛機，每天一早起來，就是向天上看，飛機始終沒有來，他只能自己去布魯塞爾找飛機。他一走出去，就不再想回來，一去不回頭了。而阿瑪蘭塔·烏蘇娜這時也已經愛上了奧雷連諾·布恩蒂亞，他走了正好促成他們的私通。和梅梅通姦的男朋友的下場也非常糟糕。他每天晚上和梅梅在澡盆裡幽會，後來被她母親發現，她母親就布置下哨兵，一次約會的時候，被哨兵的子彈打中脊梁，他從此以後只能躺在床上。這就是外人在這個家族裡的遭遇。

故事講得差不多了，我可以開始分析。首先第一點，就是現代小說的表現方式。我們分析到現在爲止，除了《心靈史》和《九月寓言》是當代作品，都是傳統的小說。從時間上說，最近的《約翰·克利斯朵夫》也是在本世紀初，其他都在上世紀，在小說的歷史上稱得上是「古典」。當然在整個藝術史上小說就是近代的產物，而《百年孤寂》則是本世紀中期，現代史的時期。從手法上說，這部小說是我們課程中唯一的一部現代主義小說，並且稱得上是現代主義小說經典。我想大家是否已經感覺到現代小說和我們傳統意義上的現實主義小說的不一樣。我們經常聽到流傳的一些關於寫作過程的故事，像托爾斯泰寫《安娜·卡列尼娜》，本來他是不想讓安娜死的，可到後來人物自己活動起來，安娜自己選擇了死的結局。這故事的意思是，人物一旦進入一定的軌道裡，它便會根據自然合理的邏輯自己活動起來，好像它是一個有生命的眞人。他們在形貌上、心理上、動機上、邏輯上和我們現實生活中的人非常接近，俗話說的「活靈活現」。但現代小說裡的人物不是這樣的。它的人物全是事先經過抽象歸納的，有定義的。有點像我們過去所批判的說法「主題先行」。事先有個思想主題，然後爲這個思想主題策畫圖解，這個人物擔任什麼任務，這個情節又擔任什麼任務，它是圖解式的。它的人物、故事、細節，所有的發生都在事先做過周密的規畫，事先規畫得非常整齊，有嚴密的推理過程。它是經過概括和歸納的結果，每個人物都不是個別的具體的人性的人，而是普遍性的、規律性的、理性化的人。在這裡不是要它去愛、去恨，而是要他表演作家的思想，是作家思想的傀儡。他們都是意圖的象徵，意圖的替身。因此這種故事都是非常不感性的，不是感性的故事，沒有寫實的面目，它非常理性化，是經過思想的整頓的。我們以前評價某部小說，對這部小說會有很多很多種解釋。就像一朵花放在那兒，左看左的角度，右看右的角度。可這裡的圖景，是一幅裝飾畫，有很強的對稱感、圖案感，是經過抽象化處理了的，不是我們在自然裡所看到的栩栩如生的一朵花，它是已成定勢的畫面。就好像很早以前，原始人在陶器上所刻下的雷電紋、繩紋等等圖案，這標誌著原始人理性思維到達一個高度，他們不是將天上某一朵具體的雲彩如實地畫下來，而是經過大量的觀察，然後歸納成爲一幅具有代表性的圖案。現代小說也是理性的成果。它最重要的一點就是歸納，它不是具體的景象，具體的故事，它是把很多具體的情景總結了以後概括成一個情景，這情景是具有像原始人的雷電紋一樣的普遍性的意義。我覺得《百年孤寂》是一個很好的例子。這一類小說對於分析來說是很方便的，你看我可以把它畫成一張圖。而對於那一類，以前所講《復活》、《約翰・克利斯朵夫》等等，我卻很難把它總結歸納，它們是一幅幅生活的場景，這些場景看上去都是沒什麼用心的，日常化的，活靈活現如我們常說的連著土帶著露水這麼一捧東西，不是那麼容易下定義的。而現代小說非常容易分析，只要找到密碼，打開機關，便一目了然。因此往往給上課提供很好的講本。

分析的第二點，我想談談現代小說的心靈世界的景觀。我的課程是爲了證明，小說的目的是要創造一個獨立的心靈世界，現代小說心靈世界的景觀和以前的古典主義，或我們習慣所說現實主義時期小說的景觀大不相同，它們的本質越來越現實。外表的奇特性越強烈，內心越是現實，與古典小說正好走了個對面。古典小說的外殼是現實的，內心卻總是有聖光照耀。現代小說則好像不斷在往下墮落，就像一艘沉船，聖光照耀的景象是沒有了，取而代之的是地平線以下的景觀。它給我們提供的心靈世界的畫面消沉而且絕望，不再有神話的令人興奮的光采，我們常常將這命名爲世紀末的情緒，我不知該給它命名什麼，我只想知道其中的原因。

我想首先是科學技術的發展。科學技術的發展把神話變成了現實，大自然的威力和英雄主義的偉大都沒有了。比如說距離，它實際上是一個有宏偉性質的觀念，一千里，一萬里，幾百萬里，這空間如此巨大，是人力根本無法抗衡的，在空間面前你感覺到的是你的藐小，在你自覺藐小的心裡會產生英雄崇拜，英雄的觀念使我們產生了崇高神聖的美學理想。而現在情形變了，先進的交通工具，火車，飛機，以及現代的通訊手段，一下子把距離縮小了，於是，宏偉感消失了，英雄的觀念消失了，崇高美學也消失了。現代社會就是這樣一個人類掌握太多技術手段的社會，它解救了人類的現實困境。科學在提高了人類普遍能量的同時，也取消了英雄的概念。科學那麼邏輯嚴密，那麼道理分明，我們只要學習，便可掌握它，什麼都可解決，不再需要奇蹟。

第三，民主的社會將機會和權益平均分配了，大力發展了個人主義，取消了特權，民眾的聲音取消了菁英的聲音。我有一個也許是專斷的觀點，我以爲最適合創造藝術的社會是高度集權的社會，它的社會成員只有兩類人，一是貴族，一是奴隸，這兩類人都不需要參與物質的分配，前者是有特權，後者是絕對無權，因此他們才有可能避免文化的消費，而積累起精神的果實。比如中國古典文化，它是典型的象牙塔文化，它是以犧牲大多數人的文化而建設起來的高級文化。中國的文字和書面語言極其典雅，它須有極高智慧和教育才可掌握的，它的法則非常模糊，講的是悟性。所以「五四」的知識分子，高舉民主科學的旗幟，其中一項重要運動就是白話文運動，致力於使中國的文字變成大眾的文字。而當藝術從寶塔尖走下來的時候，它的聖光便漸漸消失，化爲人間的聲色。

現在人人都操縱起思想的武器，思想也進入了一個大眾的消費時代。今天這時代，關於人生的良藥，簡直多得不得了，各種各樣的哲學，都是提供你解決人生的問題的，簡直像超級市場，你缺什麼就有什麼。結果是現在的人就像藥吃多了，有抗藥性了，哪種道理都不太能說服人了。人生哲學的空間全部占滿了，已經毫無空地了，就像這世界上的人口一樣！問題和答案都有了，剩下的也許只有一個無可解決又無可避免的終極問題，就是死亡的問題。死亡的問題是任何科學都不能解決的問題，對這問題我們一點辦法都沒有，我們只可能談談如何對待而已。我們如何對待呢？我們往往是趁早退回去，退到瑣碎的日常的問題裡去，不去想它，想了沒用，就把眼光看著近處，避身在人生的細節中。這是一種很偷懶的辦法，妥協的辦法。然而退回到日常細節裡邊，就又生出一大堆雞毛蒜皮的問題，錢不夠用啊，女朋友不理我啊，股票套牢了，房子太小了，等等。不過不要緊，對付這些小問題辦法多得很，最簡單最方便最不動腦筋的就是：瀟灑走一回，把這一切事情都不當一回事，一切都是合理的，正常的，自有它的道理，不必去思索它，只有它的存在是重要的，這種所謂「後現代」觀點，簡直沒有道理可講，沒什麼高低上下，沒什麼是非黑白，人就是不講道理了。因爲再怎麼樣的差別，結局都是一樣的：死亡。什麼能是天長地久？只要曾經擁有。於是，死亡的問題，終究還是靠死亡自己來解決了。這時候，我們已經比所有的哲學家更聰明了，他們給我們的武器我們掌握得很好，已經可以一下子把他們打倒了，我們已經不需要他們了。在這所有問題都迎刃而解的前景之後，其實是極大的虛無。

而這些現代小說家，是要比大眾更深地陷入這虛無境地的，如同在任何問題上都要超前一樣，他們在虛無上也更要超前。如果說，古典主義的作家是在地平線上空創造輝煌境界，現代主義作家則轉了個向，在地平線下方開拓黑暗的深淵。我們很難指望他們給我們提供一些更美好的圖畫。

在科學與民主的日益進步下，這個世界也安排得越來越合理了，譬如說種族問題、民族問題。民族實際上是人類情感的源泉，中國人有句俗話：老鄉見老鄉，兩眼淚汪汪。民族是情感的源泉，它和家園、血緣、生命的概念聯繫在一起。但人類走到今天已經明白了，民族是脆弱的，必須要組織起來，成為國家。否則，國家就不那麼可愛了，沒什麼情感了，它是一種機器性的東西。但我們心裡非常明白，人現在都很服理了，我們要強盛，要生存，必須建立和建設健全的國家。我們必須承認現實，國家的現實應該講是非常合理，非常科學的，可人在這種現實面前幾乎是沒什麼感情空間。因此在這種情景下，小說家，尤其是藝術家，他們面對著一個不如人意的現實，那就是嚴格固定好每個人的位置。在這樣一個井然有序，規矩森嚴，幾乎無縫可鑽的世界，他們怎樣建設他們的心靈世界呢？往往是：回到自然！

「回到自然」已成為二十世紀一個大主題了，遍及美術、音樂、文學、戲劇，是一個大主題。似乎我們所能看到的最好的景觀就是自然的景觀了，這是大部分作家在做的事，包括我們中國當代的尋根文學運動，最好的東西就是自然。於是就發生了一個有趣的情形，我們古典的作品，大家看得很清楚，比如希臘神話裡，它所創造的人物全都是征服自然的，是反自然的。

而今天我們的藝術作品則是回到自然，又走了個反向。但是我以為最好的藝術家也是最苦悶的藝術家，他們非常知道回到自然也不是出路，依然無從建設心靈世界，困難其實還是那些，還是創造力的問題，回到哪裡去也不行。他們非常知道「回歸自然」這種理想的欺騙性，這種理想有點像頭痛醫頭，腳痛醫腳，只是應付眼前。然而，在這樣一個結構嚴謹的世界中開闢一個精神的空間，眞是很困難。空間全被占領了，我們擠不出空地了。所以這個時代最好的藝術家，往往只能以取消為結果，結果是沒有，喪失，什麼都喪失掉。

我覺得《百年孤寂》就是這樣一個世界。《百年孤寂》不是在造房子，它是在拆房子，但絕不是像所謂「後現代」那樣一下推倒算數，不講任何道理，它拆房子很有道理，有次序，有邏輯，一塊磚一塊磚拆給你看。當它拆下來以後你才看到這房子的遺蹟。

我們現在再做一件事：用一句話來描述一下《百年孤寂》，這句話很難說，我想這是不是一個生命的運動的景象，但這運動是以什麼為結局的呢？自我消亡。因此馬奎斯在拆房子，拆的同時建立了一座房子，但這是一所虛空的房子，以小說的形式而存在。

現在，話回到《百年孤寂》，關於《百年孤寂》的一句話定義也基本上出來了。這句話定義就是，一個生命的運動景象，這景象是以自我消亡為結局。這就是馬奎斯的心靈世界，這比托爾斯泰的、羅曼・羅蘭的、雨果的心靈世界要低沉得多。我現在建議大家再去讀一本書，這本書叫《精靈之屋》，是一個智利女作家寫的，叫伊莎貝爾・阿言德。這作家在七〇年代初期出現，對她的評價非常之高，稱之為「穿裙子的馬奎斯」。我覺得如果你們看了這本書，再來對照馬奎斯的《百年孤寂》，就會發現《百年孤寂》在現代小說中的不同一般，它在現實世界之中陷得如此之深，卻依然掙脫著成爲一個獨立的存在。

伊莎貝爾・阿言德有一個特殊的政治背景，她的叔父是智利著名的社會黨總統，叫薩爾瓦多・阿言德，是在一九七三年智利政變中壯烈犧牲的。這個伊莎貝爾・阿言德的《精靈之屋》其實是在寫他們的家史。你們看過之後會發現這是給一個特殊家族在一個特殊時期裡的眞實寫照，生動可信地記錄了它在風雲激蕩的政治鬥爭中的血緣傳續，愛情悲歡，聚散離合，所謂的「魔幻」性質只是整部小說的一種裝飾和氣氛。而馬奎斯的《百年孤寂》卻是具有著極大的概括力，它含有一種可應用於各種情景之下的內涵，它的「魔幻」性質擔負著給這個獨立的心靈世界命名的意義，這是有著很大區別的。

然後我要像以前一樣談現實世界和這個心靈世界的關係問題。對於這本《百年孤寂》，人們已成定論的總是這麼句話：從小鎭馬孔多的建立、發展直到毀滅的百年歷程中，活靈活現地反映了拉丁美洲的興衰歷史。這句話已經可以背得出來了，大家都知道《百年孤寂》是寫這個的。我想告訴大家的是：我絕對沒有否定它反映拉丁美洲的歷史的這種說法，它可能，它一定也是寫拉丁美洲的歷史，但事實上我們從分析中已經看到它可應用於很多種情況，從宏觀上講，可以是整個人類、整個世界，甚至宇宙的運動；從微觀來講，也可以是一個微生物、一個細胞的生和滅的過程。如果我們承認這一點，就承認了它的獨立存在價値了。《精靈之屋》是用一個特殊家族的歷史和命運，反映了智利的歷史和命運，典型地、如實地、具體地寫了智利從五〇年代到七〇年代的遭遇。可《百年孤寂》完全不是這麼回事。你可以找到很多細節說這是象徵著拉丁美洲哪一段時期，你可以這麼說。我相信作者確實用了拉美的歷史作了材料，可他最後呈現在我們面前的世界卻是個獨立的世界。我甚至可以說：即便拉丁美洲消失了，可它還在。它已完全可以脫離拉丁美洲的現實而存在。

我想我們可能對拉丁美洲的歷史不怎麼了解，可我們可以了解《百年孤寂》。它是以怎樣的手法去做這事情呢，說起來很簡單，其實就是個提煉和概括。這個過程幾乎可稱得上是科學的，非常具有操作性，這也就是我剛才所講現代小說的一個特徵。現代小說非常具有操作性，是一個科學性過程，它把現實整理，歸納，抽象出來，然後找到最具有表現力的情節再組成一個世界。這些工作完全由創作者的理性做成，完全由理性操作，因此現代小說最大特徵是理性主義。它和以前古典小說不同的地方就是它不那麼感情和感性，情感的力量不那麼強，但它有理性的力量。

這就是對這部小說我要說的。而它的致命的，改變了二十世紀藝術景觀的缺陷也在此，它終究難以擺脫現實的羈絆。從這點說來，現代主義小說本質上是不獨立的。這也是我對現代藝術感到失望的地方，它使我感到，我們已經走入了死胡同，應當勇敢地掉過頭，去尋找新的出路。

第十堂課

在《紅樓夢》的前台，
人物關係和情節關係均呈自然經營的狀態。
在「太虛幻境」的幕後主宰之下，
自然狀態則顯現選擇的意義和作爲。
這個虛幻的後景，
集合了前景孤立而瑣碎的細節，
終與日常生活有了區別。

今天我們講《紅樓夢》。

它有著極高的寫實成就，在寫實的層面上，它幾乎使我們看不見作家的存在，好像這就是生活本來面目的顯現，眞可稱得上「天衣無縫」。它似乎不是一個寫作者片面的、主觀的、帶有個人局限性的描寫，而是一個天然的場景。你看到一些東西，也看不到一些東西，有一些是蛛絲馬跡，有一些是雲裡霧裡。應該藏的藏，應該露的露，應該有的有，應該沒的沒。它留下了那麼多的懸案，就像眞實的生活。人們研究它，不像是研究一個虛構的作品，而是在研究一個社會的一段歷史。

《紅樓夢》就是給我們這麼一種強烈的印象。多少年來多少學科都在研究《紅樓夢》，公說公有理，婆說婆有理。因此可見它在寫實上可說是嚴絲合縫，特別密實，針插不入，水潑不進。這種情形使得分析工作特別困難，因爲特別容易將現實和虛構混淆起來，難以看清它作爲一部小說的獨立的景觀。它的創作者有著極深的涉世經驗，才可能使其現實性達到這樣一種程度。它看起來是那麼日常，甚至有些瑣碎，可能會使有些讀者感到不耐煩。那些起居的細節，小兒女的心思，倫常的禮數，客來客去。而在這些日常小事中，若仔細琢磨，會發現包含了很深的涉世經驗，而涉世經驗裡包含的則是文化內容。我用兩個字形容它，就是「世故」。

它世故極深，舉幾個例子：黛玉剛進榮國府時，鳳姐看到黛玉，說了一段很恭維的話，意思是：呀，這個妹妹眞是出息的好，這麼漂亮，這麼出眾，看起來不像是老太太的外孫女兒，倒像是嫡親孫女兒。這句話是很有意思的一句話。上海曾經搞過一部越劇電視劇，它把這段話編成一段唱詞，意思是這個妹妹這麼不同尋常，不像老太太的外孫女兒，卻像是九天仙女下凡來。它也是恭維，可是恭維錯了對象，這就犯了大錯誤。爲什麼鳳姐要說，不像是老太太的外孫女兒，倒像是嫡親孫女兒呢？因爲外孫女兒是外系的，孫女兒是老太太的直系，鳳姐說的話表面是恭維林黛玉，內裡則是恭維老太太的。所以才說鳳姐會說話嘛。這種細節比比皆是，還有，紫鵑有一次試探寶玉說，我們林家人終究是要回林家的祖籍，早晚要走的，於是寶玉大發作，又是病，又是鬧，怎麼也不讓林黛玉走，這局面是相當難堪的，誰都能窺察出一些有違綱紀的隱衷。而這時候賈母亦已經對林黛玉不怎麼感興趣了，她把興趣轉移到寶釵身上了。當時的情景非常狼狽，這時薛姨媽，即薛寶釵的母親，她的勸慰就極其得體，把這個尷尬的局面糊過去了。她的話大意是：他們兩個人從小一起長大，突然地一下子要分手，別說是他這麼個傻孩子，實心眼的，就是我們大人都受不了。她這幾句話，是很給賈母面子的，給了個大大的台階下。爲什麼林黛玉始終是那麼彆扭，又要探賈寶玉的口徑，又不讓他把話說明，賈寶玉一旦把眞情表露出來，林黛玉就覺得受了冒犯，大生其氣，這是什麼道理呢？這就是中國女性的尊嚴。即便是對賈寶玉這樣視女兒爲尊貴，視男人爲糞土的人，林黛玉也不得不防著一手。倘若她認可了她對賈寶玉的私情，她的價値就會一落千丈，所以她特別不能容忍賈寶玉向她吐露情感，將其視作輕薄，而內心又非常迫切得到愛情的保證，心情便非常複雜。

多年前，吳祖緗先生給我們說《紅樓夢》，他非常痛恨越劇電影《紅樓夢》，不知同學看過沒有，他說原作裡有一個關鍵的情節，順序被改編者弄顚倒了，這一顚倒不要緊，整個意思就都錯了。那就是寶玉爲了戲子蔣玉涵挨了父親的打，挨打之後，黛玉去看望他，很是傷心，黛玉就說了一句話：「你就改了吧。」寶玉回答說：「妹妹你放心，爲了這些人，縱是死我都甘心的。」吳祖緗先生認爲這話實際上是寶玉的一次眞正的袒露心跡，話中的「這些人」說的是蔣玉涵之流，指的卻是包括與林黛玉的兒女私情在內的叛逆性情感，這話林黛玉也聽懂了，認可了，從此之後便平靜下來，再也沒有鬧過彆扭。而在越劇《紅樓夢》裡，這個探病的情節，卻被安排到前面去了，於是在賈寶玉說過此話之後，又發生了他們吵嘴的過節。吳先生認爲這是大大地把曹雪芹誤解了，同時也大大地缺乏對中國倫理文化的常識。這就是它的寫實情節的嚴格和縝密，不會有一絲一毫的疏漏，有著對中國歷史社會深刻的解釋和經驗。也正是因爲《紅樓夢》的寫實的層面是這麼嚴絲合縫，毫無漏洞，栩栩如生，它便使我們忽略了一件重要的事情，那就是我們忽略了這部作品的主觀世界。

長期以來，曹雪芹在我們頭腦裡一直是一個非常矛盾的形象，一方面他是一個唯心主義者，另外一方面他又是一個唯物主義者。他從他的唯心主義出發，卻因他對社會的深刻認識，走上了批判現實主義道路，最終以唯物主義爲歸宿。但是因爲他主觀上，自我的意識是一個唯心主義者，因此他自己也永遠不能了解他在批判現實主義道路上走了多麼深多麼遠，他是不自覺的唯物主義者。我們就是這麼解釋曹雪芹，否則我們怎麼來解釋《紅樓夢》，怎麼來解釋它的現實和虛無共存一體。我們只得把這個矛盾推到曹雪芹身上，認定他是一個矛盾體，是一個唯心主義和唯物主義結合的，虛無主義和現實主義結合的矛盾體，我們把責任推到他身上，用局限性來解釋這個作品中的矛盾現象，這樣就可能要我們所要的，不要我們所不要的。但其實我們就將一個完整的作品分裂了，結果是損失了我們的獲得。

我有一種好奇心，我覺得好的作品，它就像一座大房子，裡面房間再多，像迷陣一樣，但它的線索卻是簡單的。我們只要找到一扇主要的門，這扇門一旦打開，我們就會非常順利地走遍它所有的房間，並且發現所有的房間其實都是連成一體的。假如我們找到的不是一扇主門，只是一扇邊門旁門的話，那我們就只能把一部分房間走通，或把樓上的房間走通，或把樓下房間走通，或把左側的走通，或把右側的走通，而不可能把所有房間都那麼一氣呵成地、那麼不重複、不往返地走通。所以當我面對一部巨大的作品，當我意識到它是一部巨作時，我特別想找到一扇門，我要把它們全部走通。

現在，在我面前，《紅樓夢》是怎樣一所房子，它的門在什麼地方，這是特別引起我興趣的事情，我們應該嘗試去把它走通一下。這工作非常難，當我想做這件事，想走通《紅樓夢》這本大書的時候，我一走，就走到寫實的層面上來，而不得不棄下那一個虛無的層面。但我們不妨這麼試著走走看，如果走不通我們再換條路，我們暫且走點彎路，不要急，相信不會白花工夫。所有的作品基本上都是由兩種關係構成，一種是橫向的關係，就是人物的關係，還有一種是縱向的關係，即情節縱深發展的關係，我們先從這兩個關係上看看《紅樓夢》是怎麼樣一部作品。

我想從橫向關係上來講，基本上的人物關係是建立在一個家族關係上的，我們可大體上把這家族排列一下。賈家分寧國公和榮國公兩系，寧國府榮國府相隔一條街而立。寧國公的一系是賈演，賈代化，然後是賈敷和賈敬，接下來是賈敬的兒子賈珍，下來再是賈榮。榮國公一系是賈源，這一代都是以三點水爲偏旁的名字，接下來是賈代善代字輩的，再接下來這邊是賈赦和賈政，賈赦的兒子是賈璉，賈政的大兒子賈珠早夭了，小兒子就是賈寶玉。這兩大系，還包括有他們各自的姊妹妻妾女兒。故事主要展開在榮國府裡，因此這一系人物更繁多了。榮國府一系還派生出了三個小系，一個是賈代善之妻史太君，即賈母的娘家，史家也是個望族，史湘雲就是她們史家的孩子；還有一個派系是王夫人娘家，即王子滕家，王家是做官的，王熙鳳就是王家的女兒，王家和賈家可說是親上作親；再有一系則是薛家，薛姨媽是王夫人的妹妹，是個商賈之家，算得上是新生資產階級，薛家有一子一女，即薛蟠和薛寶釵。除了這些家族關係之外，另外還有兩大類人是圍繞周圍的，一類是僕傭、丫環、奶媽、小廝、帳房一大批，一類是賈家的朋友、世交。基本就是這些人物。從這些人物的關係我們能看到一個什麼狀態呢？這是以家族關係爲主的，家族關係是個自然關係，不是情節組織的關係，也可說是一個先天的關係。就是說他們爲什麼在一起，因爲他們是一家人，沒有別的原因，只是這個很簡單的原因。

在這個家族的先天的關係之上，也產生了一些後天的選擇的關係，比如寶玉、黛玉、寶釵的婚戀關係，他們三人組成了一個故事的關係，這就是選擇的關係。還有尤二姐，尤三姐，秦可卿的故事，但是這些故事，在書中都不是左右全局的地位。戲曲，連環畫，那些演義型的《紅樓夢》裡，寶黛釵三人的關係總是主要的關係，也有單寫二尤的。但事實上當我們看原作的時候，發現這些故事所占篇幅都不多，零散在各處，彼此間也沒什麼關係，幾乎都是分道揚鑣，自己管自己在活動，沒有很緊密的聯繫。我現在就是要找一個使它們聯繫在一起的一個東西，它們爲什麼要存在於一體的一個理由。

人物關係看來很自然，是先天的關係。再來看情節縱向發展的關係，是由什麼在推動情節的發展呢？我們稍稍列舉一點段落，比如黛玉進府以後的一段情節。黛玉從船上下來，上岸，進賈府，先見祖母，再見舅母王夫人，迎春、探春、惜春三姊妹，然後大家聊些閒話，互問吃些什麼藥之類的事情，鳳姐就進門了，人還沒到，聲音先到，進門就哭，哭過就說，再吃茶點；然後大家再去看舅舅，到了舅舅住處，舅舅說我看到外甥女兒，不免就要想起死去的妹妹；彼此都難過，暫且就不見了吧，於是打道回府，吃飯；吃完飯又談會兒讀書的事，寶玉就來了，這才有點事故興起來：寶玉摔了玉，他說這麼好的妹妹沒有玉，那我要這玉幹什麼，然後大家哄他，又好了；終於散了，晚上黛玉就一個人在房間裡傷心，她想我第一天來就惹出這樣的事，多不好，襲人，寶玉的大丫頭就勸，你剛來，這點事情就哭，那以後哭的日子還多著呢，這個爺們很古怪的，常常會做出不可思議的舉動的，勸畢，一天總算結束。第二天黛玉又見過賈母，又向舅母請安，去請安時見到王夫人和鳳姐正好在看南京的來信，就是王夫人娘家的來信，信中提到薛蟠，即薛夫人的兒子的案子，話題便轉到案子上。你看它的情節是順時間的順序，自然地發展。

因此《紅樓夢》的人物關係和情節關係都體現出一種自然經營的狀態，一個是家族的關係，一個是時間的順序，空間和時間都是自然性的。這麼些人在一起，做了這麼些事情，我們所看到的理由就是他們是一家人，他們在同一個時間順序上，除此之外似乎沒有更必要的理由了。這就是我面前展開的《紅樓夢》的寫實層面上的圖畫。

然而這能不能說服我們呢？在這個寫實的領域裡，我們並沒有找到一個特別有力的東西，能夠把所有的人物、細節、情節都一網打盡，我們所能看到的人物關係和情節發展，都只是一些孤立的人和事。當然這些人和事寫得很有文化內涵。可是我們必須找到一種邏輯的力量，這力量必須能把所有的人、事一網打盡，一網打盡也就意味著我們找到了這扇門，進入了這個大房子。所以我覺得有必要從頭來看這本書。

我們讀《紅樓夢》，時常能感到它向我們透露一些隱祕的信息。我們是否做過一些工作，把這些隱祕的信息串聯起來，看看這些隱祕的信息能夠組成一個怎樣的世界？在這個寫實的世界之後是否還有著另外的一個世界，這兩個世界是否有著一些關係？我們可以試著做這件事。

當我們從頭來看這本書時，會發現這本書的寫法非常像現代小說中的「元小說」的手法。就是說它一邊進行著故事，一邊交代這故事形成的原委和過程。於是我們便讀到了一個故事的故事，也就是小說的小說。它明確告訴你這是一個創造物，這是一個小說。我想起有些小說裡會有這種句子，我看到就好笑，什麼句子呢？譬如說要形容一件很戲劇性的事情，便說哎呀，這簡直太像小說了！這眞是此地無銀三百兩，它本來就是小說嘛。還有一種現代戲劇，演員從台上下來，走到觀眾席裡去表演，似乎想告訴你這不是戲劇，而是眞實。其實他走到哪裡，都改變不了戲劇的非眞實的本質。這些都是掩耳盜鈴的把戲。「元小說」則首先告訴你一個事實：這是一個創造物，是一個人爲的做出來的東西。

《紅樓夢》是怎麼做出來的呢？這就是小說開首第一回的內容。說是有一個地方叫大荒山無稽崖，女媧爲了補天，在這裡煉了很多石頭，高十二丈，寬二十四丈寬的大石頭，共有三萬六千五百零一塊，補好天，最後還剩下一塊石頭，留在大荒山無稽崖底下。這塊石頭很傷心，說是我沒有才能，否則爲什麼別人都去補天，獨剩我在這兒。有一天當它又在那兒自嘆自傷心時，走過來一個和尚和一個道士，這兩人在石頭邊坐下來，大談山海經，談到很多神仙怪事，雲天霧海的，又談到許多塵世間的榮華富貴，情愛故事。石頭聽了之後便說道，我在這大荒山無稽崖底下太寂寞了，聽你們這麼說，紅塵之中眞是很好，又富貴又溫柔，你們兩位仙人能否帶我去走一趟。和尚和道士就勸它說，這紅塵中確有快樂，但總是美中不足，好事多磨，沒有一件事是能夠順順利利來的，很是折磨和煎熬，而且瞬息之間，又樂極生悲，人非物換，你忙了半天，又苦又累，又傷心又難過，到頭來卻是竹籃打水一場空，到最後你還是在這兒做塊石頭，所以這過程還不如免了，何必去受這場罪呢。這石頭則苦苦求他倆，說情願受苦，也要去嘗嘗味道，在這兒太沒意思了，我聽你們說得這麼有趣，我願不惜代價地去嘗試一下。和尚說，你這眞是無中生有，無事生非。但它還是一逕地請求，無奈之下，和尚和道人只得同意，卻要先立規矩，把話說在前頭。他們自然會施法保佑它和幫助它的，然而紅塵中的事情都是有定數的，當劫數已盡，就該恢復本性，他們只能幫它一世，等到塵緣了盡，就要當斷立斷，回頭是岸，這些都要事先講好，他們也不是佛法無邊的。這石頭只要肯帶它下凡去，什麼都肯答應。於是僧道二人就把石頭變變變，變成扇墜這麼小，揣在口袋裡走了。石頭在口袋裡問你們要帶我去哪裡呢？和尚說去了自然就知道。然後又過了幾劫幾世，那可是很多很多日子，不是以百年千年萬年計算的了。這時，有一個空空道人，又從這大荒山無稽崖邊的青埂峰底下經過，看到那裡有塊大石頭，石上有著很多字跡，寫的是此石頭無才補天，然後墮入塵世，悲歡離合的一段故事。這裡有一大段，很有意思，是寫空空道人和石頭討論它所經歷的故事。空空道人說你這段故事實在太平淡了，塵世間有很多悲歡離合，起伏跌宕的事情，相比之下你這些事情就沒什麼意思了。石頭說不見得，它說我也不是不知道世間所流傳的話本、傳奇，無非那麼幾種俗套，一種是淫，教男男女女怎麼苟合，另外一種是教人怎麼欺人騙人，官場上怎麼沉浮，也就是我們所說的言情小說和黑幕小說吧。石頭說這些都是瞎編出來的，而我在塵世中所親身經歷的那一段事情，你別看他們只是吃飯、睡覺、喝喝酒、做做詩，優哉游哉的，其實倒別有一種情趣。空空道人又說你這段故事也沒有年月日的，到底算哪朝哪代呢？這石頭就又發表了一段見解，說年月日都是次要的，天下萬事其實只有一理，哪個年代都是這一理。空空道人一聽，覺得這話挺有道理，就把這故事抄下來，昭示天下。

故事是以這兩個人物開頭的，一個叫甄士隱，一個叫賈雨村。前者其實是眞事隱，後者則爲假語村。這已成爲定論，大家都知道，我也願意接受：這是個諧音。故事發生在蘇州，蘇州有個閶門，閶門外有個十里街，街裡有個仁清巷，巷裡有個古廟，叫葫蘆廟。廟旁邊住了一戶鄉宦人家，主人就叫甄士隱。有天中午甄士隱看書看乏了，不知覺打了個盹，做了個夢，夢中看到遠處走來一個和尚，一個道士，道士問和尚說：你帶了這個蠢東西去什麼地方呢？和尚回答他說：如今正好有段風流公案要了結，這群風流寃家到現在還沒投胎入世，我準備將這蠢東西夾在裡面，讓它投胎去，去經歷經歷。道士說，我不曉得原來近日內風流寃孽又要造劫哩，就是說又要生事，生出風波的意思。和尚就和他細說了些緣由，爲什麼這些寃家要投胎？是一段什麼風流公案？原來在三生石畔，有一株絳珠草，有一個神瑛侍者，赤暇宮的一個仙人，他天天用甘露去灌溉這株仙草。這絳珠草聽說神瑛侍者準備下凡，已經在警幻仙子處掛號報到了。絳珠仙子正在發愁怎樣還他的甘露之恩，現在就有了主張，心想他下凡我也跟他下凡去，用我的眼淚還他的甘露，於是便幻化爲一個女身，也去警幻仙子處報到了。甄士隱聽到這話，便走過去，說非常想看看你們所說的蠢物是什麼。那和尚拿出來朝他晃了一眼，見是塊玉石，晶瑩剔透的，上面寫「通靈寶玉」四字。甄士隱還想再仔細看，和尚卻一把收起就跑。他追上前去，看到他們走向一個大門樓，上面寫著「太虛幻境」四個字，他們逕直走了進去。他正要追過去，卻一下子夢醒過來。

醒來之後，夢中的情景也就想不太起來了。但事實上他已窺到了天機，人說天機不可洩露，而他卻窺到了端底。因此說他這人是有慧根，有佛緣的。至此，他在塵世中便屢遭不幸，一連串的打擊接踵而來。首先發生的禍事，是他中年才得的女兒英蓮被人拐賣了，然後房子被一把火燒光，他只得回鄉，又碰到災荒連連，無奈中去投奔岳父，岳父則把他委託買房的錢款扣下，最後是又老又病，貧困交加，不由心灰意懶。他深感萬事皆空，好沒意思。有一天他在路旁坐著，無聊之極，見路上走來一個道士，唱著一支《好了歌》，意思是說什麼都是好，可什麼又都是了。他聽著似懂非懂，就對道士說你這歌很有意思，但我聽不真切，聽來聽去就是一個「好」，一個「了」。道士說倘若你能聽出這兩字，說明你還行，還是有點佛緣的。甄士隱一聽這話站起來跟著他就走，一去不回頭，入了空門。

再回過頭去說賈雨村，說起來也算個世家，可無奈家道中落，人口衰退，最後只剩他孤家寡人一個。進京趕考，因盤纏不夠，滯留途中，借了蘇州閶門十里街仁清巷內的葫蘆廟住下來，寫點字，畫點畫賣了度日，日子過得非常淒慘寂寞。住在葫蘆廟附近的甄士隱，有時就把他叫到家裡來，和他喝酒，聊天。彼此都是讀書人，聊點詩文什麼的，還挺投機。有一天賈雨村在甄士隱的書房裡看見一個丫頭，這丫頭也是好奇，回頭看了他兩眼。這兩眼可不得了，不由他激動萬分，心想自己潦倒到這一地步，還有女人來看他，可見自己還行，一下子就有了自信心。心情也好起來了。在一個中秋的晚上，他和甄士隱賞月喝酒，作詩作文，他寫的詩都是胸懷大志的氣概，甄士隱便覺此人不凡，有心幫他一把，就說你是個有才能也有志向的人，這樣吧，我來資助你進京趕考。從此賈雨村時來運轉，他進京趕考，一舉中了進士，當了官。可是此人命多乖蹇，不久又犯了事，被貶了官職，乾脆做一名遊士，四方遊歷，或給人做塾師，就是當家庭教師。後來到了南方一戶官府人家教他家女兒，就是林黛玉。不久他的案子又平反了，官復原職，要去京城上任，正好林黛玉的母親死了，父親決定讓林黛玉去京城她外婆家，於是便託賈雨村護送，一路進了賈府。

開頭這一段發生的兩件事是很有用意的，一邊是這個叫甄士隱的人識破了玄機，離開紅塵，遁入空門，於是「眞事隱」。另一邊是那個名爲賈雨村的人，走進了賈府，這個紅塵世界，「假語村」則開了張。在這第一回裡，一個在幕後作好了準備，眞事隱進了空門，只流露出一點信息；一個是邁入了富貴溫柔之鄉的賈府，塵世便拉開了帷幕，前台的戲要開場了。

隱入了幕後的「眞事」，其實主宰著前台故事的進行，是通過一些神祕事情而透露出來的。就像僧道兩人事先對石頭的承諾：我將你放至人間，我會不斷施法保護和監督你。這保護和監督是體現在什麼時候和地方的呢？我想有這麼一些値得注意的情節。一是第五回：「遊幻境指迷十二釵，飲仙醪曲演紅樓夢」。這天寶玉到寧國府來玩，喝多了酒，被賈蓉的媳婦秦氏安排在自己房內午睡。秦氏名叫秦可卿，要論輩份是寶玉的侄媳婦，這麼安排是有些不妥，但就如秦可卿說的，「他能有多大呢，就忌諱這些個！」於是便不忌諱了。寶玉也很滿意秦可卿的房間，因爲房間的布置有著一種豔情的氣氛，照現代用語說也就是性感的氣氛。寶玉在這裡做了一個奇異的夢。夢中他隨了一個酷似秦可卿的女子去到一處人跡稀少、飛塵不到的地方，心裡很覺歡喜，想「這個去處有趣，我就在這裡過一生，縱然失了家也願意，強如天天被父母師傅打呢。」然後就有歌聲傳來，是啓發他的意思，唱的是「春夢隨雲散，飛花逐水流；寄言眾兒女，何必覓閒愁。」意思是很明顯的。但寶玉並不覺得什麼，只是心曠神怡，十分自在。歌還沒有落音，便走出一個仙姑，自我介紹是太虛幻境的警幻仙姑，專門掌管塵世中的兒女之情，現在就是來視察的，並且指出她和寶玉的相遇不是偶然，而是受了某種指示。接著就帶寶玉四下裡去遊玩。她帶他走入太虛幻境，進到一座宮殿，宮內有許多配殿，掛著許多匾額，有「痴情司」、「結怨司」、「朝啼司」、「夜怨司」等等。警幻仙姑帶他進了「薄命司」，讓他看冊子，冊子的每一頁上都是一幅畫配一首詩，暗示著賈府裡女子的命運，結局大都是不幸。寶玉看了似有觸動，卻並不理解內中涵義，警幻仙姑只得作罷，帶他走出，去另一處聽新製《紅樓夢》十二支曲子。歌詞大意都是表達情感愛怨的無奈和無果，再怎麼也是水中月，鏡中花，到頭一場空，還不如趁早抽身退步。寶玉聽了只覺得聲韻淒惋，還是聽不出個名堂，一片茫然。警幻仙子只得拿出最後一著，那就是讓寶玉親身經歷一場性事，於是便把他引入一間繡閣，許配他一名叫可卿的仙姑。意思是「仙閨幻境之風光尚如此，何況塵境之情景哉」。讓他曉得，情愛到了頭也不過如此，再是快樂也擋不住時間的轉眼即逝，有還不如沒有，毋需傷感。但寶玉依然不覺悟，反是「柔情繾綣」、「難解難分」，和可卿仙姑攜手出遊，幾乎誤入迷徑，被警幻仙姑大喝「作速回頭要緊」。就此結束了這個具有啓迪意義的白日夢，可說是無功而返。這其實是一次「回家」，從「假語村」回到「眞事隱」的經歷，也可說是那僧道兩人對他塵世遊歷的一個提醒，以免他陷得太深，受苦太多。可惜沒有成功，也是他塵緣未了，還須閱歷一番。

在這個家族中，還有一人也受到過來自幕後的啓迪，那就是王熙鳳。如先前和尚所說，是有一夥風流冤家一同下凡，石頭是夾帶其間，它充當了個情種，也可說是個情聖。王熙鳳也是個其中的尖子，她是在權勢上的拔尖，代表著另一派的，所以也是配受「太虛幻境」啓迪和照應，並且聆聽幾句「眞事」的。那是在第十三回，「秦可卿死封龍禁尉，王熙鳳協理寧國府」。這一晚，鳳姐在睡夢中，恍惚見到秦可卿進來，向她告別，說要走了，卻有一件心事未了，和別人說是沒用的，只有和嬸子鳳姐說。她說，「嬸嬸，你是個脂粉隊裡的英雄，連那些束帶頂冠的男子也不能過你，你如何連兩句俗語也不曉得？常言『月滿則虧，水滿則溢』；又道是『登高必跌重』。如今我們家赫赫揚揚，已將百載，一日倘或樂極生悲，若應了那句『樹倒猢猻散』的俗語，豈不虛稱了一世的詩書舊族了！」王熙鳳聽了覺得大有道理，便問怎麼才能永保無虞。秦可卿則冷笑了，說「否極泰來，榮辱自古周而復始，豈人力能可保常的。」然而卻是可做一點補救的，那就是在盛時籌畫下衰時的家業，即「豐年不忘災年」的意思吧。然後她就向王熙鳳提了兩條意見，也就是指出她管理上的兩個漏洞：一是沒有固定的祭祀祖宗的錢糧，二是沒有固定的開辦家塾的錢糧。這兩項支出沒有列入財政開支計畫，是大大的失誤。祭祀上的費用可置辦地產房舍，這是可以永保的，因爲將來即便遭到罪貶，凡物都要充公，這祭祀產業卻是不充公的，其時，子孫回家也可務農讀書。而辦家塾這一條則重在抓教育，確保書香門第的根基。有意思的是，秦可卿對王熙鳳交了這盛極則衰的底，又指出激流勇退的路之後，還告訴王熙鳳說很快就會有件喜事，指的其實是元妃省親。所以這就說明賈家的上坡路還沒走到頭，王熙鳳還大有用武之地。同第五回的結果一樣，事情還早著呢，溫柔和富貴還有著享用，所以也還不到覺悟的時候。

到此，我們似乎可看到，太虛幻境的使者是以秦可卿來擔任的，她來啓迪過兩個人，賈寶玉和王熙鳳。對前者的教育是情愛的無意義，後者則是榮華富貴的不長久。無奈這兩人都在興頭上，怎麼也不開竅，一味地我行我素，以至招來暗算。其實這也是一次斬斷塵根的機會，可到底兩人劫數未盡，又中途返回。那就是第二十五回，「魘魔法姊弟逢五鬼，紅樓夢通靈遇雙眞」。

事情是這樣的。王夫人讓賈環替她抄《金剛咒》，這個賈環是賈政的小老婆趙姨娘生的，本來就低人一等，生性又委瑣，很不招人喜歡，被人輕視慣了，此時受到王夫人重用，好比領了聖旨，十分張揚。他命人點燈、倒茶、剪蠟燭花，又責備人擋了他的亮，很惹人煩。只有一個丫頭，叫彩霞的，同他要好，還聽他的，也教他些做人識相的道理。然後呢，鳳姐和寶玉來了，寶玉一來就上炕，滾來滾去地撒嬌，非讓彩霞拍他睡覺。賈環見他受寵的樣子自然心生妒意，再見他去招惹彩霞，更來氣了，便裝作失手，將蠟燈推翻，蠟油兜頭澆在寶玉臉上，燙得不輕。這可闖了大禍，王熙鳳罵了賈環，又罵趙姨娘不教導兒子，這話提醒了王夫人，立即把趙姨娘叫來訓了一頓。這天恰巧有一個馬道婆進賈府來請安，這馬道婆是個窮道姑，是寶玉的乾娘。富家孩子認窮乾親，是爲了好養。馬道婆看了寶玉，又各處走了走，最後來到趙姨娘房內。趙姨娘正憋了一肚子的氣，見了馬道婆，不由向她大嘆苦經，並且賄賂馬道婆，讓她施魔法暗害賈寶玉和王熙鳳這兩個寵兒。然後馬道婆就施展開了，剪了兩個紙人，各寫上那兩人的年庚八字，再各合上五個紙剪的鬼，讓掖在各自的床上，她再回家去作法。不幾天，那兩人就大發作了，先是發瘋，接著昏迷，然後就人事不省。百般問醫求藥，求神拜佛，沒一點效果，最後連氣都快沒了。正在這千鈞一髮之時，卻聽有隱隱的木魚聲，也是病急亂投醫，趕緊請進來，見是一個癩頭和尚和一個跛足道人。那道人對賈政說：「你家現有稀世奇珍，如何還問我們有符水？」賈政聽這話心裡不由一動，想到寶玉的那塊玉，那和尚就讓他把玉取來，說是持頌持頌興許能好。玉取來了，和尚放在掌上，長嘆道：「青埂峰一別，展眼已過十三載矣！人世光陰，如此迅速，塵緣滿日，若似彈指！可羨你當時的那段好處——天不拘兮地不羈，心頭無喜也無悲，卻因鍛煉通靈後，便向人間覓是非。可嘆你今日這番經歷——粉漬脂痕污寶光，綺櫳晝夜困鴛鴦，沉酣一夢終須醒，冤孽償清好散場！」三十三天後，兩人便痊癒了，再接著在塵間闖蕩。從這段情節來看，我們可了解那僧道二人確實履行了關照那石頭的諾言，同時也表示了它在人間的閱歷還沒完。

現在，我們是否可以確定以下幾點：一、在賈府上演的人間戲劇幕後的那個所謂「眞事隱」的神仙世界，是以「太虛幻境」命名的。二、太虛幻境其實主宰著賈府的劇情發展，或者說賈府的一切都早已在太虛幻境有了安排。三、賈府的年輕人物均是由那僧道二人攜下凡間投胎入世的一夥「風流冤家」。四、在這夥風流人物中，秦可卿可說是始終仙緣未斷，是率先退回去的一個，她似有責任啓發這批同行者及早醒悟，打道回府。五、賈寶玉和王熙鳳是這夥風流冤家的菁英人物，他們可說是被放在塵世的最中心，風口浪尖，他們歷經的是這人間戲劇的最精髓：溫柔鄉和富貴場。六、這溫柔鄉的人間形態便是以大觀園爲舞台的兒女情愛悲歡，寶、釵、黛是故事的中心；富貴場的人間形態則是賈府的權力階層，以賈母爲首，王熙鳳地位雖不高，卻因種種原因是個具有實權的執政者，探春可說是個後起之秀，也是個有權力理想的人。然後我們再來仔細看看這溫柔鄉、富貴場的幕前形態，也就是人間形態——賈府的狀況，看看在那個具有主宰性質的太虛幻境裡的規則，究竟是如何在人間形態的賈府裡得到實現的。

據那位冷子興介紹，賈家是一個淵遠流長的世家，始祖是東漢時期的封侯，叫賈復，《後漢書》上都有記載，所謂「鐘鳴鼎食之家，翰墨詩書之族」。後來又有女兒選入宮中，則成了皇親國戚，顯赫一時。然而，當故事開頭之時，也就是石頭下凡的時候，賈家已經走在下坡路上了。原因有很多，總起來看有這麼幾條，一是兒孫對仕途經濟沒了興趣。賈敬一心煉丹，把世襲的官位直接傳到兒子賈珍手裡；賈赦雖襲了官，卻生性庸俗，心思放在討小老婆上；只賈政做官比較積極，可無奈下一輩的沒一個像他，賈珍是個紈袴，寶玉是個自由民主派，有個好孩子賈珠，又早死了。其他子弟，也都是吃著皇糧封地，只顧享樂，無心讀書，教育水準日益下降，呈墮落的趨勢。二是財政上開銷龐大，揮霍無度，管理混亂，鄉下年成又不好，收租總不能令人滿意，可說是入不敷出。這其實也是封建經濟走向衰微的一個表徵，而寶黛的愛情悲劇也就是在這個大背景下拉開了帷幕。賈寶玉可說是典型的賈家末世的產兒，只有在這樣一個綱紀鬆懈的環境裡，才可能醞釀成他這樣的情聖，自由縱情地去戀愛。但也正是走在危途上的賈家，必須要他放棄他的最愛，與薛寶釵結合。這一樁婚姻具有挽救賈家的可能性條件，一是傳宗，因林黛玉體弱有痼疾，性格乖張，身心都欠健康，薛寶釵則正相反，各方面都表現出賢妻良母的特質，對於矯正寶玉的壞毛病也有好處。二是從經濟上補充實力，薛家是商賈之家，是新生資產階級，與他們的聯姻是對賈家前途的一種保障。關於這些，人們說的已經夠多的了，我要說明的只是，賈府這個溫柔鄉、富貴場的人間場所是如何合情合理地執行它幕後的裁決，體現出太虛幻境裡的對於人生和歷史的抽象定理，這就是幕前的「假語村」和幕後的「眞事隱」的關係。

我們不要小看那個虛幻的後景，把它稱作「唯心主義」的局限性，這其實是一個形而上的境界，倘若沒有它，那麼前台的一切細節，便如一盤散沙，孤立地存在著，而它們的聚合則是出於偶然性。唯有在那個後景的籠罩下，它們才是一體的，並且這堆瑣碎的事物才不再是瑣碎的，終與日常的生活有了區別，不只是現實世界的局部的翻版，而成爲曹雪芹的《紅樓夢》一個完整的獨立的心靈世界。

第十一堂課

情節和語言是小說的建築材料，
它們有著和日常生活相似的面目，
我們將如何區別？
現實生活的情節我稱作「經驗性情節」，
小說的情節則稱之「邏輯性情節」。
日常的語言我稱爲「具體化語言」，
小說的語言則爲「抽象化語言」。

今天談小說的情節和語言，這兩者是小說的建築材料。

至今，我們已經上了十堂課。我們從理論上作了描述，特別地談了處女作的情形，然後我們相繼分析了八部作品，二部中國當代的，四部西方古典的，一部拉美當代的，還有一部中國古典的。我們所要證明的是小說世界和現實世界的不能對應，它是在現實世界之外存在的另外的一個世界，它具有不眞實性。現在，我們要更加深入地進入到小說世界裡面去，了解這個世界所使用的是怎樣的材料，這些材料有著如何的特質。這是一個困難的工作，因爲小說使用的材料——情節和語言，有著和我們日常生活非常相近的面目，它和現實世界的材料非常相近。小說使用著現實的語言進行敘述，小說也使用著現實的邏輯組織情節。那麼，什麼是小說的情節和語言，而什麼則是現實生活的情節和語言，這兩者之間，區別在什麼地方？我想努力地來作些區別。

我先來談一下別的藝術，比如舞蹈。舞蹈的語言就是和現實完全不同的，現實中，誰也不會用那種誇張並且抽象的身體動作去表達意思。舞蹈的世界是一個肢體的世界，和現實世界有著根本的區別，再怎麼著也不會混淆。說到這裡，我想向大家介紹一個人，一個舞蹈家，名叫舒巧。如果大家注意報紙，就會了解最近的藝術節上有她編導的一個舞劇《胭脂扣》。這位舞蹈家多年來致力於一個工作，什麼工作呢？我覺得很有意義，對我啓發很大。大家都知道「芭蕾」的意思就是舞劇，是西方文化的產物，已經形成一整套系統的舞蹈語彙，這套語彙可以用於創造各種各樣的戲劇：神話劇《天鵝湖》，傳奇劇《唐吉訶德》，悲劇《羅密歐與茱麗葉》，歷史劇《斯巴達克思》，包括中國的現代革命劇《紅色娘子軍》，所以，芭蕾的這套語彙是很有創造力的。而舒巧從事的是民族舞劇，多年來她意識到一個大問題，那就是中國民族舞劇沒有創造性的語彙。我們有很多舞蹈素材，因爲我們是多民族國家，風俗各異，在各個地區都有著各種不同的動作素材，爲歡慶或祭典舉行儀式性的活動。可是這種素材只適於表現某種特定情況下的特定情緒，當舞劇需要敘事的時候，就只能借助於一種啞劇的動作，也就是日常化的動作，具體的生活動作，然而這種動作語彙也是沒有創造力的，它是相當狹隘的，一是一，二是二。所以舒巧就在努力創作一套中國民族舞劇的敘事語彙。我提到舒巧的工作是爲了證明，一是現實生活的表達語彙是一種具體因而狹隘的語彙，它無法直接地運用於藝術；二是在舞蹈藝術裡，我們能很方便地鑒別出什麼是藝術的語彙，而什麼是日常的語彙。這可以幫助我們認識小說材料的性質。

我再想作一個對比，來說明小說材料的特殊性，就是西方大歌劇和中國京劇的對比。我以爲最好的藝術應該具有一種完滿的形式，這種形式是完全區別於現實世界的表現的，這才能決定它的獨立存在。我覺得西方大歌劇在音樂裡完成了這種形式，可說是做到了完滿。它用宣敘調和詠嘆調完成了音樂敘事的全過程。詠嘆調可以自由地抒發情感，宣敘調則可敘述情節的過渡。於是大歌劇就可能完全徹底地以音樂來創造一個戲劇，而音樂是與現實世界根本不同的一個存在。可是從觀看出發，大歌劇的形式就不完滿了，它的獨立形式只完成了一半，就是聽覺的一半。你只是聽，而不看，你會覺得它把我們帶到另外一個世界裡去了，它的表達方式完全與我們的現實脫軌，我們誰也不會像它那樣說話和抒情。可當你看的時候，你就不滿意了，它提供於視覺的形式依然是日常的寫實，和我們的現實生活貼近，在那個聽覺世界的映照下，就顯得反常了。它的布景是寫實的，它的服裝，也是寫實的，人物所做的動作，也與日常生活無異。於是這裡就出現了一個斷裂，在聽覺上完全是另外一個系統，遠離我們現實世界，可是視覺的系統又回來了，回到現實中了。

這就使我想起中國京劇。中國京劇在聽與看上都形成一個完滿的系統。在聽覺上，它的唱腔相對於大歌劇的詠嘆調，用於抒發情感，它的韻白則相對於宣敘調，可敘述情節發展。而最值得注意的是它的視覺效果，你會發現，它沒有布景，雖然有一兩張桌子，幾把椅子，但桌子椅子都是抽象化的，可做各種用途和表現，本身都不重要，而是依附於角色的運用。你還會發現它的臉譜，它已經放棄了角色的人的面目，而給以另一種形態，這眞是非常大膽並且將藝術貫徹到底。你也許不會發現它的服裝，其實那也是別一種路數的，但人們叫古人蒙住了眼睛，以爲古人就是這樣穿衣戴帽的呢，這也就是京劇特別適於演歷史劇的原因，久遠的歷史能夠容納不眞實的存在，所以，京劇裡的歷史其實都不是歷史，不過是以歷史作伐，製作莫須有的故事。在這一切鋪墊之後，一件最重要的事情出場了，那就是「做」。京劇裡的「做」是非常有講究的，它具有一套完整的程式，可表達時間空間，進退上下，起承轉合，喜怒哀樂。於是從聽到看自成體系，一無斷裂，獨立於現實世界而成立。我覺得完美的藝術就應該是這樣，自成一體。我所以要提到中國京劇，是想說明完美的藝術必定有一個完滿的語彙體系，而京劇的語彙體系也是非常明顯的有別於日常生活的。

現在，我們也許可以清楚小說的困境了。小說的困境是什麼呢？首先它講的是人間故事，不是神話，童話，這些故事的情節所要求的邏輯是現實生活的邏輯。其次小說是用語言來表達，不是詩歌，而是我們大家日常使用的語言。我們怎麼來區別小說的材料和我們生活的材料，這兩者如何區別？這是個很困難的事情。小說是個太具體的東西，具體到它的藝術性質被生活混淆，甚至取消。這是別門藝術不存在的問題，因爲藝術其實是在虛擬的前提下產生的，然而產生於科學民主的近代的小說，則與生俱來帶著一個具體的外形。音樂哪怕現實到貝多芬可以爲拿破崙寫第三交響曲，可待到拿破崙稱帝，使貝多芬大爲失望，他改個標題爲「英雄」，第三交響曲依然可以存在。音樂的材料是抽象的，和現實有著根本的界線，可小說就不同了。它和現實的界線那麼模糊，使用的是同樣的東西，同樣的東西怎麼能製作成一個別樣的東西呢？我們先來解決情節的問題。

我這樣給它劃分和定義：凡是現實生活裡的情節我稱它爲「經驗性的情節」，這種情節是比較感性的。因爲社會動蕩，多災多難，作家往往有著豐富的閱歷，供他們積累起可觀又可貴的人生經驗。這使我們的小說呈現出一種特別鮮活的狀態，因這些親身經歷的故事總是極其生動，有著貼膚的親近感，可遇而不可求的奇特感，強烈的生活氣息。這就是「經驗性情節」的優勢，它們有著最直接的人生感受，它們甚至是我們想像力所不能企及。我本人也有過這種難忘的經驗。在插隊的時候，有一次進城去玩，回莊已是傍晚，整個田野裡只有我一個人，地裡做活的農民已經收工回家，路經的村莊也已關門閉戶，太陽下去了，一個人在茫茫的天地裡走，當時的處境又十分無望，看不到前途，這一個多小時的路程便顯得格外的寂寞和淒涼。我們那邊因爲是靠著淮河，有許多防洪的堤壩，每翻過一道堤壩，天就暗了一成，心情也壞了一成。這時候，我忽然聽到身後有隱約的鈴聲，回過頭去，什麼都沒有，天地茫茫。再過一會兒，鈴聲又傳來了，再回過頭去，卻依稀看見身後的堤上翻過來一架驢車，是拴在驢頸上的鈴鐺在響。它其實離我很遠，起碼有一里路，因爲空曠，所以能夠遙遙望見。它和我始終相距著這麼一段路，我始終聽得到它的鈴聲，後來天黑透了，我看不見它了，可是我偶爾能聽到「叮」的一聲鈴響，心裡不由安寧下來，我感到這天地間不只是我一個人，還有著一個陪伴。還有一次，也是傍晚時回城，走過一個村莊，莊頭上有一些墳頭，因爲過路人踩踏，墳頭上漸漸走出一條路來。可是這一天，卻有一個小孩帶著一條凶狠的狗站在墳頭前，不讓我們走，問他道理，他就說他媽昨晚做了一個夢，夢見他爸爸說有人踩他的腳，他爸爸就埋在這墳裡。

這種經驗只要留心，我們每個人其實都有許多，所以我們每個人，只要願意，都可以寫一部自傳。但是，你們有沒有發現，這種經驗性材料，好是好，卻有個缺陷，那就是它缺乏有力的動機，把事情再推進下去。像方才那樣的經歷，我可以論述它，可以寫一首詩，寫一篇散文，可對於小說，它就沒有一個能夠構成故事的動機。什麼是動機呢？簡單說來，就是因果的關係裡的「因」。我要聲明一下，今天我們所講的，是相當機械性的，但你們要耐住性子，我覺得我們向來不把小說當作一種藝術的對象來看待，忽略了它的技術性和製作性，所以我有時會想，我們是否有必要學習一點機械論。

當然，在大量的缺乏動機的「經驗性情節」裡面，有時會有一個有動機的情節，這可就是天賜的好事了。這種先天優良的「經驗性情節」可說是我們夢寐以求的東西，我們所謂體驗生活，搜集素材，社會調查，實際上都是在尋找這種現成的故事。自己的故事用完了，就用人家的，周圍的用完了就到遠處去找。講到底就是原材料緊缺，找故事去吧。曾經有一段時間我去上海市婦聯的信訪站去旁聽，爲了找故事。有位年輕女性，由她母親陪伴來，說了件非常古怪的事，倒是有點故事的面目。事情是這樣的：先要解釋一下她們家居住的情形，她家是併排的兩座小屋，他們小夫妻住其中一座的樓上，樓下是她公公住，婆婆和小保姆住在另外一座屋子裡，兩座屋子不相通。她的丈夫在市郊的鄉鎮企業工作，平時不在家。這天一大早她公公忽然大喊起來，說有一個陌生的男人，從媳婦房間走下來，當他喝住他時，那人竟然回過身握著一把水果刀要刺他，她公公沒法，只能讓他逃走了。於是家人便把她丈夫叫回來逼打她，讓她說出內情，她則大叫冤枉，跑到婦聯來信訪，請求幫助。這是個無頭案，沒有留下一點兒線索，沒有旁證，只有她公公聲稱看見了這個陌生男人，而媳婦卻無論如何不承認有這樣的人存在，唯一的證據就是那把水果刀，可也說明不了什麼事情。在這裡，動機是有了，因果關係裡的「因」有了，可是卻還缺乏發展導致「果」的條件，於是它便無從推動情節，依然構不成個故事。所以小說的故事，不僅需要動機，還需要操作動機的條件，這樣才可能構成因果關係。就是說一個是發展的理由，一個是發展的可能，最終才能有結果。而「經驗性情節」由於它的天然性質，它通常是不完備的，不是缺這，就是少那。倘若我們完全依賴於「經驗性情節」，我們的小說難免走向絕境，經驗是有著巨大的局限性的。

那麼我們應當靠什麼？小說的情節應當是一種什麼情節？我稱之爲「邏輯性的情節」，它是來自後天製作的，帶有人工的痕跡，它可能也會使用經驗，但它必是將經驗加以嚴格的整理，使它具有著一種邏輯的推理性，可把一個很小的因，推至一個很大的果。

我現在舉兩篇作品爲例子，來說明這種「邏輯性情節」的能量。一篇是短篇小說〈玉字〉，作者是北京的劉慶邦。玉字是一個女孩子，有一晚去鄰村看電影，回來的路上被兩個歹人拉到野地裡強姦了，此事一下子就在村裡傳開了。玉字回家後往炕頭一扎，不說話，不吃飯，不喝水，家人們勸她，小姊妹勸她，鄰居也來勸她，都說不能死啊，姑娘你要想開點。大人把她看得很緊，她死也沒法死。她在炕上睡了三天三夜，終於爬起來了，也喝水了，也吃飯了。這時她的父母，哥哥又開始罵了，說你怎麼不死呢，你這樣太丟人了，這輩子怎麼辦！村人們也側目以待，心裡都在想同一件事情，就是她不死怎麼活呢？以前說親的人幾乎踏破她家門檻，現在說親的人再不來了，而且小姊妹們和她走在一道也不自在了，總有些迴避的意思，她變成一個被大家遺棄的人了。事情到此似乎可以結束了，一個悲劇差不多也完成了，但這故事就好在沒有到此爲止，事情只是開了個頭，這個事件在此只是一個動機。玉字從炕上爬起來，知道自己死也死不成，活也活不成，她只有一條路，那就是報仇。情節就此有了發展的理由，那麼發展的條件是什麼呢？玉字掌握有一個線索，第二個對她下手的人，身上散發著一種強烈的羊膻氣，她想到莊上有一個宰羊的糾纏過她。這宰羊的是個二流子，誰也看不上眼，他也自知談不上向她求親，只能纏纏她過把癮。這就是玉字的線索，雖然很微弱，但總是個線索。因此，情節發展的可能性也具備了。玉字想好了，就去和那宰羊的說，我決定嫁給你了，我現在已經毀了，橫豎沒人要了，你找個媒人，到我家去提親好了。這人聽了像中了頭彩一樣，高興得不得了，馬上找了媒婆去她家。這時她家已經顧不上挑剔，能夠打發她出去已經是萬幸，他們就草草結婚了。婚後玉字對這宰羊的百般奉承，對他好得不得了，尤其在床上對他非常溫柔，就在那宰羊的神魂顛倒，不能自己的時候，玉字會突然說：「你要是那第一個就好了。」這句話是非常微妙的，從哪方面都擊中要害，一聽這話那宰羊人馬上就癱了，一下沒勁了。這句話表面的意思是，我已是個破了身的人，你不是我的第一個。底下卻還有層意思：兩個強姦的人，你不是第一個。隨他去聽哪層意思，但無論聽哪層意思，都能刺激起他的嫉妒心。他的嫉妒心便在玉字的挑逗之下，越演越烈。終於有一天他克制不住，在一個偶然的時機裡，把那同犯殺了，因而也暴露了自己，故事這才結束。

這時候的玉字，不能說她改變了她的命運，她的失身甚至是比先前更嚴重的，因此她將面對的現實也將更嚴酷。但是，這一個玉字卻不再是那一個玉字了。那一個玉字是個可憐蟲，死也不行，活也不行，而這一個，卻是一個復仇女神的形象，要說先前玉字的故事只是個苦戲，現在卻是幕悲劇了。她將她的一生全賠進了這場復仇，可她終於報了仇，成了一名勝者。

你們看，由於一個報仇的動機，就將人物和事件從一般狀態推到了比較高級的狀態，從一個簡單的狀態推到了複雜的狀態。我們常說「彼岸」，如何到達彼岸？就要靠有力的東西把我們渡過去，越是有力越是可能渡得遠，這個有力的東西就是動機。好的動機還有再生能力，它生出果來，果又成了因，因果相承，環環相扣，直推到遙遠的彼岸。

還有一個例子我舉的是江蘇作者蘇童的中篇小說〈園藝〉。它是寫舊上海的一戶中產階級人家，先生是牙科醫生，開個診所，太太在家做主婦，下面有一雙兒女。他希望男孩子能讀書成才，女孩子則在閨閣，然後找個好人家，做少奶奶。但是恰恰兒子不喜歡讀書，卻喜歡演戲，在那個時代，特別是那樣一個家庭看來，演戲是下賤的職業。女兒呢，到了二十多歲還沒出閣，因爲她有一點小小的毛病，就是狐臭。雖然不甚如意，這個家庭還是過著平靜的生活，可是卻因一件小事發生了變故。在一次夫妻口角時，太太說了句氣話「你不要回來了，你死吧！」就讓傭人把門插上，和兒女都說好，誰也不許開門讓他進家來。到了半夜，機靈的會看眼色的傭人，輕輕下了樓，把門開了，但是這先生卻再也沒有回來。過了一兩天，太太自然就著急了，讓她兒子去找父親。她兒子先是去雇用私人偵探，結果碰到的私人偵探大都是騙子，他也覺得沒什麼指望，就拿著母親給的錢到處亂逛，最後就逛到了戲院子裡。他一看海報就曉得是住在他們家隔壁公寓裡的那幫文明戲演員在演出，他對裡面的一個女角很感興趣，就進去看了，看了戲以後，他還跑到後台去向這個女角獻花，表示自己的仰慕，並且表示他對戲劇的仰慕。這種文明戲劇團也是風雨飄搖的，吃了上頓沒下頓，一看到他這打扮就知道是個有錢的少爺，就說行啊，我們演《棠棣花》，你扮男主角，但是需要出錢的。於是他回家對母親說，父親去了廬山，他要到廬山找他，騙到一筆盤纏，就去演《棠棣花》。開始讓他演A角，等到他把錢花完了，就讓他演B角，再接著只能去做提詞的角色了。他就這樣在劇團裡混著，不再回家。兒子走掉了，怎麼辦呢？再讓女兒去找父親。

這女兒從小到大沒有出過門，這時候她就勇敢地走出了閨閣，走進了這個嘈雜粗魯的世界裡。當她去那些和父親關係曖昧的女人家時，當然要受到別人的白眼，而且她有一個把柄，就是狐臭。那些女的會衝她罵一句：哪來的味！像狐狸一樣，跑到我們家來。這時她大小姐的自尊心完全沒有了，有種一敗塗地的心情。最後她碰到一個先生，這個先生看她很漂亮，就邀請她出去游泳，這時她對那個先生做了一個放肆的動作，把胳膊一抬，說，我有狐臭。她最終沒有找到父親，還是回了家，但她那一顆心，卻是已經出了閨閣，再回不來了。而非常妙的是，過了一段時間，花匠在他們家的花壇裡挖出了失蹤的先生的屍體。原來，那天晚上太太不放他進門，這先生只得在馬路上閒逛，碰到三個小流氓，見這先生很有錢的樣子，就上前搶他的金錶，一不做二不休，把他勒死了。三個流氓抱著他的屍體沒地方放，情急之下，七弄八弄把他拖到一條弄堂裡，正好有一扇門虛掩著，就進了這扇門，又正好有一個花壇，就埋在這個花壇裡了。不料想這正是這先生的家，傭人悄悄地替他開的門。於是，這一年的花開得特別茂盛。

這個故事的動機是個虛擬性的，這一對少爺小姐爲了找他們的父親，走出了家門，嬗變成混世的粗俗男女，而事實上他們的父親一直沒有離開過家，所以這個故事在等它的動機發展完成結果之後，又取消了它的動機，這就有了另一種故事的可能，就是說這也可能是一個假設的故事。這篇小說的虛擬性質更為明顯，技術性也更強，動機的作用則更加顯著。我想，這兩個作品是可幫助我說明一些問題的。就是說人不在多少，場面不在大小，篇幅不在長短，關鍵在於它有沒有動機，有了動機，才可能有動力。

有些所謂歷史長卷式的作品，表現了宏大的社會面和重要的事件，可是當我們認眞去分析，會發現在這時間漫長事件繁多的故事裡，事情的實質卻是在原地踏步，並沒有進展。《芙蓉鎭》是一部出色的作品，我覺得它的審美價値在於它對世態人情的描繪，具有很豐富的感性經驗。它頗為動情地講述了一個美麗善良的女性胡玉英，和她三個戀人與丈夫的遭遇。第一個是滿哥，由於她和滿哥的身分不同，她是個勤勞致富的中農，生意紅火的米豆腐店的業主，滿哥則是一個有政治理想的共產黨員復員軍人，於是他們分手了。第二個男人是桂桂，桂桂和她組成了和美的小家庭，日子過得非常歡騰，結果在社會主義教育運動中受到了殘酷的打擊，家破人亡。然後出現了第三個男人秦書玉，我以為這是三個故事中最精采的故事，它的精采在於它有著不一般的細節，這兩個被打入地獄的墮民，苦中作樂又相濡以沫的情景眞是動人心魄，在重壓之下的愛情則透露出一股倔強的生機。但是我們也不能不遺憾地看到，這三個故事都是呈孤立狀態，互相並無必要的關係，要說它們之間有因果關係，那只是因為前一個男人退場，於是下一個男人得以上場，依著時間的進程演出著一齣漫長的戲劇。這樣一種因果關係是沒有推動力的。因此，我們只看見一個個的人物和一幕幕的場景，因充滿了風情民俗而異常生動，但是我們卻看不到人物的嬗變，故事其實是在一個滯留的狀態。在偌大的篇幅中，它並沒有將我們渡得很遠，事情只是在平行線上發展。

由於小說的現實面目，我們經常會把經驗和創作混爲一談，我們往往忽略它是一個人爲經營的東西，製作的東西，是一個獨立於我們現實生活以外的東西。就像一座房子，我們必須承認房子自己的製作原則和製作邏輯。我想這個問題基本上算是說清楚了。

第二個是語言的問題。我想語言是更大的問題，因爲語言實在是太日常化了，比情節更加日常化。情節畢竟要相對獨立一些，哪怕是作爲一個經驗性的情節也會具備一點抽象的邏輯性，我們還是相信生活中有時候會出現一些戲劇性的事件。可是語言則顯得平淡無奇了。我們平時說的語言和我們用來寫小說的語言有什麼區別呢？爲了區別它，我們試著用詩句和讖語樣的語言來寫小說，但這只能建立一種獨特而狹隘的風格，這樣的另闢蹊徑在突破限制的同時，其實是取消了小說的特性。假如我們承認小說是一個具有著寫實形式的藝術，那麼我們必須要正視它的困境。我想小說的語言還是與現實語言存在著區別，但是語言的情況比較特殊，它要在具體環境下才能表現出它的性質。日常性、經驗性的語言經常會迷惑我們，有兩種情況，一種是非常風土化的語言，好像專門供一些外國人來觀光的，時下最叫好的就是西北方言了，因它們即是風土性的，又是作爲書面語的北方語系的；還有一種就是時代感非常強的，具有反諷的意味的，譬如說我們現在所看到的北京製作的一些電視劇，如《海馬歌舞廳》、《編輯部的故事》這一類的語言。這兩類日常性的語言都是極生動的，很有吸引力，它們是以人們的經驗爲接受前提的，利用了人們的聯想。我決定稱它們爲具體化語言，因它們是一種在具體環境下發生的語言。

現在我們是否做一項工作，檢驗一下這兩種具體化語言的優勢和局限，先說前一種，就是風土化的語言。多年前我去雲南的時候遇到一個景頗族的青年，這個青年和我談到景頗語，他認爲景頗語裡有很多漢語不能表達的東西。譬如說「同志」這個詞，在景頗語裡含有心連心的意思，特別親近，這在漢語是沒有的。這個少數民族的青年平時所使用的語言都是很有趣的，能看出他對世界奇特的看法。譬如山，我們說「一座山」，而他說「一隻山」，好像山是一種動物，在他眼裡是活的。在那種社會、歷史發展相對孤立的，自成一體的地方，確實有著非常獨特的語言，比我們日趨統一的意識形態語言更有活潑的生氣，接近人性的原初。一旦被發現，便強烈地吸引了我們，使我們欣喜非常，好像看見了一個豐富的礦藏，於是紛紛走向民間。這就是那個著名的尋根文學運動。那時候有很多作家，打起背囊，有的順黃河而下，有的溯長江而上，尋找那些偏僻的村莊，了解村史，記錄方言。好語言簡直像雨後春筍，一下子冒出來了。尤其像我們這些城市的知識青年，受過比較規範的語文教育，因此完全不可能想像在民間有那麼活潑有含量的語言。那個時代眞是一個激動人心的時代，大家全都到鄉間去，尋找一種極其偏僻的語言。

這時候，有一部作品是非常値得重視的，就是韓少功的《爸爸爸》。這是大家比較熟悉的作家，他生活在湖南，對湘西很有興趣，據說還在那裡兼了職務，對湘西的語言非常熟悉。我們現在就來分析《爸爸爸》的語言，我希望大家耐心，因爲語言這個東西，當我們把它挑出來看時，你會發現挺枯燥的，也很缺乏熱情的。可是小說就是這麼用語言一點點搭起來的東西，所以你必須要去研究它的細節。就像你聽音樂，會感到非常壯闊，起伏澎湃，可是你要看總譜，那每小節十幾行的音符，也是枯燥乏味的。

我們現在就來檢驗一下《爸爸爸》的語言，它是極其風土化的。這篇小說的很多情節，是以人物對話來表現，人物對話則操縱著當時當地人的口語進行，我們來看看是什麼樣的情形。小說的主角是個傻瓜、白癡，在莊子裡挺受欺侮的，一受欺侮他媽媽就會跑出來罵大街。他母親是個很巧的婦女，會接生，這寨子的孩子都是她接生的，但她自己卻生了個傻瓜。我們看她這段罵孩子的話，她說：「喪天良的，遭瘟病的，要砍腦殼的。」一連串三句話，都還能看懂，雖說是地方上語言，不過約定俗成，能上書面，大家都知道。砍腦殼就是砍腦袋，我們也都知道。接下來說「渠是一個寶崽」，這就費解了。「渠」在當地話裡是「他」的意思，「寶崽」的「寶」是「蠢」的意思，這個字有點意思，分明是蠢，卻說是「寶」，就不知道這「寶」是不是那「寶」，而韓少功又是否選對了漢字。她再接著說，「渠是一個寶崽，你們欺負一個寶崽，幾多毒辣呀。」多麼毒辣，是說幾多毒辣。她說：「老天爺你長眼呀、你視呀。」不說你看，說你視。「要不是吾，這些傢伙何事會從娘肚裡拱出來。」因她是接生的，所以有權力這樣罵。她數落她的蠢孩子，話也很有意思，她說，「你這個奶仔。」基本能懂，吃奶的孩子的意思，「有什麼用啊？睚眦大的用也沒有！」我需要查字典才讀得了這兩個字，「睚眦」，是一個非常書面的詞。我想韓少功會不會是聽到這個詞的發音，然後自己想辦法去找來的漢語。這個詞在字典上是這麼解釋的：「發怒時瞪眼睛，借指極小的仇恨，睚眦之怨。」韓少功在這是取它極小的意思用的，但也是費解的。再有，當他描寫山民的生活，說，「大雪封山時，繫命塘火」。意思是說大雪封山時，過日子就靠這塘火了，吃也在這兒，睡也在這兒。「繫命」這個詞雖然還明白，並且由質樸的山民來說出，就更使人聯想到文明的歷史和變遷，可到底是有點勉強，還有些造作。然後，「打冤」了，「打冤」即村和村打仗，搶地邊，搶水源，一個二流子決定去獻身，又怕人不知道他的犧牲，於是就滿寨子去轉悠，見人就抒發感情，交代後事，人之將死，其言也善的樣子。他說：「金哥，以後家父，就拜託你了。我們從小就像嫡親兄弟，不分彼此的。那次趕肉，」我到現在不知道「趕肉」什麼意思，估計是打獵的意思，「那次趕肉，要不是你吾早就命歸陰府了，你給吾的好處吾都記得的，」又說：「二伯爺，腰子還陰痛麼？」「陰痛」大概是隱隱痛的意思，還是陰天裡痛的意思，「你老要好好保重，有些事只怪吾，吾本來要給你砍一屋柴禾，那次幫你墊樓板，也沒墊得齊整。往後走，你要吃就吃點，要穿就穿點，身子骨不靈便，就莫下田了。侄兒無用，服侍你的日子不多了。這幾句還煩請你往心裡去……」這幾句話很有趣，即是村話，又有種文雅，其中那句「往後走」的說法也很別致，似乎將被動的生活說成主動的行爲了。接下來還有一段，「黃嫂子，有件事實在想找你話一話。吾以前做了好些蠢事，你莫記恨。有次偷了你家兩個菜瓜，給窯匠師傅吃了，你不曉得，現在吾想起來，還團心蒂子都是痛的。」這「團心蒂子」顯然是當地土話，可這「團」字卻生僻得很，字典上，是與「團團」一起解的，是形容月滿的意思，是一個極其書面的詞，不知道韓少功選擇的漢字對不對，但讀起來是勉強的。然後那人再繼續告別，「幺姐，……吾是個沒用的人，文不得，武不得，幾丘田都做不肥。不過人生一世，總是要死的。……你千萬要硬朗點，形勢總會好的。」這裡用了個非常時代化的詞，「形勢」，於是語言便更見活潑生動。這就是這種原型化語言的優勢，它可使活生生的場面躍然而出。《爸爸爸》是風土化語言使用於小說的比較典型、也比較成熟的一部作品。但我們大約已經看到了它的局限性，就是說風土化的語言需要一個大前提，一個經驗的準備，要對它的環境有相當的了解，才能夠很好地領悟它。如對它一無所知，你就一點看不懂，完全錯過了它。

還有一種具體化語言，就是非常的時代化，具有強烈時代感的語言。恐怕王朔是首當其衝了，就讓我們看看王朔的語言是怎麼回事情。我這兒舉的例子是他的《橡皮人》。我看他文字的時代感表現大體有這麼幾種方式，一種是把書面語，語文化的語言運用到另一種日常的環境中，比如男孩女孩在一起，男孩表現得比較粗魯，女孩就說：「我沒想到你變成這樣，生活啊！人啊！……你眞是迫不及待，貧困的生活眞是能把一個看上去溫文爾雅的人變得禽獸不如——」就這麼把書面化語文化的語言口語化地說出來，本來很嚴肅的語言就變得油滑了。再比如，女朋友找了個有錢的美籍華人老頭，他調侃她，她說：「人老重感情，霜葉紅於二月花。」「霜葉紅於二月花」是句唐代名句，用在此處確實很有效果。還有種方式是不規則使用漢語，比如，他們合夥做生意，有人有顧慮，另一個人安慰他說：「你想的也太驚險故事了。」「驚險故事」是個名詞，卻把它作爲形容詞用了，而「驚險故事」又是現代生活的產物，你不會想像它是來自過去二十年前的說法。所以這也包括了第三種方式，就是將現代生活中的政治化用語用於口語，比如，「老實屁！數他壞，整個一個階級敵人……」比如，某人穿件新衣服，別人諷刺說「花瓜似的，分外妖嬈是麼？」大家知道，「分外妖嬈」來自於毛澤東的著名詩詞。去買機票，需要走後門，就問在民航有沒有關係，趕快去發展，說是「火線套瓷」，這是從「火線入黨」上套用的。此外，王朔還用了大量的切口似的語言。什麼「聯合國呲嗷的」，什麼「北京小晃」，大約只有王朔一夥常在一起玩的才懂那意思。就這樣，王朔創造了一種現代市井語言，並且漸成風潮。這種語言也是需要經驗的前提的，它和當時當地的具體情景關係緊密，一旦脫離了具體環境，便失去了它的豐富涵義。

我們現在已經看到了這兩種具體化語言的情形，一個是風土化的語言，一個是時代感的語言，這兩種語言都需有一個大前提，就是我們要有足夠的背景材料，否則便無從了解。這是種現成的語言，就像電腦，必須儲存某種程序，閱讀時才會有反應。那麼小說的語言應該是什麼樣的語言呢？我稱它爲抽象化語言，我想用阿城的小說《棋王》作例子，來說明這種語言的狀態。在這部中篇小說裡，完全沒有風土化的語言，也完全沒有時代感的語言，換句話說，完全沒有使用色彩性的語言。它所用的是語言中最基本的成分，以動詞爲多。張煒說過一句話，我以爲非常對，他說，動詞是語言的骨頭。照這個說法，《棋王》就是用骨頭搭起來的，也就是用最基本的材料支撐起來的。它極少用比喻，我只看到用了一兩處，「鐵」，「像鐵一樣」，「刀子似的」。形容詞則是用最基本的形容詞，比方說「小」、「大」、「粗」、「細」。成語基本不用，用了一個「大名鼎鼎」，是以調侃的口吻：「他簡直是大名鼎鼎」，僅用了一次。總之，它的語言都是平白樸實的語言，是最爲簡單最無含意因而便是最抽象的語言。現在我們就來仔細地看一看它的語言。

《棋王》開頭就這麼一句：「車站是亂得不能再亂，成千上萬的人都在說話。」說「亂」的程度是說「不能再亂」，「亂」的狀態呢，是「成千上萬的人都在說話」，並沒有「亂成一鍋粥」，「吵得震耳欲聾」這類的比喻和形容。「我」一上車就碰到個王一生，要拉他下棋。亂成這樣子的情況下，「我」下了一會自然不想下了，說：「我不下了，這是什麼時候！」王一生聽了這話，似乎醒悟了什麼，「身子軟下去，不再說話。」他用了「軟」字，這本是個形容詞，但他是作了動詞用，「軟下去」，能感覺這人是塌下去了，沮喪下去了。阿城描寫任何狀態都是用動詞，直接描寫狀態。然後，終於車開了，大家坐定了，心情也平靜下來，接著下棋了。一開始王一生的對手還挺有把握，幾步下來後，「對方出了小汗」，大小的「小」，但你已明白，對手有些頂不住了，在使勁呢。再然後大家在火車上開始互相介紹情況了，別人向王一生介紹「我」的情況，說家裡怎麼怎麼慘，他這樣寫，「我的同學就添油加醋地敘了我一番」。你們會發現阿城用字用詞非常結實，他非常善於挖掘漢字的潛力，而像王朔、韓少功筆下的那些具有現成意義具體意義的詞，他一律不用。

王一生有兩個特點：一是棋下得好，二是重視吃。他在火車上專心下棋，一旦聽到那邊有發盒飯的飯盒叮噹聲，他一下子就顯得很緊張的樣子，閉上眼睛，「嘴巴緊緊收著」，還是用一個動詞，「收著」。他臉部肌肉緊繃的樣子便出現了，省去了許多形容。等他吃飽飯了，水也喝過了，又聊了些關於吃飯的事，「我」主動提出下棋，「他一下子高興起來，緊一緊手臉」，這句話說得很奇怪，「緊一緊手臉」，這「緊一緊」的動作似乎很抽象，不得要領，但你會感覺他顯然是把自己抖擻了一下，收縮了一下，進入了一種競技的狀態。

阿城雖然完全放棄了個性化的語言，但他也寫對話，然而他的對話卻是作爲敘述來處理的。首先他就不是以對話的文字排列方式，就是像我們常用的劇本似的一行一行的排列，他把對話放在敘述的段落裡，作爲敘述的部分。其次，他的對話語言依然沒有個性，你說的和我說的都是一個腔調，沒有各自的色彩。當火車終於到了地方，知識青年又被卡車分別運到各分場，「我找到王一生，說：『呆子，要分手了，別忘了交情，有事情沒事情互相走動。』他說當然。」王一生的回答都沒有用引號括開。可見阿城是不重視對話的場面性的，他所以要寫對話，也只不過是說明有人在發言罷了，並不賦予特別的意義。不像韓少功在《爸爸爸》裡的對話是有著身臨其境的氣氛，王朔的對話也很富於場面感，對話在他們這類小說裡，都是身負要職，起著重要的作用。阿城的小說則通篇就是敘述的整體。

我還是要再著重提一提阿城對動詞的運用，那可說是物盡其用。我想，張煒說得確實不錯，動詞是語言的骨骼，是最主要的建築材料。阿城的敘述是以動詞爲基礎建設的，動詞是語言中最沒有個性特徵，最沒有感情色彩，最沒有表情的，而正是這樣，它才可能被最大限度地使用。就像一塊磚可用於各種建築，一座屋頂則只能適用於某一幢房子。阿城可用很實在的動詞來形容微妙的狀態，他形容抽菸的那種心曠神怡，「他支起肩深吸進去，慢慢地吐出來，渾身蕩一下，笑了，說：『眞不錯。』」「蕩」是個動詞，可在這兒，「渾身蕩一下」是個什麼狀態呢？並不是身體的搖晃而是令人感覺那菸在身體裡面走了一遭。他用實詞描繪了一個很虛的狀態。這一段裡，沒有一個虛詞，都是簡單的，寫實的詞彙，「支起肩膀」，「深吸進去」，「蕩一下」，「笑了」，「說：『眞不錯。』」這裡的語言全是一種普遍性的語言，就只是一些公認的字和詞，結構起來，卻又不是我們常見的形態了。一種精神狀態的東西，他可用一個常用的動詞一下子就說明白，說王一生對下棋著迷，是說「呆在棋裡舒服」，「呆在棋裡」指的是進入境界，入化境了。「呆」是個動詞，是實的，「棋」是個名詞，也是實的，卻描繪了一個虛幻的狀態。說到這裡，我們是否發現，「抽象化語言」其實是以一些最爲具體的詞彙組成，而「具體化語言」則是以一些抽象的詞彙組成，這是一件有趣的事情。也正是如此，「抽象化語言」的接受是不需要經驗準備的，它是語言裡的常識。曾經聽阿城說過，他說他用的詞絕對是在常用詞裡的，他的用詞絕對不超過一個掃盲標準的用詞量。而越是這樣具體的詞彙，就越是具有創造的能量，它的含量越少，它對事物的限制也越少，就像「一」可被所有的數目除盡，而能夠除盡「九」的數目就有限了。

再回到《棋王》，這時他們爲棋王王一生找來一個對手，一個上海知青，外號「腳卵」，是一個性格拘謹的人，寫他的坐態，「腳卵把雙手捏在一起端在肚子前面」，這姿態其實有個現成的詞，就是成語「正襟危坐」，但阿城不用，他就直接告訴你腳卵是怎麼樣坐的。然後，他們搞了條蛇，把蛇殺了，開始蒸蛇，大家都等在旁邊看，蒸好了，鍋蓋一揭，一大團蒸氣就冒出來，「大家並不縮頭，慢慢看清了，都叫一聲好。」他沒有寫煙霧怎麼散掉，只是說「慢慢看清了」。天黑了，房間裡點起了油燈，他寫，「我點起油燈，立刻四壁都是人影子。」前邊說過，他用的形容詞都是最基本的，但是運用相當寬泛，也是挖掘潛力的。大家上街，中午猛吃一頓，吃得油水特足，晚上便「細細吃了一頓麵食」，「細細」兩個字包括了仔細，從容，耐心，津津有味的享受的樣子。阿城就是用這些最常用、最多見的詞彙描寫任何一種特別的情景。

最後的部分是寫得最精采的。王一生一個人和九個人下盲棋，他一個人坐在中間一把椅上，「眼睛虛望著」，這一個「虛」字用到了實地，將多少表情術語一網打盡。然後他終於用了一個比喻，「他一個人空空地在場中央，誰也不看，靜靜的像一塊鐵。」這比喻物也是常見的，「鐵」，用這實物比喻難以言傳的氣氛，這氣氛就變得可視可聞的了。以下有一段描寫王一生孤軍奮戰的緊張狀態，完全以動作來傳達，僅以簡單的詞彙作工具，卻極其傳神，「我找了點兒涼水來，悄悄走近他，在他眼前一擋，他抖了一下，眼睛刀子似地看了我一下，一會兒才認出是我，就乾乾地笑了一下。我指指水碗，他接過去，正要喝，一個局號報了棋步。他把碗高高地平端著，水紋絲兒不動。他看著碗邊兒，回報了棋步，就把碗緩緩湊到嘴邊兒。這時下一個局號又報了棋步，他把嘴定在碗邊兒，半晌，回報了棋步，才噝一口水下去，『咕』的一聲兒，聲音大得可怕，眼裡有了淚花。」在這裡只寫動作，可是不僅有了場面，有了氣氛，也有了情緒。沒有一個冷字，也沒有一個色彩性的字，全是用語言的骨骼架構起來的。我要說的「抽象化語言」，就是這樣的語言。這樣的語言是可以運用在任何地方，公函、書信、小說、散文。而在小說裡，它則是可運用於各種類型的創作，用於各種表達，因爲一切風格化、個性化的語言其實都是由它派生出去的，它是小說世界眞正的建築材料。

第十二堂課

小說世界以現實世界的材料建成，
作爲創作者的個人是以什麼樣的認識處理現實的材料？
我以對比的方式來判斷認識的質量。
這是一種量化的方式，
而我們不妨學習一點機械論。
認識的質量決定了心靈世界的完美程度。

上一堂課，我們談了小說這一心靈世界的建築材料問題，今天我們要談這心靈世界的建築思想的問題。或者說上次是務實，這次則是務虛。我強調小說不是現實生活的世界，而是個人的心靈的世界，那麼個人的心靈我們將如何去衡量和判斷？我還強調小說的世界是用現實世界的材料建成，那麼作爲創作者的個人是以什麼原則去處理現實的材料？就是說創作者個人與現實世界的關係將如何解釋？談到這些問題，我們似乎不得不回到現實世界裡，雖然我早已聲明過，小說不是現實的寫照，而是獨立的存在，但我們總是無法迴避那個材料的問題，由於我們的創作材料來自於現實，所以我們還是需要正視現實。現在，我們就要來看看我們身處的現實世界的情形，這情形是如何在我們不同的觀照下，變換著形態，也就是與不同的個人產生不同的關係。但是，有一點我不改變，那就是方法，我依然是以技術的方法，量化的方法，這也許是個太刻板的方法，於思想這樣抽象的對象不合適，但我已說過，我們應當學習一些機械論，這可以使我們不致混淆某些事實。

現實世界是一個力量強大變化多端的世界，即便是個別的人性，都無法脫離它的制約來認識它，就像我們時常說的，要拔著自己的頭髮離開地面，所以要進行孤立的衡量是有難度的。認識的程度總是要受到時代的特定的社會價値取向的左右，似乎很難給它標準。舉一個例子：八〇年代初，作家張潔寫過一個很短小的散文，叫〈揀麥穗〉，大概一兩千字，寫小時候的一段往事。當她還是個小女孩的時候，愛上了她們莊裡一個賣灶糖的老頭，她爲什麼愛這個老頭呢？因爲老頭來的時候，她可以用她拾到的麥穗換灶糖吃，後來她這段天眞的戀情因老頭的去世而終告結束了。這篇散文在當時非常轟動，我以為它對於中國文學是具有重要的推動作用。從一九四九年到一九七六年，我們對文學的要求是非常意識形態化的，文學總是擔負著重大的社會責任，幾乎是一種集體意識的產物，作為創作者的個人則被壓抑著。因此，張潔這篇小小的〈揀麥穗〉，便以它鮮明的個人化而開創了變革的風氣。我以為〈揀麥穗〉在新時期文學裡的作用要超過打頭炮的《班主任》、《傷痕》，因為它開闢的是文學本身的道路，而不僅僅是揭示了新的社會問題。但到了今天，文學的個人化已經成為不容置疑的事實，名正言順，每一點個人性的小事都可見諸文章，日益增多的報紙副刊、生活類雜誌又使這類小文章的市場迅速擴張，於是，在我們的文化空間裡便充滿著私人口袋底裡角角落落的東西。面對這種瑣碎情調的氾濫，我們是否要對個人化的價值進行新的評定呢？

我的意思是，個人的認識難免要受到它時代價值觀念的影響，對於這樣變化著的評定對象，我無法制定一個絕對標準，所以我只能以對比的方式，來判斷認識的水平和質量。我將列出幾組作品，在這種對比的情況下面，是不是有可能看到一個高度。我很難告訴大家一個具體的結論，但我認為人的認識之間不排除有質量的高低之分。現在，在承認每一個個人都是合理存在的理論前提下，取消了所有的質量標準，實質上是取消了個人和個人的差別，結果是再一次地取消了個人，共性的前景又出現在面前，只不過是在一個新的所謂後現代的假定之下。

首先，我要提到的作品是復旦的老校友盧新華的小說《傷痕》。當我在準備今天的課時，我忽然發現，新時期文學確實給我們提供了很多非常好的例子。新時期文學可以說是從文學的第一步開始走的，因此很多作品都是在同一個基礎上出發，讓我們看清我們的出發地是怎樣的。《傷痕》是寫文革當中的一個女孩子，因爲母親被錯誤路線打成了叛徒，她就和母親劃清了界限，斷絕了母女關係，「文革」過去以後，母親得到平反，繼而又生了重病，躺在醫院裡面，她從外地回到上海來探望母親，一路上的回憶和懺悔，回憶和懺悔的結果是她認識到文革是一個扭曲了正常人性和個人情感的罪惡時代。這篇小說發表以後，得到了很強的社會轟動的效果，而且展開了公開的討論，討論的焦點是文學是否應該大力張揚人性，個人的人性是否高於時代的需要。這樣的討論在今天看來是相當幼稚的，可是在那樣一個特定的時代裡它確實起到了突破性的作用，在文學中的人性階梯上，我們第一步看到了《傷痕》，它承認了母女的感情，同時控訴了那個離間母女感情的時代。

距離不久，王蒙寫了一篇小說〈最寶貴的〉。這是篇很短的小說，甚至於我今天爲上課想找它都沒有找到，王蒙自己的許多選集都沒有把它收進去，可見它是不怎麼受重視的。可是這篇小說給我的印象卻非常深刻。它的故事和《傷痕》相似，也是寫一個孩子在文革中與父親的決裂，不過是由他父親來回憶這件事情的。父親爲兒子的行爲感到非常痛心，他覺得一個孩子失去了最寶貴的東西，那就是他失去了用他自己的眼睛去發現眞相的本能，爲了一個其實並不了解的抽象名義不惜捨棄與父親的感情，他也控訴這個時代，但他控訴的是這時代將孩子變成了一種可怕的沒有人性的政治動物。同樣的一個親情決裂的故事，在《傷痕》中批判的是時代，而在〈最寶貴的〉中，則是批判時代裡的人，這已經見出了高低。但還不夠，我再要學第三個例子，就是《牛虻》。《牛虻》裡面紅衣主教和亞瑟的故事，大家都知道，不需要再複述了。在這一對親情關係之上，凌駕了眞理，這是一個古典主義的命題，眞理和血緣親情，誰戰勝誰？這時，又開始背叛人性了，父子之情在此時此刻呈現出它自私和軟弱的性質，而對眞理的服從需要更崇高的情操。這是我所例舉的第一組作品，關於人性。

第二組，首先是張賢亮的小說《牧馬人》。它寫一個右派被發配到西北農村，從一個知識分子變成一個賤民，過著孤苦的生活。後來老鄉們就張羅著給他找了個四川逃荒來的媳婦。此時的右派章永麟正陷於精神的絕境，由於自身遭受的不公平對待，對自己對世界抱著極度的懷疑，看不清楚任何事情，完全失去了判斷力。而就是這個四川女孩子，一個沒有受過教育，對外界事物一無所知，只懂得勞動和吃飽肚子，抱著最基本的人生觀念的女孩子，拯救了他的思想。這裡有段膾炙人口的對話，大意是他說：「我是犯了錯誤的人，你知道嗎？」女孩子說：「犯錯誤怕什麼，改了就行，咱們以後不犯了就是。」她使他回歸到最純樸的人性裡，他一下子退到人的最初級階段，不再去多想，什麼政治、社會、歷史、人類精神，存在意義，他全都不去想了，他只面對一件最初級的事情，就是：生存。用自己的勞動養活自己，過一種誠實的生活。他向四川媳婦學習了最最樸素的人生道理，說服自己來解決作爲一個知識分子所面對的複雜問題。在那種特別顚倒、混亂和紛繁的情況下，這種質樸的人生觀不失爲一種出路，可以把人帶到初級階段，一下子面對著最初級的問題。我們考慮的問題無論多麼複雜，可是我們還是要吃飯，我們能不吃飯嗎？那麼吃飯的事情就簡單多了，也眞實多了。因此當一個知識分子回到人生最初級階段，把所有意識形態的影響統統擺脫掉，也可說是一種進步。

我們再看魯彥周的小說《天雲山傳奇》。《天雲山傳奇》也是寫知識分子在反右運動中的遭遇，但接納這個右派的是一個知識女性。這位知識女性顯然不會使這個右派返樸歸眞到「犯錯誤就改，以後不犯了就是」的地步，那麼，她是在怎麼樣的立場上來接受這個右派，又以什麼樣的思想激勵這個右派？當然，現在回過頭去看《天雲山傳奇》，它也沒有說出什麼太深刻的道理，沒有說出什麼太讓人信服的道理，它對政治、對社會、對人生的解釋，其實相當簡單，甚至不失淺顯。可是我覺得它要進一步，它至少是企圖在一個理性的位置上來解答人生的困境。它不是像《牧馬人》裡的四川女孩，她是感性地來解決問題的，而《天雲山傳奇》則進步到理性的立場上了。現在，我又要談到《復活》了。在《復活》裡面，有一大批政治犯，都是知識分子，那麼托爾斯泰是站在什麼立場上來看這些政治犯的？首先，我要重申托爾斯泰的人生觀，他認爲在這個世界上，人都是罪人，而在這渾然不覺的罪人的世界裡，唯有政治犯是具有自救傾向的人。前面那兩個知識分子全都需要別人來救他，他們只是受難者，而《復活》裡的這個政治犯集團是有自救希望的，他們不僅要救自己，這個世界還要靠他們。他們走向西伯利亞，走到流放地，信心十足地經受考驗和洗禮，以求脫生爲拯救罪人的聖者。在這三部作品裡大家可以看到一個遞進的過程，是否也說明認識質量的高低。

第三組的第一篇是陸文夫的小說《美食家》，它寫蘇州的一個闊少，吃著祖上留下的房產，極盡享受之能事。他的享受集中體現於一個嗜好，就是吃。他每天生活的安排是這樣的：

早上天不亮就起來，讓包車夫拉他去一個有名的麵店吃頭湯麵，就像洗澡一定要洗頭澡一樣，頭湯是最清澈的，味道也最純眞。吃過頭湯麵，就去茶館和他的吃友碰頭，一起喝茶，漫談上一天吃過的菜。然後再四部包車或八部包車開向某一個地方，好好吃一頓中午飯，吃得很整齊，冷盤熱炒每一個程序都不漏掉。下午則去澡堂，因爲要吃，就要消耗，消化不良的話，就要影響吃。晚飯是喝酒，下酒的是各類蘇州小吃，這些小吃分散在全城，讓人買好後集中送到酒館。解放以後，飯館全都大眾化了，滿足不了他了，怎麼辦呢？他物色到一個女人，是個舊軍官的小老婆，在她眼裡，飯館的菜不算菜，眞正的菜是家裡弄出來的。因爲吃，他愛上了這個女人，和她結了婚，從此他吃得更加精緻。小說就寫這一個美食家在幾十年的人世沉浮裡如何堅持著他的口舌之欲，這回舌之欲其實是人在溫飽以外的一些點綴，一些裝飾，這些欲望既是人生的累贅，卻也是不可少的，它可使人生更爲享受一些。

我再要提的是余華的小說《活著》。它的故事採取倒敘的方法，一個年輕藝術家回溯十年前到農村採風的時候，遇到一個趕牛耕地的老頭。這個年輕人就是那種典型的當代青年，衣食無憂，什麼都無所謂，浪跡天涯，和小姑娘調調情，調得差不多了就拔腳。他碰到這老頭，老頭向他敘述了他一生的故事：老頭原先家裡很有錢，有房子有地，娶了城裡最漂亮的姑娘做媳婦，他卻是個浪蕩子，吃喝嫖賭，什麼都跑不了他的。終於有一天，他把家裡的田地、房子全都押在牌桌上，賭輸了，一夜之間，他成了一個窮人，長衫換了短打。父親給他氣死，女兒生了場大病，成了啞巴，接著母親也病了，他在請醫生的路上被拉了壯丁，在淮海戰役裡，又被解放軍俘虜，由他挑選革命還是回家，他就領了盤纏回到家裡，但母親已經沒了，家裡還剩他和媳婦兒女四口人，過了一段平靜的日子，媳婦卻得了肌肉無力症，到最後連針都拿不起來，只能躺在床上。後來，兒子學校的女校長生孩子大出血，要學校裡的孩子都來獻血，只有他兒子的血型配得上，就抽他的血，孩子失血過多死了。不久，媳婦也死了，這時只剩下他和一個啞巴女兒。啞巴女兒到了三十多歲的時候，他給她找了個女婿，這女婿有點殘疾，是個歪頭，但心地非常善良。婚後一切都非常好，女兒還懷孕了，但就在生孩子的時候，他女兒死了。後來，女婿在拉水泥板的時候出了工傷，又死了，就剩下他和孫子兩個人，最後，孫子苦根也死了，留下他一個人和一條牛還活著。就這樣，人的生存之外的東西一層層地剝落，美食，佳釀，女人，賭桌上的冒險，這些做人的奢侈沒有了，然後，親情，平安，天倫之樂，柴米糟糠之趣，人生最起碼的點綴也沒了，只剩下一個赤裸裸的「活著」，一個本質的「活著」。在這裡，人生的枝枝葉葉都剝落了，就餘下人生的主幹，而它還是立著，不會倒下。這裡的人生要比《美食家》的嚴峻得多，極端得多，也走得遠得多。然後我要談的是張承志的《心靈史》。當我們什麼都沒有，只有一點點積雪作水，一點點土裡勉強長出的顆粒作糧食，當我們就靠這麼點東西在活著，也是只剩下赤裸的「活著」的時候，我們的精神卻得到了昇華的空間。《美食家》寫的是人生的點綴，人生的富於樂趣，到了余華這裡，只剩下活著了，一個老頭對著一頭牛在說話，地老天荒，事情好像到了頭，可是張承志繼續勇往直前，給活著的絕境又開了一扇門，那就是精神的空間，在那裡，活著將重新獲得附麗。

再看第四組，談到愛情了。劉心武的《愛情的位置》，張潔的《愛是不能忘記的》，這都是新時期文學的貢獻。現在看起來，這些問題都是不必討論的，愛情肯定是有位置的，愛情當然是不能忘記的，可是在那個時代裡它確實是很重要的。這些小說把愛情提到一個高度，它凌駕於政治生活，凌駕於社會生活，甚至凌駕於我們的日常生活，這種命題在當時來說非常大膽，它們最重要的貢獻就是在政治、社會生活之外，給愛情以獨立的位置。尤其《愛是不能忘記的》，寫得非常優美。它的故事很簡單，可卻是強烈的，它告訴你愛是怎樣滲透一個人的生命。

接下來是勞倫斯的《查泰萊夫人的情人》，它提到了性的問題，性可說是愛情的物質化。多少年來，藝術家總是把愛情挽留在精神的層面上，而《查泰萊夫人的情人》則把愛情逼進一步，逼近它的實質，性。將這兩部作品並列一起，我們能看見愛情在慢慢剝離它的附著物：從社會道德和政治生活上剝離開來，又從精神上剝離開來，變得更加純粹了，因爲精神裡還是含有著社會文化背景的成分，性則是相當純粹的，它只有愛情的本體，一個男人和一個女人參與，排除了其餘的各種因素。

然後我要提到法國的瑪格麗特・莒哈絲的《情人》。它寫一個法國殖民者少女和一個中國豪富男子在越南湄公河上邂逅相遇，他們一個有財富沒地位，一個有地位沒財富，他們的關係可說是從各自的需要出發的，這個男人有的是錢，他嫖過很多女人，可是沒有嫖過白種女人，而女孩子很需要錢，她的家庭也需要錢。中國男人的財富和法國少女的種族地位使他們互相視作下等，且又明白彼此的需要，因此內心都覺得恥辱，於是便牢牢抓住各自優越的東西來維持尊嚴和驕傲，不惜傷害對方，堅持將他們的關係看作一場兩相情願的買賣，而迴避了一個成熟男子和情竇初開少女的相互吸引，這是一種純潔而又淫邪的情欲，卻出自眞實自由的人性。他們無法放棄他們其實是很脆弱的尊嚴和驕傲，這是他們在異國的漂流人生中的立足之本，他們都是軟弱的動物，無法與命運作鬥爭，爲對方提供立足之地，於是，他們也只有堅守之間的交易關係，來安慰他們的絕望。直到最後，中國男子才認識到他們的愛情，去向父親要求退婚娶法國女孩，而法國女孩在經過了離開之後的慢長回憶，終於認識中國男子其實是她的情人。故事發生在這兩個異國人的第三國，加強了人生的漂流感。這裡的愛情穿越了情欲，純粹到性的愛情其實也是愛情的外殼，在性裡面還有著一個核，就是人性爲孤獨求救，在命運的漂流中，愛情帶有岸的面目，可後來我們知道，它不過是一條船，同樣是隨波逐流。大家都是藐小的，誰能拯救誰呢？在這裡，愛情又回到精神的狀態，如同《愛是不能忘記的》，但這裡的精神是走過了物質的階段，路程更爲漫長，更爲深遠，雖然是走入了虛無，其實更接近彼岸了。

第五組我要借用一些戲劇和影視做例子。首先是美國現代話劇《黑人中士之死》，劇本曾在《外國戲劇》上發表，不久前上海戲劇學院排練演出了。這組作品我是用來談民族的問題。它的故事是這樣的：在第二次世界大戰當中，一個黑人士兵的營地裡發生一件謀殺案，一個黑人中士被謀殺了，上面派來一個白人軍官調查這個案件。在廣泛調查後他發現這個黑人中士幾乎是所有人的敵人，每個人都有可能殺他。爲什麼呢？因爲他總是以強力壓制他的士兵表現出那種屬於黑人民族的來自他們家鄉非洲的特性。比如他們連隊裡有個男孩子，是從南方過來的，他非常喜歡唱黑人的歌曲，中士也喜歡聽，聽他的歌就好像回到了家鄉，看到了非洲，看到了黑人集居的南方，會有很多懷想，可是他極討厭這個男孩子，無故地關他禁閉，罰他，因爲他覺得他唱那些歌使他太像黑人了。他也不喜歡老是黑人和黑人在一起，說粗話，開玩笑，打棒球，唱歌跳舞，他要他們向白人靠攏，受教育，有禮貌，舉止文雅，因此被黑人士兵視爲背叛，最終殺了他。結尾是非常微妙的，這個黑人連隊被批准參加太平洋戰爭，整個連隊都爲這個批准激動而歌舞狂歡，他們雖然不像他們的中士那樣自覺地認同以白人種族爲中心的美國，可是當他們能爲美國去戰鬥的時候，卻表現出強烈的自豪感。這是一個非常國家主義的戲劇，軟弱民族被強大民族吞沒似乎勢不可擋，黑人中士實際上是黑人裡的菁英，他最早認識到一個弱民族必然要滅亡的命運，因此他非常強烈地渴望靠近一個強民族，被它接納，與它匯合。這個故事所喚起的心情是非常複雜的，「國家」是一個沒有感情的東西，它是一部機器，冷靜，嚴謹，甚至殘酷，但是它是一個有效的組織。而民族是情感的源泉，它和血緣、家鄉、親情、生命的根有關，它是一種自然狀態，在強食弱肉的生存競爭中，我們必須要組織成國家才能生存，然而，在歸屬國家的同時，民族則面臨被取消的命運。

第二個作品是一部澳大利亞電視劇《情歸何處》。故事是說澳大利亞白人的教會組織辦學校，專門馴化土著孩子，他們從各個部落裡用糖果把孩子引上直升飛機，帶到學校裡，集中進行教育。他們沒法叫孩子忘記他們土著的語言、宗教、習俗，同時灌輸現代社會的文化，將他們培養成文明人。這對孩子們是一個非常痛苦的過程，他們和父母分離，背棄他們的圖騰，須克服巨大的恐懼，並懷著難以消除的犯罪感。然後有個女教師進了這個學校，她目睹了這一切，開始懷疑自己的工作，她感覺到不公平和不自然，她認爲再弱小的民族都應該有獨立生存的權利，任何一種文化都與人性有關，都具有人性的價值，最後她就幫助這些孩子逃跑了。在這部電視劇裡，種族上升爲文化，跨越了國家，它帶有種族烏托邦的色彩。但藝術和現實的可能性無關，它講的是抵達精神高度的可能性。

然後我要談到《印度之旅》。它寫一個年輕的英國姑娘和她未來的婆母去印度看她的未婚夫，他是英國駐紮殖民地印度的高級官員。她們在印度感受到當地人的質樸和熱情，便也報以善良和友好，在那些駐留印度的充滿傲慢偏見的英國人中間，她們顯得特別地不一樣，她們的隨和，寬容，富有同情心，受到一名印度醫生的熱烈愛戴。這名醫生受過英國教育，學的是西醫，對他落後的祖國有著怒其不爭的感情，對西方的進步抱著讚賞的態度，但對於它們的殖民政策則是反感的，就是這樣一個具有民主思想又懷有民族情感的知識分子。他對這兩個女士非常好感，十分殷勤，爲她們安排了一次具有歷險性質的旅遊，就是到一個著名的神祕山洞去，那山洞裡有著奇異的回聲，傳說發生過不可思議的事情。經過緊張繁忙的準備，終於成行。然而在山洞裡卻發生了傳說中的不可思議事情，英國姑娘突然間極端恐懼地奔出山洞，而身後則跟著印度醫生，於是，印度醫生便以企圖強姦的罪名被告上了法庭。這是一個懸念故事，但重要的不在於懸念。這起案子有一個有力的證人，就是姑娘未來的婆母，她雖然沒有目睹山洞裡的事件，但她以一個英國人的身分來證明印度醫生的人品，是具有說服力的。而此時，這案子已激起民眾的反英情緒，釀成事端，她的作證可說事關重大，不由陷於猶疑，最終，她在一個長老的影響下，於開庭前夜離開印度，從法庭缺席。這長老是什麼樣的人呢？他是印度教的一個首領，他深諳東方哲學，他認爲世界萬事都有著必然性，所有的偶然都是暫時的表面的效果，所以行動是無意義的，不自然的，甚至會影響事物的眞相。他說我們印度有條河叫恆河，我們的人死了就放在河裡，漂向永恆的歸宿，無論現在是怎麼，最後大家都是一條河裡的生命，都是順流而下的。在這種不承認偶然性，認爲一切結果都是必然的思想感染下，老太太在開庭前走了，當她的火車經過一道山壁，暗夜裡看見石壁前有個人向她舉手致意，就是長老，他認爲老太太終於領悟了眞諦。這裡講述的已經不是國家和民族的差異，而是文化的較量，這是兩種對立的人生哲學，一種是西方的精神，一種則是東方精神的。前者充滿了行動，是注重現世的，它相信偶然性，相信人是可以抓住機會改變歷史和存在，因此他們占據了強者的位置，在世界開闢了一系列的殖民地，但他們無法戰勝死亡，恐懼虛無。後者只相信事物的必然性，只關心終結，過程都是轉瞬即逝，他們過著閒散的生活，在玄思中漫遊，獲取著心靈安寧的快樂，但由於他們的惰於行動，只得落入被殖民的地位。電影沒有給兩種哲學的對比作出回答，就好像沒有回答我們山洞裡到底發生了什麼，但它的問題雖然也是從國家和民族出發，卻超出了國家和民族的內容，走近了人的本身，它問的是生命的存在和精神的內容，什麼才是生命的最需要。不管這世界容忍到什麼程度，後現代理論怎麼掃蕩一切差別，人的詢問總應該是一步深入一步。

我再要提到別的門類的東西，比如楊麗萍的舞蹈。那年夏天，這個雲南的舞蹈家到上海來演出，使我感到非常震驚，她使我震驚的是她對世界的看法，與我們漢族人有著根本的區別。比如我們漢族人表現下雨，一定是拿把傘或拿個斗笠，表示我們人在雨中的情形，可楊麗萍不是，她用人來表現雨，人就是雨，最後她才把斗笠戴起來，變成人，走進雨裡去了。她表現火，不是表現人在火裡或者人在火旁邊的景象，她本身就是火。她表現月光，她則是月光的受體影子。她不是表現人和自然的關係，而是表現自然的本身。我眞是有種絕望，我們這種人總歸是回不到自然去了，我們老是說回歸自然，這口號正說明我們和自然的距離，而楊麗萍卻是和自然一體的，她和自然合二爲一，是個非常整體性的存在。這種自然人的境界，也許只有像楊麗萍這樣，在遠離文明社會的偏遠地區生長的孩子，才有可能生而俱來，它不可能是後天形成的。也因此，我很難在小說中找到這樣的自然的境界，因爲小說的材料本身就是文明的形式，不像舞蹈的音樂，它們的起源是在人的初民時期，比較接近人的自然性。

現在才能提到小說，就是王蒙的《蝴蝶》。它寫的是一個老幹部從理念的生活回到感性的生活裡去的經歷。這個老革命的妻子，是他進城後結識的一個女學生，是個非常有天性的女性，她對孩子、對丈夫、對家庭，充滿了來自天性的熱愛，但是這些感情都被她當官的丈夫忽略甚至撲滅了，他覺得這種感情是沒有太大價值的，是私人化的，應當從屬於廣闊遠大的社會生活，就是他所服務的那種生活，那是一種什麼樣的生活呢？辦公室裡，從早到晚電話響，然後坐著車，跑來跑去，沒日沒夜。忙什麼呢？到某地開會動員，制定生產指標，統計完成數字，就是這樣一個由報表、數字、會議的報告，祕書的電話組成的世界，生活就是通過這些抽象的東西傳達給他，漸漸地，他便失去了對眞實的生活的感受能力。妻子與他的隔閡越來越遠，終於和他離婚，他又重新結了婚。到了文革，幾乎是在一夜之間，他被打倒，孩子同他劃清界限，妻子改弦易張，他被放逐到農村，成了一個老農民。然而，就是在這場浩劫之中，他不期然地進入了眞實的生活，重新發現了自己。徒步走路爬山，他感覺到自己的腳，站在公路旁邊看著小汽車開過去，發現了自己的眼睛，他燒飯，發現了自己的手，他接受幫助或者遭人拒絕，發現了自己的感情，他所有的感官都回來了，自己能感覺自己的心跳，自己肌體的活力。但是事情沒有到此爲止，四人幫打倒後，他又官復原職，回到報表、數字、工作報告的生活裡，他非常懷念原來那種感性的生活，於是他自己搞了一次活動，沒帶祕書也沒帶小車，徒步回到他下鄉的地方。一路上，他忽然發現，在這個人力已經參與改造的世界上，如果完全不帶有一點社會性的防身武器的話，簡直寸步難行，他的手和腳似乎都被縛住了，行動受到障礙：擁擠、骯髒、不講理、買不到車票、吃不上飯，等等。一個社會人要去尋找一個完全自然的生活，也是一種烏托邦式的妄想。因此當他再回到辦公桌前的時候，他想的是：要把這個世界建設得更加合乎人性，他必須努力地工作。這就是王蒙和楊麗萍的不同，楊麗萍生來就是個自然人，人和山、水對她來說完全是一體的。而王蒙知道人和自然的分離，知道分離的現實不可避免，但他認爲人有力量再去創造一個自然，王蒙期望的自然是經歷了理性的過程，是人的自覺性所爲的自然，它更具有人性的複雜性和悲劇感。而電影《霸王別姬》的人性理想卻是反自然的，陳蝶衣這個人物承擔了這個理想。他是個旦角，他完全把戲台上的生活當作他的生活，儘管人的命運是受著戲台下生活左右的，可他到死都不承認這一點，執著地生活在戲劇之中，毫不畏懼那種存在的虛無。他不要性別，不要愛情，他只要做一個舞台上的虞姬，當他的搭檔段小樓和菊仙結婚，去過世俗生活的時候，他的憤怒和傷心不是由於失去愛的伴侶，而是失去了那個戲台上的伴侶，他對著菊仙，滿懷輕蔑問了一句：「你會唱戲嗎？」以爲就此可將菊仙擊敗，可事實上，失敗的是他。他永遠找不到一個同伴，沒有人可能始終陪伴他生活在那麼一個虛無的世界裡。這個虛無的世界我以爲是高於自然的。

接下來我例舉一組關於個人價值實現主題的小說。第一篇是陳建功的《轆轤把胡同九號》。它寫一個老工人，因爲歷史清白，苦大仇深，被吸收進工宣隊，政治地位大大上升，有一年的國慶節，他還進入中南海，參加了國宴。就此他在他所住的大雜院裡成了個人物，變得不同凡響，中南海和國宴的見聞成了這院子裡的一檔重要節目，而他則是主角。文革結束以後，工宣隊解散了，他又回到工廠，重新過他平常的日子，中南海成了一去不回的歷史。而雜院裡其他人的生活倒在變化，變得好起來了，比如一個舊日的格格的兒子長成人了，錢還掙得滿多；一個窮困的臭老九竟漲了工資……相比之下，他的生活就像是倒退了。退休以後，他越發寂寞，經常懷念那段輝煌的日子，可是再沒有人聽他講述中南海和國宴了，心裡失落得很。有一天，他百無聊賴地去看電影，在電影院門口卻被等退票的人團團包圍，硬把他的電影票買去了。就在人們拉拉扯扯搶他的票時，他忽然有一種得意，多年以前的感覺又回來了：被大家簇擁著，被大家強烈地需要著。他很激動，這種感覺還要去找一找，就又去電影院，從此他就形成一個習慣：一有票子比較搶手的電影，他就早早去排隊，買了很多票，再平價賣給別人。時間長了，引起了人家的注意，都知道這邊有個票販子，結果他就被警察抓住了，抓住後卻發現他是平價出讓，並沒有謀利，問他爲什麼這樣，他自然是什麼也說不出來。這是一個小人物的悲劇，他低賤地去實現卑微的個人價值，結果卻是失敗。

再要提到的是陳世旭的小說《小鎮上的將軍》。它寫一個地處偏遠的小鎮，鎮上生活著許多小手工業者，做裁縫的、剃頭的、打鐵的、拉車的，他們過著一種剛夠溫飽、庸庸碌碌、自得其樂的生活。文革中，鎮旁邊的禿山上造起了一座房子，一個被貶職的將軍來到了此地。將軍到了小鎮，開始度他的流放生活，他常常在街上走來走去，向小鎮人提些出人意料的問題：「這路那麼泥濘，一下雨就不能走，你們爲什麼不修兩條水泥路呢？」「你們爲什麼不把河裡的淤泥清一清呢？」他的問題使他們意識到他們生活現狀的不令人滿意，開始想到是不是應該將事情改變改變。將軍的出現給小鎮帶來新的氣象，將小鎮的居民從麻木的狀態下喚醒，他們本來覺得一切都挺好，日子就是這樣一代一代往下過，將軍卻給他們提出了更高的生活理想，並且自己也參與了建設理想生活的行動，小鎮上居民的人生觀由此走出停滯的狀態。在將軍受迫害而死的時候，小鎮人以他們前所未有的正義氣勢和崇高感情，爲將軍舉行了一個隆重的葬禮，這個葬禮使小鎮人的精神得到昇華。這個故事也是講人的價值實現，但這個人的價值要比前面那個老工人崇高，他可算得上一個英雄，它寫了一個英雄，在芸芸眾生之中依然不放棄崇高的立場和追求，並以全力喚起良知的覺醒，在逆境裡實現了他的人生理想。

再要舉的就是《約翰．克利斯朵夫》。小鎮上的將軍的人生價值是體現在客觀世界裡的，而約翰．克利斯朵夫要實現的人生價值則是在一個虛無的境界裡。小鎮上的將軍所實現的人生價值是可視可聞的，他領導修的路，清的河，他喚起的民心，都是實有的存在，而羅曼．羅蘭賦予克利斯朵夫的理想，音樂，卻抓不住，看不見，是靈魂的寄宿地。我在分析《約翰．克利斯朵夫》的時候，就特別強調過，作者交給音樂的任務是很重大的，他是將它作爲靈界的人間名稱。一個實體的人卻要在虛幻的世界裡實現他的價值，從無到有，再從有到無，將經過如何艱難險阻的跋涉？我舉這三個例子，是想告訴大家在人生價值的實現上有哪些階梯。

再舉一組作品，目前挺時髦的題目，就是關於女性主義。第一個是張愛玲的《傾城之戀》。寫的是年輕女性流蘇，離婚回到娘家，和兄嫂姊妹住在一起，開始身邊還有些錢貼補家用，給些小恩小惠，後來錢用得差不多了，大家更覺得她多餘。這時，有替她堂妹介紹對象的，那男的卻對流蘇有了興趣，流蘇儘管知道那是個花花公子，但也顧不了許多了。這兩人都是世故的男女，動著心機談戀愛，那男的又想要流蘇，又不想失去自由，遲遲不談婚姻，流蘇則只能亦退亦守，伺機進逼，兩人正膠著在同居的狀態，恰好碰上太平洋戰爭，香港失陷，相依爲命的患難日子，終於成全了他們這對夫婦。流蘇是不自覺具有獨立意識的女性，是爲環境所迫，不得不爲之，她孤身一人和男性作戰，竭力制服對手，而矛盾的是，她所要爭取的，其實就是對男性的更牢固可靠的依附。也因爲這個最終目的，她不得不和女性爲敵，周圍的女性都是她勝利的威脅，有可能與她爭奪戰利品，她必須把她的敵人掃清。於是，她最終是徹底排除了她的同性，將自己更牢不可破的契進從屬男性的位置。

第二個例子，是張潔的小說《方舟》。小說中的三個女性，都是不同程度上受過男性侵害的，從婚姻中撤退出來的單身女人。她們自己租了套房子，三個人在一起相依爲命、相濡以沫地生活。她們和流蘇的不一樣在於，她們要把自己塑造成一種能夠脫離男性，和男性競爭，在社會上平等生存的一種女性。流蘇自強的目的是爲了獲得男性生活裡的位置，一個受供養的位置，而到了《方舟》，她們是要把自己變成了和男性同類的人。流蘇所做的自強實際上是把女性的被男性需要的東西擴張，然後去和男性交換自己的利益。《方舟》裡的她們則拒絕擴張這種供男性享受的東西，她們所擴張的是和男性同樣的立足的素質。然而，她們卻沒有意識到，當她們極力將自己推到和男性同一起跑線上去的時候，她們因爲違反自己性別的努力搞得精疲力盡，碰得遍體鱗傷，只能互相舔著傷口的時候，這個世界並沒有因爲她們的參加有所改變，相反，卻因爲她們的取消女性性別更爲堅固的男性化，她們的努力實質上是承認了這個世界的男性主宰權。

然後我要提到美國黑人女作家的長篇小說《紫色姊妹花》。《紫色姊妹花》也是將女性放在和男人對立的位置，而女性和女性則是最好的朋友，這和《方舟》不謀而合，但和《方舟》不同的是，在這裡女性的世界是天堂，她們安身立命於那個粗暴霸道的男性世界之外，自給自足，感到極其幸福。那個妻子眼看著丈夫把他的情人帶回家，看見那個情人非常美，並且對她丈夫非常任性和跋扈，她竟感到高興，沒有一點嫉妒。她看到男人對情人賠著小心，給她送飯，那個姑娘卻把他趕了出來，她不由愛上了她。從此她們就成了好朋友，她向她丈夫的情人學習了很多東西，甚至學會了做愛，那姑娘告訴她，女性的快感來自何處，在什麼位置，而以往她在和丈夫的性生活裡是完全體會不到的，她以爲性只是對男性有意義，是男性的需要，現在情形卻變了。就這樣，《紫色姊妹花》描寫了一個婦女樂園，它產生於男權的壓迫之下，最終又被男權所破壞，但就是它這短暫的存在，成立了一個充滿歡樂的天堂。

最後一組作品，《我們建國巷》，是湖南作者葉子臻寫的。它寫一條老巷叫建國巷，住的都是幾輩子的老戶人家，知根知底，你來我往，一家燒肉，各家一碗，有福共享，很有點共產主義的味道。可是後來事情有些變了，起因是一件小事，建國巷裡有個居民在廠裡得了技術革新的獎，獎品是一台黑白電視機，這是建國巷第一台電視機，於是他們家就變成電影院了。每天晚上，家裡坐滿了人，帶著自家的板凳，這家的大人孩子則拿出瓜子、茶水招待，大家都很快樂，就像過節。但漸漸地卻感到了不方便，他家的晚上總是敞開了門戶，無法享有自己的私生活，因此有幾次他們開始拒絕觀眾，說：「今天晚上我們家不放電視了。」自然人們對他家就有了看法，紛紛疏遠了他家，使他們孤立起來，最終失去了建國巷的融融親情。這就是爲保護個人生活所付出的代價，親情蕭瑟，人際關係疏遠，隨之，孤獨來臨。可是沒有個人生活又不行，在那種公有的生活裡，我們失去了自由，人性受到壓抑，所以不管付出什麼樣的代價，我們還是要爭取個人生活的空間。

第二部，我將舉電影《愛你九周半》爲例子。這是一部美國電影，講一對男女從邂逅相遇到分道揚鑣，僅達九周半時間的愛情，它的名字就這麼來的。這個女性對這個男性一見鍾情以後，便很自然地要去了解他，也被他了解，以達到互相契合的目的。她談自己，也詢問對方，她請他一塊去參加朋友家的Party，到對方工作的地方去。這是一種社會化的戀愛方式，就是在人群裡建立一個兩人共同的生活空間。而這個男性卻不是這樣，他把人當作孤立環境裡的動物，和周圍沒有關係。他不向對方講述自己，不和對方參加晚會，當這個女的到他公司裡來，他的態度也是很冷淡的。那麼，他是以什麼方式進行交往呢？他只以性的手段，他用極其怪誕的性方式做愛，企圖建立兩人間的親密關係，開始時她覺得很新鮮，覺得他很有熱情和想像力，而直到他找來一個妓女，在她面前和妓女做愛，以激起她的激情，這時候，她受不了了，這種畸形的愛的方式傷害了她，她雖然很愛他，卻覺得與他無法相通，最後離開了他。等到要分手時，這個男的開始向她介紹自己，說我出生在什麼地方，我的父親是做什麼的，我從小怎麼樣長大，可那女的說，已經晚了。電影最後結束在這樣的情景上，男的留在他那個空洞到抽象的房間裡，房間裡什麼也沒有，卻有著許多電視機，女的則揮淚如雨地走在人群擁擠熙熙攘攘的大街上，兩個人就此天各一方。在這個故事裡，人處在完全孤獨的境地，封閉在自我之中，這種封閉是那樣牢固，就好像是一個堅硬的核，突破它幾乎沒有手段，連兩性相悅也無法開拓出路。我覺得《愛你九周半》走到了個人性的極致，再往前還有沒有路？

我就必須要說到張承志的小說《北方的河》。張承志總是給我們定些很高的人性的標準。

《北方的河》寫一個學歷史的青年，去考察北方河流的經歷，北方的河流對於他有一種特殊的含意，他將它視爲父親的河，而他其實是沒有父親的，因此北方河流的含意就變得很抽象。他和一個女記者一同去找北方的河，他們一路上成了好朋友，然而，在河的面前，他卻感到了孤獨。他說不出這河是什麼，他只能感受到它的至高無上，只有他能了解它，沒有人能夠和他交流，和他並肩同步。他能從他周圍的人身上吸取養料充實自己，比如那個同路的女記者，但他很快就把她甩在身後，又一個人走遠了，反而比先前更加孤單。他也是極力擴張他的自我，但他的自我裡有著強悍的生命力，它不斷地吸取養料，壯大自我，使之升格。《北方的河》常常提到一個過時的日本歌星網林信康，總是在唱著一曲歌，裡面有一句：「我就是我，我不能變成你。」他也是和人群隔絕，封閉自我的，可是他的隔絕不是在一個平面上的隔絕，將自己圈一個領地，拒絕別人進入，他是不斷上升，上升到一個高度，別人都走不上來，於是他就使他身處絕境。在這三個作品裡，我們看到個人的實現和發展可以走到怎樣的徹底的情形。

關於小說的思想的質量，我列了九組作品的例子，希望在思想的各類內容裡搭成一種階梯的狀態，可使我們看清一些問題。這些作品很可能不是最能說明問題的，它們只是在我了解的範圍內，有一些也許會是牽強的，我只是想嘗試一種方法，一種能使思想量化的方法，這可幫助我們檢驗思想的質量。在我強調小說是一個存在於現實之外的心靈世界，現實世界是爲小說世界提供材料的前提下，思想也是被我當作材料來對待的，它決定現實世界的材料以何種形式在小說世界裡運用，因而也決定了這個心靈世界的完美程度。

第十三堂課

感情是一種人文氣質，
一種心理經驗。
藝術的創造者是一種具有情感能力的人類。
情感到達小說是漫長的過程，
需要理性的幫助。
理性的任務是檢驗感情質量，
承受感情壓力，將感情轉化爲想像力。

這堂課也是我們最後一堂課，我要講小說的感情問題。

感情是個非常複雜的問題，它可以說是本源，已經接近到創作者的本體了，事情就難辦了。大家看見，即使我談思想，都在盡可能以量化的方式，我知道創作其實是非常靈性的東西，很難用科學的方法來概括，這種概括是有限制的。但是，我們操作的工具，概念和語言都是有限制的，我們只能在這限制裡工作，我們不妨徹底地限制一下，走機械論的道路，也許還能更接近目標。當然，要以靈感的方式解釋靈感的工作，也並非不可能，但這就需要有天才的悟性，還有將現存的概念和語言賦予新含意來重新支配的能力，這只能是寄希望於個別和偶然，而在我們大多數人，還是需要一種普遍和有效的原則。我覺得，由於我們的缺乏科學的方式，我們在傳達中就已經產生了誤會，這誤會是越來越大的，像滾雪球一樣地滾大。然而，面對小說的情感，我卻感到了極大的困難，小說的靈性，在這裡變得異常尖銳，這是一個無法量化的事情，我只能盡可能地去做。我想了些辦法，不知道行不行。

感情這事情怎麼解釋呢？我給它下了一些定義，但一定不是準確周全的，我想它是一種人文氣質。我先來講一個故事，是湖南作家彭見明的一篇小說〈梨木梳子〉。故事是說在一個偏僻的地方，有個做梨木梳子的女人，這女人一生遭遇坎坷，製作梨木梳子伴隨著她度過漫長的艱難時日，她的愛情和希望最後只結了一個果實，就是美麗的梨木梳子，這梨木梳子烙下了她一生的悲歡心情。到了改革開放的時代，她已經是個老人，爲了家鄉的脫貧致富，把她做梨木梳子的技術貢獻了出來，莊上的媳婦姑娘就成立了一個小工廠，專門生產這種梨木梳子。因爲曾經有個海外華僑，看到梨木梳子以後，覺得美極了，以很高的價格買了它，並且向老人訂貨。於是梨木梳子的製作技術傳播開來，開始大量地生產，可是這個海外客商卻將這批梨木梳子全部退了貨，他不要了。這個故事很有意思，我想它很可能是有原形的，是眞有其事。那麼老太太親手做出的梳子和小工廠成批生產的梳子有怎樣的區別呢？老人的梳子裡有著她個人的痕跡，這痕跡包含著她情感的過程，這個過程是誰的就是誰的，別人代替不了。這就是人文氣質。

在書法裡有一種筆法叫「飛白」，就是筆觸中的絲絲露白，像是枯筆的樣子，我想它最初恐怕是由一個失誤造成的，然後這個失誤就成了技法，它的意思在哪裡呢？它告訴我們一個書寫過程中的信息，筆從紙上急驟有力地掠過的情景，有一股激越的情緒。還有篆刻的金石感，刀刻在石頭上，崩裂破碎的邊緣，它也是流露出製作過程中的感情狀態，這種狀態都是即時即刻的，這一片刻和下一片刻不同。這就是人文氣質。有時候我覺得這個世界的發展眞是很可怕，它一步一趨地取消了人文氣質。最早的時候我們坐在音樂廳裡聽音樂，音樂在演奏中一氣呵成，演奏的過程我們都看在眼裡，今天樂隊的情緒很好，很飽滿，樂曲被發揮得非常激昂和興奮，也許下一天他們有些疲倦和低沉，樂曲便流露出悲觀的情緒。我們到音樂廳去，就爲了感受音樂的活生生的狀態，注入了每時每刻的心情。音樂又是依附於時間的流程，難以固定，它便時時刻刻處在創作之中，它的每一分鐘都可能表現出新的感情內容，於是，它就成了藝術中的最典型，最富人文氣質。然而有了唱片，唱片是在錄音室裡製作，一遍兩遍三遍四遍，把最好的狀態記錄下來，提供給我們，我們聽到的聲音也許是最完美的，可是我們卻不得不放棄懸念，放棄對任何意外之筆的期待，再沒有新的感情了。但是我們還可以慶幸，唱片總算是完整的，是一個全過程，情緒是連貫的，就這一次演奏來說，是眞切的，還是有心情可供感受的。而事情沒完，又出現了激光唱片——CD。這就極其可怕了，它連那種一氣呵成的狀態都沒有了，它是哪一截好就把哪一截拼湊起來，同時，精良的錄音製作設備完全抹去了它演奏狀態的生動性，我們再也看不見勞動者的痕跡，看不見創作者的激情。這也就是我個人覺得戲劇要比電影好的原因，你今天晚上看就和明天晚上看不一樣，它會給我們一些你意想不到的東西，這種意想不到的東西全都是來自於我們的感情。而電影則是和激光唱片一樣的製作品，你一遍兩遍看下去，不會有一點意外的，沒有失誤，也沒有可遇不可求的靈感來臨。但沒有辦法，這是由它必須物化的性質決定的，小說也是這樣的東西。它是這樣一種東西，一定是一個固定的作品，一定是一個結束過程最後完成的東西，那麼我們怎樣來認識和辨別它的情感呢？我再從另外一個角度來談一下感情。

我們一直在證明，小說是一個獨立的心靈世界，這個心靈世界和我們的現實世界是不一樣的，它沒有實用的價值，我們去建設它，完全不是爲了使用的目的，那麼我們的動力是什麼呢？我們的動力是感情。我還想給感情定義一個名稱叫「心理經驗」。爲什麼有的作家生活經驗豐富得不得了，可是東西卻寫得十分貧乏？他怎麼就不能夠把他如此豐富的人生經驗寫成優秀的小說呢？而也有些作家，他一生過得很平淡，譬如說福克納，他從小在一個小小的鎭上生活，再也沒離開過，可是他寫出了那麼多的好作品，還有普魯斯特，他幾乎一輩子躺在床上，可他也寫出了《追憶似水年華》。我覺得這就取決於心理經驗。這種心理經驗，和外部經驗不一定成正比，並不是說這個人經歷豐富，他的心理經驗就豐富。而我覺得一個作家他之所以要去創造心靈世界就是因爲被他的心靈景象，被他的心理經驗強烈驅動。我們現在已經非常接近創作者的本體了，怎麼去了解這個本體呢？量化的方式顯然不夠用了，這需要對人的深刻了解。而作家又是這樣一種人群，他們的智慧和才能都要在一般人之上，當然是指那些好的作家，他們的心理經驗我們應當從何著手去了解？作家們在小說之外都寫過創作談，可是我可以告訴你們沒有一個創作談是可以信賴的，都是假象，倒不是說作家自己要作假，因爲這是一個沒有辦法的事情，事過境遷，再回頭來解釋，哪怕是自己解釋自己，也不會準確，一定會受此時此地的情緒影響，只能當做另一篇作品來看。因此我就說所有的創作談都是不可靠的，很多研究者從創作談入手去研究作家本體，前途眞是非常渺茫。

這就是感情的難辨之處，它太接近創作者本體，它關係到創作者是個什麼樣的人，於是一切就是難以推測，沒有手段去推測的。我們也許能從現象裡找出一些規律或者一些特質，第一堂課上我說過，因爲小說這個心靈世界和現實世界是保持距離的，是獨立而存在的，所以我以爲它的創造者往往是由邊緣人來擔任的，他們很難是立足於社會中心這樣的位置。我們已經看見很多藝術家都具有邊緣性，他可能是殘疾人，是受壓迫的弱民族，或者是女性——這個世界在目前，話雖說是男女平等，但這個平等也是女性向男性靠攏，所謂女性獨立，也是以男性的標準原則爲條件的，是使這世界更趨向男性中心，因此我覺得在這個世界上，婦女寫作會這樣活躍和興旺，是和她們所處的邊緣位置有關係的。

我們還有一種說法，是說藝術家和精神病就只差一步了，我覺得這種說法有道理，因爲藝術家和瘋子都不是那類順應社會的人，他們都不是善於適應社會的人，他們的性格，他們的心理特質，都是和社會不太能投入的，他們和人群不能投入，他們很難走到人群裡邊去。可是爲什麼會有藝術家和瘋子的區別呢？是因爲，藝術家是有理性的，他可以用他的理性將他的和人群不調和的情感創造出一種東西來，這種衝突四起的情感很像是岩漿，是一股強大的能量，如果你沒有理性去控制它，把它鑄造成爲一樣東西，你任它漫流，那你就完了，你就毀了自己，因爲你一個人形單力薄，你和一個人群去作對的話，你只能毀了自己，你不會毀了別的任何人。那些出沒在我們城市街頭巷尾的頹廢的人影，在他們心裡其實都抱有一種非常獨特的觀念，他們行爲上都有一種不能和人群融合的地方，但是因爲他們缺少理性，因此他們不可能把他們那種異乎尋常的特質變成一種動力，去創造什麼，他們只能自己毀滅自己。而藝術家不同，他絕對是個有理性的人，是理性使他原始的衝動變成一種強悍的生命力，因此他能夠忍受人群外的孤獨，他能夠在人群外保持自己，然後他還能將自己的特質留下痕跡，那就是創造。當然，我很難從社會價值上去判斷個人和人群的關係，我只是相信一個藝術家在他的心底深處，在他的靈魂裡一定有一種和大多數人不一樣的地方。現在有很多寫作家的文章，特別強調作家的個性，喝酒啊，留鬍子啊，交往隨便啊，或者出口就很粗魯啊，對人不尊重啊，好像行爲越出格就越像作家，實際上遠著呢，不是這麼回事。一個藝術家的和人群不能投合絕不是表現在這樣淺層的地方，這種地方只不過是一個所謂藝術家的包裝而已。當然，從這種包裝方式也能看出，藝術家的與眾不同是人們所公認的了，但是，人們把這種不同看得太輕鬆了。其實，與人群不能協調可說是藝術家痛苦的根源，這是一種沉重的命運。

讓我們再換種說法，藝術的創造者還是一種特別具有情感能力的人。他應該具有敏銳的感受能力，就是說他應該有痛感，他不是麻木的人，他是個很有痛感的人，一觸即發。那就是爲什麼在大多數人認爲正常的情況下，藝術家會有反常的反應，這就是一種異乎尋常的敏感性，也正因爲此，他才從人群中脫離了出來。從這點來說，不是命運決定了他的邊緣化，而是他自己決定了他的邊緣化命運。藝術者的感情能力還表現在他的感情質量上，他應該有力量把這種痛感，這種情感推到一個高度，怎麼是感情的高度呢？我個人喜歡把情感劃出等級，我覺得情感的一般狀態只是一種傷感。看到月亮缺了，哎呀，很遺憾，月亮昨天還是圓的，今天已經不圓了，心裡面就有些難過，喝了點酒吧，想起了往事，時過境遷，物是人非，又一陣難過。這只是一種傷感，不傷心不傷肝的。在物質主義的現代社會，日常生活複雜繁瑣，已經把情感切割得非常細碎而易消化。有一個演員，曾和我說現在演影視劇非常沒勁，老是讓她在那兒吃飯吃飯，她當然希望是死了個孩子，吃飯有什麼情感？她就是在要求一種強烈的情感，我覺得她的要求是具有藝術特質的。

感情的質量取決於創作者本體的能力，這種能力最高級的階段我以爲是「忘我」。「忘我」這個詞也是容易被誤會的，現在有一些私人性的作品，將個人隱私統統兜出來，實際上當把這些東西兜底翻出來的時候，恰恰是他們太記得「我」了，他們太忘不了「我」了，他們把「我」牢牢記在心裡，特別想給大家展覽一下「我」的面目。我有的時候看見小孩子發怒，孩子發怒他會用頭去撞牆，他會要死，這眞的是很純潔的力量，什麼叫忘我？就是他會把自己毀滅掉，而不是展覽自己。這個世界已經把很多事情搞得非常混亂，必須樣樣說清楚。我說藝術家的情感能力必須具有兩種條件，一個是敏銳性，但是這個敏銳性不能搞得杯水風波，小小一件事情張揚得很大；還一個就是要有力量，一定要有力量，要有力量把情感推到極致，推到高潮。這種力量就和理性有關了，這也關係到從感情到小說這個過程，我們做的是什麼？

情感往往體現爲一種很強烈的衝動感，這個衝動感我們怎樣把它變成一個小說？中間要經過這麼漫長細緻的技術化的處理，你要保持你的感情，但是你卻要冷靜地處理它，使它最後成爲一個客觀存在，這眞是一件困難的事情。我覺得這就全靠理性了。第一要靠理性來檢驗質量，上次我就談過不是每一種感情都是有價值的，有崇高感的，上一堂課我們也在試圖鑑定，在我們的認識範圍裡存在有哪些等級差別，那麼在情感上也同樣是有等級差的，就像一位演員說的，吃飯也是感情，你不能說吃飯沒有感情，食欲就是一種感情，死個孩子也是感情，那麼這兩種感情相比，誰高誰低？誰強誰弱？我覺得現在的作品裡越來越多宣洩，一種情緒上的宣洩：我擠公共汽車擠得煩死了，車多麼擠啊，調動工作那麼困難，上司又不知道我的心，老婆也不知道我的心，世道是多麼差，變幻無常，等等。這些情感也是情感，你不能說它不是情感，問題是它有沒有質量，而這個質量我們就要靠理性去檢驗。然而危險的是，理性可能使感情枯竭，它可能使人變成非常冷靜的人，感情枯竭了怎麼辦？創作這件事情對本體的要求就是這樣嚴格，於是就有了第二項理性的條件，也是非常重要的，那就是心理的承受能力。這個心理的承受能力我以爲是一個壓抑的過程，當你心裡有一種特別強烈的情感產生的時候，你需要壓抑它，你不能急於把它宣洩出來，你必須把它壓抑下去，也就是我們需要時間冷靜一下。這個壓抑的過程也是非常危險，很可能時過境遷，你這個衝動就沒了，這個衝動來去都是飄忽不定的。因此我就想到這個世界上爲什麼詩人那麼多，詩呢，它就可以非常快速地把情感記錄下來，而小說很難辦。小說要求感情到作品中間的轉化過程太長太複雜，需要轉化爲故事，轉化爲人物，轉化爲情節，還要有個歸宿，有頭有尾。所以說我覺得小說實際上是個很難的東西，感情要非常飽滿，技術要非常周密。

現在我們好像又回到技術問題上來了，這也就是理性對感情所擔負的第三個功能，想像力的功能。在此，我說的想像力是從感情的立場出發的，也可以叫做靈感。靈感不同於感情的衝動，它是已經成形的感情，所以它其實是吸收了理性的幫助的。靈感現在似乎越來越難得光顧我們了，人類的經驗日益積累，兩百年的小說堆積如山，書庫裡都是小說，覆蓋面日益加大，陰影籠罩著我們，於是就出現了一種從小說到小說的情況。它的感情是來源於寫作者的閱讀的經歷，它把別人的感情打碎了再重新組合，它也可能做得很好，但它終是因爲缺乏原始的衝動而生命蒼白。這就是我以爲從感情到小說的三個理性的條件，這種量化一定有很多疏漏的地方，反正我們能夠歸納多少就歸納多少，只能這樣，盡力而爲。

現在讓我們看看情感在小說裡是如何表現的？這是一個困難，我無法說，小說裡面這個是感情，那個不是感情。感情對小說是一個隱身人，你看不見它，你找不到它，你只能感覺它，這種感覺是貫穿在整個閱讀過程中的，它是一個從感覺到感覺的東西，我們該怎麼去敘述它，怎麼去傳達它，爲它作一個結論，那都是非常難辦的事情。無路可走的情形下，我們不妨另闢蹊徑。比如說，散文。散文是放下虛構的武器，是創作者對自身的紀實。因此，今天我想談一些散文，但這些散文它有一個條件，那就是這些散文絕對不是散文家寫的散文，它是小說家寫的，而且是優秀的小說家寫的。這些小說家都有著一定數量有質量的作品，他們偶然也會寫一些表露心跡的散文，這些散文我覺得大家可以讀一下。讀這些散文是爲了什麼呢？首先我們可以了解一下他們感情的內容是什麼，爲什麼我覺得他們的感情內容是值得了解的呢？因爲他有那麼多的作品，他有那麼多好的小說作品使我能夠信賴他，我信賴他是一個好的小說家，他的這些作品都是源於他個人的，他自己的感情。在這個信賴的前提下，然後我們再去看他的散文。第一了解他們的感情內容是什麼，第二了解他們的感情經過了哪些理性的鍛煉，就是他感情經受理性鍛煉的過程。我想向大家介紹這樣幾篇散文，大家應該找來讀的。一篇是史鐵生的〈我與地壇〉，一篇是張煒的〈融入野地〉，還有張承志的，在講《心靈史》的課上我曾經提到過的〈走近大西北之前〉。這三篇散文有一個特點，都是表露自己的心跡的，都是可以說在寫自己的人生觀和世界觀。

我想我們今天就著重地說一下〈我與地壇〉，這是一篇非常好的散文，我們看一看這一位創作者的感情的面目，他感情的圖畫是什麼樣的？〈我與地壇〉這篇東西怎麼給它歸類，也是經過一番爭論的。它當時在《上海文學》發表時，《上海文學》的編輯和主編都認爲它是一篇好小說，可以作爲一篇小說來發表，可是史鐵生自己不願意，他說過一定是散文，而且他說爲什麼要把散文看低呢？這就是散文，因此它後來還是作爲散文發表了。我也同意他的話，我覺得是一篇好散文。這篇散文一共分七個段落，第一段講的是他——作者終於到了地壇。他經過了一個人生大轉折，就是再也無法挽回的癱瘓了，然後找到了地壇這麼一個地方，可以由他坐著靜靜地面對他的轉折。爲什麼他把地壇當作他面對轉折的舞台？因爲地壇這個地方已經經過了上百年的時間積累和人世變故，它像一個深諳世事的老人，在這個背景下是非常適合人去面對人力無法改變的命運。散文開頭得非常樸素，他說：「我在好幾篇小說中都提到過一座廢棄的古園，實際就是地壇。」他進了北京以後經常搬家，可是每一次搬家都是圍繞著地壇，「彷彿這古園就是爲了等我，而歷盡滄桑在那兒等待了四百多年。……四百多年裡，它一面剝蝕了古殿檐頭浮夸的琉璃，淡褪了門壁上炫耀的朱紅，坍圮了一段段高牆又散落了玉砌雕欄，祭台四周的老柏樹越見蒼幽，到處的野草荒藤也都茂盛得自在坦蕩。這時候想必我是該來了。十五年前的一個下午，我搖著輪椅進入園中，它爲一個失魂落魄的人把一切都準備好了。」他又說：「自從那個下午我無意中進了這個園子，就再沒長久離開過它。我一下子就理解了它的意圖。」它的意圖是什麼呢？這個園子滿是時間的痕跡，時間是對變故最有發言權的，多少生與死從時間裡經過，於是生和死的問題就很自然地提到了面前。爲什麼獨獨要他考慮生和死的問題呢？因爲他癱瘓了，他成了一個殘疾人，他這一輩子不知道該怎麼走下去，他想死，卻不能，人們不讓他死，這麼多人爲了救他傷透了腦筋，他要死就對不起人們。那麼他活，活也不是他選擇的，一個人的出生是沒有什麼好強的，你就這樣被生下來了，然後癱瘓了，只能坐在輪椅上。就是說你不能選擇死也不能選擇生，你只能去思索它們，而地壇是個思索的好地方。

第二段是寫他的母親，爲什麼寫他母親呢？因爲母親是他生命的創造者，帶他到這個世界上來的人是他母親，當他在地壇思索「生」的理由的時候，他體會到至少他對這個生他的人有活著的責任。他對這個世界是談不上責任了，誰還要他呢？沒有人要他，他這麼一個殘疾人，只有一個人還要他，就是他的母親。每天他去地壇，搖著輪椅走的時候，他的母親總是站在院門口送他，有一次他搖到了門口，想起什麼東西沒帶，又回過頭來，他看見他母親一直保持著一種目送他的姿態。他在這園子裡待久了，他母親就會來找他，他母親眼睛不好，近視，就端著眼鏡四處張望，有的時候，他在樹叢裡看見了母親，但是他不喊她，看著他母親從身邊過去，有的時候他們倆互相都看見了，就好像都很害羞，匆匆一對視，立即走開了。多年以後他發現凡是他輪椅走過的地方都留下母親的足跡，這個園子非常大非常大，他就想他母親走過多少路啊，就爲了追蹤他，就爲了找他。這時候他明白了「生」的一點意義，就是說他對創造他生命的那個人是有責任的。

第三段他描寫得異常地美。我再強調一下，我爲什麼要挑選這些散文來顯示感情的面貌，因爲這些散文直接向我展示了這些作家的情感。我們有那麼多好小說在這兒，所以我非常信賴他們的感情，他們的小說確實對應了他們的情感，確實從他們的情感出發的。我信任這些散文，要比對他們的創作談更信任，他們的創作談倒不一定是眞實的，因爲創作談太過狹隘，一對一，二對二的，這種對於具體的解釋會影響事情的眞相。還有就是這些散文本身也是那麼不可重複地好，動人心魄，你除了相信它出自絕對個人的感情，不能想像還會有別的來源，因爲散文不同於小說，它是眞實的，它沒有虛構的掩體，感情在這裡是完全裸露的，高低優劣一目了然。現在讓我們來看第三段，寫的是時間，他在地壇所看見的時間的特質和色彩。時間是很抽象的東西，但他卻寫得非常具體，他說「如果以一天中的時間來對應四季，當然春天是早晨，夏天是中午，秋天是黃昏，冬天是夜晚。如果以樂器來對應四季，我想春天應該是小號，夏天是定音鼓，秋天是大提琴，冬天是圓號和長笛。要是以這園子裡的聲音來對應四季呢？那麼，春天是祭壇上空飄浮著的鴿子的哨音，夏天是冗長的蟬歌和楊樹葉子嘩啦啦地對蟬歌的取笑，秋天是古殿檐頭的風鈴響，冬天是啄木鳥隨意而空闊的啄木聲。……」時間是那麼虛無，我們總是說它看不見，摸不著，可是在地壇這一切東西都有了形狀，都有了顏色。史鐵生在這一段裡盡情盡意地描寫了時間，我相信只有一個人長久地、安靜地、沒有一點干擾地去體味時間，才能看到時間這麼多的面目，我們誰能看到時間的這麼多的面目呢？他是被迫地面對時間，除了時間他什麼都沒有，他只能眼睜睜地看著時間，現在，終於，他無奈的被放逐其中只能順流直下的時間，在他的眼睛裡呈現出了光與色，時間對於他至少是有了審美的意義。

第四段是寫這園子裡的人，和他同時在這園子裡活動的人。他寫這些人是爲什麼呢？因爲這些人都是一個時間流程裡的同行者，像道家說的「修百年才能同舟」，這些人能夠在同一個時間流程裡的同一個地點中相遇，即使是擦肩而過，也不是偶然的了。在這園子裡和他一起經常出入的是些什麼人呢？其中有一對夫妻，看上去是受過很好教育的，穿的衣服挺老派，可是很規矩，很講究，總是女的挽著丈夫的胳膊，然後就在這園子裡逆時針方向走這麼一圈，天天如此，年年如此。有一段時間那個女的不來了，男的一個人來，情緒就壓抑很多，很沮喪，幾天以後，那個女的又出現了，作者不由鬆了口氣，放心了。他在園子裡搖著輪椅走了十五年，這一對夫妻從中年到老年，可說始終陪伴著他，從來沒有退場。這對夫婦和他總是交臂而過，誰都認識誰，可是他們從不搭話。在這個園子裡有一個經常來的人，是一個喜歡唱歌的小夥子，每天一早就來唱，唱《貨郎與小姐》，「賣布啊，賣布啊」或者「我交了好運氣，好運氣」，他總是這麼唱，他的聲音總是在這個園子裡回盪，這個歌唱家和他也是從來不打招呼，有幾次面對面地剛想打招呼，可是一下子又過去了，終於有一天互相點了一下頭，可是從此這小夥子就不再來了，他想，那天小夥子與他招呼，可能是一個告別。還有一個老頭，喜歡喝酒，他是午後到這個園子裡來，喝了酒，在園子裡逛來逛去的，走路歪歪斜斜，走一段就解下酒瓶仰頭喝一口。還有誰呢？還有一個中年的女工程師，他覺得她是一個女工程師，其實不一定是，她長得很文靜，穿著樸素優雅，她是每天中午從園子裡穿過，他總是看見她騎著自行車的身影匆匆而過。再有一個長跑家，一個懷才不遇的人，因爲在文革中說話不謹愼坐了幾年牢，出來以後找到一個拉板車的活兒，他想用長跑掙來一點名譽，換回一點政治地位。第一年他在春節環城賽上跑了第十五名，但是長安街的新聞櫥窗裡只掛了前十名的照片，第二年跑了第四名，可是新聞櫥窗這一年只掛了前三名的照片，第三年他跑了第七名，櫥窗裡掛的是前六名的照片，他總是差那麼一步，然後第四年，第五年……終於有一年他跑了第一名，可是這一年櫥窗裡是一個環城賽的群眾場面，就是這麼一個失意的長跑家。這時候，他周圍開始熱鬧起來，他發現了他的同伴，他不再是孤獨的了。然後，他就將在這同一時間流程中的同道者中間，看見和他同命運的人。

第五段他寫道，園子裡新來了個非常漂亮的小姑娘，總是在古樹下採花玩，他看著她漸漸長大，可是有一天他忽然明白她是一個弱智者。他發現上帝是非常非常不公平，他反覆地想，爲什麼世界上會有這樣多的差別呢？這種差別是按照什麼原則分配安排的？最後他想，假如差別一定要有的，那就是爲了保持這個世界的和諧，上帝的安排是有道理的，他不能讓一切都是一樣，他必須要保持一些幸與不幸的差別才能維持這個世界的平衡，那麼他和這個小姑娘全都是爲了維持這個世界的和諧所做的犧牲，就是被上帝拋棄的，被上帝安排在作對比的位置上。於是就有一個令人絕望的結論等在那裡，由誰去充當那些苦難的角色，又有誰來體現這世間的驕傲，幸福還有快樂，只好聽憑偶然，沒有道理好講。他不幸落到了這個倒楣的位置上，也沒有辦法了，那麼在這個位置上他是不是還能夠幹點什麼？

第六段裡，他老是在想一個活著幹什麼的問題，他終於想到了這個問題。前面都是在鋪墊，一步一步地看清楚了生命是件什麼事情。從時間上說，它是在永恆的時間流程中的一段；

從空間上說，上帝則安排了一個參差不齊的世界，以達到總體的和諧；從個人來說，每個人都被分配了角色，而這個角色不管是什麼都有到頭的這一天，就像一場戲一樣。當他明白了這一切之後，他還能做什麼呢？就是說當一切處在被動的狀況下，我們還能不能主動地去做什麼。他想，我必須要做點事情，我做什麼呢？我寫小說，我寫小說就是爲了活著。他已經看明白了，實際上上帝把他安排到這兒來，就是一個瞬間的事情，就像一場戲，可即使是這麼一個瞬間，我們也應該善始善終地把它完成。

然後就到了第七段，事情開始臨到終結了，「生」的問題想透了，「死」的問題自然就接著來了。他寫得非常動心：「要是有些事我沒說，地壇，你別以爲是我忘了，我什麼也沒忘，但是有些事只適合收藏。不能說，也不能想，卻又不能忘。它們不能變成語言，它們無法變成語言，一旦變成語言，就不再是它們了。」有一天他在園子裡碰到個老太太，老太太一見他就說：「喲，你還在這兒啊！」然後就問他「你媽還好嗎？」這時候他媽已經去世了。他問：「你是誰啊？」她說：「你不知道我，我可知道你，有一回你媽到這兒來找你就問我有沒有看到一個搖輪椅的孩子。」他就有了一種感覺，覺得他像一個小孩子，跑到這個世界上來也眞是玩得太久了。他在祭壇下面看書，忽然從漆黑的祭壇傳出一陣陣嗩吶聲，四周都是參天古樹，方形祭台擻地幾百平米，空曠坦蕩，獨對蒼天，他看不到那個吹嗩吶的人，只聽見嗩吶聲，在星光寥落的夜空底下起伏，時而悲傷，時而歡快。他眞是覺得自己出來得很久了，可是他還是很留戀，他這樣爲生命作了一個結論，他說：

我來的時候是個孩子，他有那麼多孩子氣的念頭所以才哭著喊著鬧著要來，他一來一見到這個世界便立刻成了不要命的情人，而對於一個情人來說，不管多麼漫長的時光也是稍縱即逝，那時他便明白，每一步每一步，其實一步步都是走在回去的路上。當牽牛花初開的時節，葬禮的號角就已經吹響。

但是太陽，它每時每刻都是夕陽也都是旭日。當它熄滅著走下山去收盡蒼涼殘照之際，正是它在另一面燃燒著爬上山巔布散烈烈朝暉之時。那一天，我也將沉靜地走下山去，扶著我的拐杖。有一天，在某一處山窪裡，勢必會跑上來一個歡騰的孩子抱著他的玩具。

當然，那不是我。

但是，那不是我嗎？

這是稱得上經典的描寫，每一個字都找不到別的來替代，每一次讀它都會有新的激動。我們看見，在這裡，生命不是孤立的，而是由人和人連接成整體的，時間也是一個整體，「我」是裡面很小的一個角色，很小的一個瞬間，但就是這樣微不足道，「我」依然受惠了。這就是由於人生大變故所產生的強烈絕望情感，最終達至生命歡樂頌歌的過程，感情的足跡歷歷可見。我希望大家回去好好看一看這篇散文，你們可以看見情感的比較原初的面目，以及情感經歷了理性的磨煉，最後鍛造出了一個怎麼樣的哲學的果實。

INK PUBLISHING 文學叢書 21

小說家的13堂課

作　　者	王安憶
總 編 輯	初安民
責任編輯	高慧瑩
美術編輯	張薰方
校　　對	辜輝龍　高慧瑩
發 行 人	張書銘
出　　版	INK印刻文學生活雜誌出版有限公司 新北市中和區中正路800號13樓之3
電　　話	02-22281626
傳　　眞	02-22281598 e-mail : ink.book@msa.hinet.net
網　　址	舒讀網http ://www.sudu.cc
法律顧問	漢廷法律事務所 劉大正律師
總 經 銷	成陽出版股份有限公司
電　　話	03-3589000（代表號）
傳　　眞	03-3556521
郵政劃撥	19000691　成陽出版股份有限公司
印　　刷	海王印刷事業股份有限公司
港澳總經銷	泛華發行代理有限公司
地　　址	香港筲箕灣東旺道3號星島新聞集團大廈3樓
電　　話	852-27982220
傳　　眞	852-27965471
網　　址	www.gccd.com.hk
出版日期	2002年 9 月　初版 2003年10月　初版三刷 2007年 4 月　二版 2012年 5 月　二版一刷
ISBN	978-986-7810-06-6

定　　價　280元

國家圖書館出版品預行編目資料

小說家的13堂課 / 王安憶著；
- - 初版, - - 新北市中和區： INK印刻文學,
2002.9　面；15×21公分（文學叢書；21）
ISBN 978-986-7810-06-6 （平裝）
812.78　　91015746

INK INK INK INK INK INK
K INK INK INK INK INK IN
INK INK INK INK INK INK
K INK INK INK INK INK IN
INK INK INK INK INK INK
K INK INK INK INK INK IN
INK INK INK INK INK INK
K INK INK INK INK INK IN
INK INK INK INK INK INK
K INK INK INK INK INK IN
INK INK INK INK INK INK
K INK INK INK INK INK IN
INK INK INK INK INK INK
K INK INK INK INK INK IN
INK INK INK INK INK INK
K INK INK INK INK INK IN
INK INK INK INK INK INK
K INK INK INK INK INK IN
INK INK INK INK INK INK
K INK INK INK INK INK IN
INK INK INK INK INK INK
K INK INK INK INK INK IN
INK INK INK INK INK INK
K INK INK INK INK INK IN